如你甜蜜的小时光

Little time

忘记呼吸的猫 / 著

时代出版传媒股份有限公司
安徽文艺出版社

图书在版编目（CIP）数据

如你甜蜜的小时光/忘记呼吸的猫著.—合肥：安徽文艺出版社，2019.9
ISBN 978-7-5396-6718-8

Ⅰ.①如… Ⅱ.①忘… Ⅲ.①长篇小说－中国－当代
Ⅳ.①I247.5

中国版本图书馆 CIP 数据核字(2019)第 150920 号

出 版 人：段晓静
责任编辑：周　康　王婧婧　　　装帧设计：白砚川
....
出版发行：时代出版传媒股份有限公司　www.press-mart.com
　　　　　安徽文艺出版社　　www.awpub.com
地　　址：合肥市翡翠路 1118 号　邮政编码：230071
营 销 部：(0551)63533889
印　　制：合肥华云印务有限责任公司　　(0551)63410599
....
开本：880×1230　1/32　印张：9　字数：290 千字
版次：2019 年 9 月第 1 版　2019 年 9 月第 1 次印刷
定价：38.00 元
....
（如发现印装质量问题，影响阅读，请与出版社联系调换）
版权所有，侵权必究

目录 Contents

第 1 章 （001）
/
遇到小奶狗

第 2 章 （031）
/
这是女朋友？

第 3 章 （059）
/
我约了人吃饭

第 4 章 （078）
/
这是我弟弟

第 5 章 （106）
/
这是我家长

第 6 章 （135）
/
嘴硬一时爽

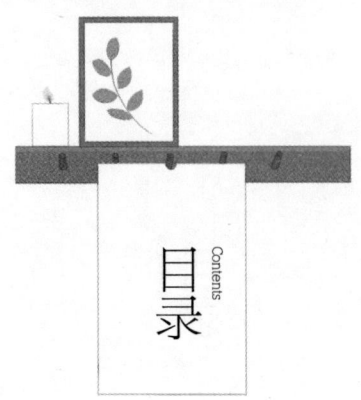

目录 Contents

第 7 章 （159）
好像喜欢她

第 8 章 （186）
今晚住我家

第 9 章 （215）
你在看雪，我在看你

第 10 章 （243）
你喜欢我吗？

第 11 章 （269）
我的愿望是你

第 1 章

遇到小奶狗

九月的南京,天气还是有些炎热。于晚晚从地铁上下来的时候,只觉得自己渴得快要冒烟了,好在地铁站的出站口处放着一台自动售货机。

她跑到自动售货机跟前看了看,选了一瓶矿泉水,正准备打开手机扫码支付,却发现屏幕上出现一行小字:本机器只支持现金支付。

不是吧?

于晚晚绝望地看着眼前这台自动售货机。这都什么年代了,竟然还只能现金支付?她今天出门只带了一个手机啊!这可怎么办?

于晚晚眼巴巴地看着自动售货机里的那瓶矿泉水,头上顶着热辣辣的太阳,感觉自己就像个在沙漠中行走的人,快要渴死了。

就在她郁闷的时候,一只白皙而修长的手突然从她的脑袋旁边伸了过来,紧跟着响起了硬币掉落进机器的声音。

"你要这个吗?"

一道低沉好听的声音在她耳边响起,下一秒,原本还待在售货机里的矿泉水便哐咚一声从机器出口掉了下来。

于晚晚有些惊讶地回过头去。灿烂的阳光透过马路两边梧桐树叶子的缝隙照射下来，在地面上洒下一片斑驳的树影。那些细碎而耀眼的阳光落在那个站在于晚晚身后的男生身上。

他个子很高，身材修长，穿着简单的白色T恤和黑色运动裤，长身鹤立地站在阳光里，整个人看起来十分清爽。

在男生帅气的脸颊上，一双清澈的眼眸正上下打量着于晚晚。在看到她转头的一瞬间，他明显地愣了一下。

哇，好帅！

于晚晚忍不住在心里赞叹了一声，然后朝着男生笑了笑道："谢谢你啊，那个，我把钱用手机转账给你吧。"

"不用了。"男生清秀的脸庞上浮现出一抹浅浅的红晕。他弯腰从自动售货机的出口拿出那瓶矿泉水塞进于晚晚的手里，然后自己又投币选了一瓶饮料，拿起饮料，朝于晚晚点了点头就走了。

于晚晚愣在原地，看着男生渐渐走远的身影，终于还是忍不住笑了出来。

好可爱，他刚刚是脸红了吗？

倒是那已经走远的男生心中止不住地懊恼：怎么回事？刚刚看背影，明明感觉是个小学生趴在自动售货机跟前的，怎么一回头……

他的脑海中忍不住回想起一双黑白分明的大眼睛，那双眼睛清澈明亮，乌黑的瞳仁中倒映出他的身影。

算了，算了，就当是帮助了一个小学生吧。

于晚晚拿着那瓶矿泉水，抬头看了一眼在树叶的缝隙间来回跃动的光芒。她用力地深吸了一口气，想要压下心中那一丝小小的紧张感。

虽然是第一次做家庭老师，但好在她刚刚参加完高考，对高三的所有科目还记忆犹新，从这一点上来说她是有绝对优势的。

只不过她听沈教授说，需要补课的那个孩子相当顽劣，所以估计那孩子见到自己以后，也不会给她什么好脸色看。但只要不太过分，她还是可以勉强接受的。

于晚晚沿着马路走进星雨府小区,找到要补课的那户人家,又给自己做了一会儿心理建设之后才按响了门铃。

咔嗒一声,门开了,给她开门的是一位看起来特别漂亮又和蔼可亲的女士。于晚晚深吸一口气,正准备开口做自我介绍,那位女士立刻笑道:"你就是晚晚吧?快请进,快请进。"

"阿姨好!"于晚晚对她露出一个灿烂的笑容,十分有礼貌地喊了她一声。

"你好你好!老公,小也的家庭老师来了!小也,快点出来,你的老师来了!"韩也妈妈一边给于晚晚拿拖鞋,一边扯着嗓子朝着屋子里面大声喊道。

于晚晚换好拖鞋,跟在韩也妈妈的身后走进客厅,乖乖地在沙发上坐了下来。

没一会儿的工夫,韩也爸爸从书房里走了出来。他看到坐在沙发上的于晚晚时,明显地愣了一下,但还是笑着跟她打了声招呼。只是下一秒,他便伸手拽住准备去厨房的韩也妈妈,将她拖到了旁边的角落里,小声问道:"这就是沈教授给你推荐过来教小也的家庭老师?"

"是啊,人家可是今年高考的全省第三名,南大的高才生呢。"韩也妈妈点点头,对于晚晚的本事表示肯定。

"可她是个女孩子啊,而且看起来文文静静的,万一小也不听她的,还欺负她怎么办?"韩也爸爸一脸担忧地问自己老婆。

"这你怕什么?别人或许治不了小也,她肯定能治。就算治不了,她也不会被小也欺负的,放心吧。"韩也妈妈朝着自己老公神秘地笑了笑,一副胸有成竹的样子。

"你确定?"韩也爸爸还是有些不太放心。

韩也妈妈白了他一眼,凑到他耳边轻声说了几句话,他脸上担忧的表情瞬间消失了:"好好好,这下我就放心了。"

"行了,快去客厅陪客人吧。"韩也妈妈笑着说了一句之后,便去厨房切水果了。

韩也爸爸一颗心落地之后便笑眯眯地走回客厅，看着正在四下打量的于晚晚，在她身边不远处坐了下来。

于晚晚赶紧收回自己的目光，看向坐在旁边的韩也爸爸。

然而韩也爸爸的眼神……怎么说呢，看起来似乎是满满的兴奋与期待，就仿佛一个三岁的小孩子去动物园见到了自己喜爱已久的大熊猫一样。

于晚晚被他看得有些不自在，只能轻咳一声喊道："叔叔？"

"啊？哦……不好意思啊……"韩也爸爸回过神来，尴尬地笑了笑，又看了看那边毫无动静的卧室。他皱着眉头站起身，沉声喊道："韩也，快点出来！你的老师已经等你很久了！"

"来了。"一道低沉好听的声音缓缓响起，语气里却带着满满的不耐烦，紧接着脚步声响起，一个身影慢悠悠地走了出来。

于晚晚抬起头，朝着眼前的男孩子看过去，这一看却是直接愣住了。

是他？

男孩子背对着窗户站在阳光下，双手插在兜里，清澈的眼眸在看到于晚晚的一瞬间，原本不耐烦的神情立刻变成了满满的错愕。

"来来来，晚晚，我给你介绍一下。这就是我儿子韩也，在金陵一中读高三，成绩嘛，沈教授应该跟你说过了，在年级里面是倒数。唉！我也不指望他能考上什么重点大学，只要他能上个二本学校，我就心满意足了，但他现在这个成绩啊，我估摸着想上个大专都难。"韩也爸爸一脸恨铁不成钢地看着自己的儿子介绍道。

于晚晚赶紧跟着站了起来。只是她站起来之后，才发现这家伙的个子很高，她竟然要仰起头才能看到他的脸。刚才在地铁站出口的时候怎么没发现呢？估计是因为那会儿自己的眼里只有售货机里的矿泉水。

韩也站在原地，视线微垂，看着身高刚到自己胸口的于晚晚，敛去眼眸里的惊愕，扯着嘴角笑了一声，声音慵懒地说："初中生？"

于晚晚一下子僵住，抬头瞪了韩也一眼："我大一了。"

"哦，这么矮。"韩也的唇角勾起一抹似笑非笑的弧度，说完这句话之后，便直接懒洋洋地在沙发上坐了下来，两条长腿几乎伸到了于晚晚的脚边。

韩也爸爸看见他的样子，皱了皱眉道："把腿缩回去，站没站样，坐没坐样！人家是女孩子，长你那么高干吗？"

韩也不屑地哼了一声，但还是默默地将腿缩了回去。

"这小子说话没大没小的，你别放在心上。"韩也爸爸又瞪了一眼自己的儿子，然后转过头来对着于晚晚笑道，"不过以后你就是他的老师了，他要是惹你不高兴了，你尽管骂他，想怎么骂就怎么骂，不用顾忌我们的。"

于晚晚听着他的话，忍不住扯了扯嘴角。别的家长都生怕老师虐待自己的孩子，怎么这位好像巴不得自己的儿子受虐待？

韩也听到自己爸爸的话则是直接翻了个白眼。

"来来来，吃水果，吃水果！"就在他们三人说话的时候，韩也的妈妈端着刚刚切好的水果从厨房里走了出来。

她将满满一盘水果放到客厅的茶几上，然后挨着于晚晚坐了下来，笑眯眯地看着她说："晚晚啊，我听沈教授说你是这一届大一新生里成绩最好的。怎么样，刚开学不久，你还习惯吗？"

"挺好的。"于晚晚有些腼腆地点了点头，应了一声。

"今年多大了？"韩也妈妈继续问道。

"再过几个月就满十八周岁了。"

"咦？那你跟小也一样大啊，怎么你就上大一了呢？"韩也妈妈带着热情的笑容和于晚晚唠嗑。

"我小学的时候跳了一级。"于晚晚认真地回答道。

"看看人家孩子，明明跟小也一样大，现在已经是南大的高才生了，而咱们家这个……唉……"韩也妈妈看了一眼自己的儿子，忍不住长长地叹了一口气。

她的话音刚落，一直靠在沙发背上的韩也转过头来，朝着于晚晚淡淡地瞥了一眼。

"那你是几月几号的生日啊？"韩也妈妈继续热情地问道。

"一月十九号。"

"哎哟，那不是跟咱们家小也同一天生日吗！你俩是同年同月同日生啊！"韩也妈妈十分惊喜，继续问于晚晚，"那你是几点出生的啊？"

"嗯……"于晚晚想了想，有些不太确定地回答道，"好像是晚上九点多吧。"

"我们家小也是夜里十一点出生的，你比小也大了一个多小时呀，那小也应该喊你姐姐。"韩也妈妈开心地转头冲自己的老公说，"看见没有？这就是缘分啊！"

"是是是！"韩也爸爸连声附和道，"你看看，同是一月十九号晚上出生的，别人家的孩子不费吹灰之力就考上了南大，再看看咱们家的，唉……"

这声叹息跟刚刚韩也妈妈那声简直一模一样。

韩也撇了撇嘴，不屑地说："可是她矮啊。"

"你懂什么？浓缩的都是精华！像你这样的，就是四肢发达，头脑简单！你还得意起来了！"韩也妈妈在听到自己儿子的话后，十分不乐意地瞪了他一眼。

只是她这话刚说完，自己又感觉有点不对劲，于是赶紧转过头去对于晚晚笑着说："当然了，阿姨也不是说你矮。其实对于女孩子来说，你这样的身高正好！"

于晚晚脸上保持着尴尬而不失礼貌的微笑。

在韩也妈妈热情的劝说下吃了一堆凤梨、葡萄、水蜜桃、哈密瓜之后，于晚晚终于忍不住开口说道："那个，阿姨，我今天是来给小也辅导功课的。我看时间也不早了，要不咱们就开始吧？"

"啊？哦，好。"韩也妈妈微微怔了一下，随即便转头对韩也说，"小也，你带晚晚去书房吧，要认真听讲，知道了吗？"

"哦。"韩也不冷不淡地应了一声，站起身来，一脸不情愿地带着于晚晚朝书房走去。

因为知道今天于晚晚要过来给韩也补课,所以韩也妈妈一大早就指挥自己的老公把书房认认真真地打扫了一遍,刚刚于晚晚进门的时候,韩也爸爸正好打扫完毕。

韩也家的书房里有一整面落地窗,除了那面落地窗之外,另外的三面墙上全都是书架。一走进书房,书本特有的油墨清香便扑鼻而来。

房间的正中央铺着一块有着中式花纹的地毯,上面放着一张书桌,桌子上已经摆好了各种课本和练习册,后面还放着两把椅子。

于晚晚跟在韩也身后,一边走一边打量旁边书架上放置的书本。

"对了,你叫什么名字?"韩也在前面走着走着,突然停了下脚步,转过身来,面朝着于晚晚问道。

于晚晚没注意,整个人直接撞在了韩也的怀里。

于晚晚只觉得自己鼻子一酸,眼泪差点就要出来了,心说这家伙的胸口是铁板做的吗,这一下撞得她鼻子都快断掉了。

她抬起头,却看到韩也那双深邃的眼眸里闪过一丝讥诮,听到他声音中带着一丝不屑:"投怀送抱?"

于晚晚忍不住翻了个白眼,这家伙跟刚才在地铁站出口时,简直判若两人。

"不好意思,我对小朋友不感兴趣。"于晚晚一边揉着自己的鼻子,一边一本正经地朝着他说道。

韩也一愣,随即便回过神来,似笑非笑道:"那正好,我对'老女人'也不感兴趣。"

说谁是老女人呢!于晚晚抬头用力地瞪了韩也一眼。

韩也微微一怔,心中觉得好笑:这家伙刚刚进门的时候看起来还柔柔弱弱的,怎么突然变得这么凶了?

"你到底叫什么啊?"韩也眯了眯眼睛,见她不说话,便不耐烦地开口朝着她又问了一遍,"我听我爸妈叫你晚晚,什么'晚'啊?饭碗的'碗'啊?"

"我叫于晚晚。"于晚晚深吸一口气,一边告诉自己不要跟小孩子一般见识,一边对韩也微微一笑道,"晚上的'晚',因为我是晚上出生的,所以叫于晚晚。你呢?你爸妈叫你小也,是什么'也'啊?野兽的'野'?"

韩也的笑容变得僵硬,眼神古怪地盯着于晚晚看了一会儿,才终于开口说:"之乎者也的'也'。看见这满屋子的书了吗?我爸要是放到古代去,绝对是个满口之乎者也的迂腐书生。"

于晚晚听着他的话,勉强扯着嘴角朝他笑了笑,然后随手拉开一张椅子,在书桌后面坐了下来,看着他说:"那咱们就开始补课吧。我听沈教授说,你在文理分科的时候选择了文科。"

"嗯。"韩也低低地应了一声,拉开于晚晚身边的另一把椅子,坐了下去。

"所以明年高考的时候,你是考语数外再加历史、政治?"

"嗯。"

"那你……哪一门比较弱?我们先来补习那一门吧。"于晚晚想了想问道。

"比较弱?"韩也挑了挑眉道,"什么叫比较弱?我每一门学科都很均衡。"

"呃……均衡的意思是……都很好?"于晚晚一愣,正想着刚刚他爸爸说的话可能是夸张了,也许这男生的成绩并没有那么差的时候,韩也不慌不忙地开口道:"不,一样差。"

他顿了顿,语气中带着满满的不在乎继续说道:"每一门都不及格的那种均衡。"

于晚晚扯了扯嘴角,看着他那副"我就是成绩不好,你能拿我怎么办"的嚣张样子,深吸一口气,努力微笑着说:"你能告诉我去年高二下学期结束时,你期末考试的成绩吗?"

"哦,不好意思啊,我不记得了。"韩也十分坦然地回答。

不记得了?于晚晚瞪大了眼睛看着他。

韩也一只胳膊撑在桌子上,修长的大手托着自己的下巴,玩味地看着坐在自己身边的于晚晚。

这家伙脸上的表情真好玩。白白净净的脸颊上,一双圆溜溜的眼睛瞪得大大的,此时的样子越看越像一只奓毛的小猫。要不是她说自己已经上大学了,他还真会以为她只是个初中生。哦,不,其实刚刚在地铁站出口的时候,她的背影看起来根本就是个小学生。

韩也把脸凑近于晚晚,笑眯眯地对她说道:"是啊,不记得了,反正考得不好,全部不及格,记着分数又有什么用?"

"我要是没记错的话,金陵一中应该是重点高中吧?"于晚晚看着突然凑近自己的那张脸,皱了皱眉,下意识地将脑袋朝后挪了挪,"你这样的成绩,当初是怎么考上金陵一中的?"

韩也脸上的笑容瞬间僵住,半晌才直起身子,冷冷地说道:"你管我!"

这家伙变脸也变得太快了吧?

于晚晚眼看着这个话题进行不下去了,只得随手拿起桌上那摞书最上面的一本数学书。

"那咱们就从数学开始吧。"于晚晚打开自己手中的数学书,又拿出几张草稿纸,开始认真地给韩也讲解起来。

书房外面,韩也妈妈弯着腰扒在门上,皱着眉头,努力想听清里面的动静。

韩也爸爸端着果盘,看着自己老婆,忍不住小声问道:"老婆,你干吗呢?"

"嘘!"韩也妈妈赶忙转过头,冲自己的老公比了一个嘘声的手势,然后压低了声音回答,"晚晚在给咱们小也讲课呢,我看里面没什么动静,这说明小也还算乖,没有欺负人家女生。"

"这不是废话吗?咱们现在还在家里,他要是敢欺负人家,我不得打断他的腿啊?"韩也爸爸有些哭笑不得。

"说得也是,也不知道下周咱们不在家的时候,晚晚会怎么样。"韩也妈妈听自己的老公这么一说,顿时也没了听墙角的兴致。她走回客厅里,在沙发上坐了下来,连声叹道:"你说这孩子,明明初中的时候成绩好好的,怎么上了高中突然就不爱学习了呢?眼看着他的成绩一落千丈,问他他又不说是怎么回事。你说说,这可叫我们怎么办啊?"

"要我说啊,孩子都高三了,你就别老在外面做你的那些研究课题了,回来好好陪着孩子把高三这一年读完算了。"韩也爸爸一边说着一边把一颗葡萄丢到嘴里。

"我放弃研究课题？你怎么不说你放弃呢？"韩也妈妈一听顿时不乐意了，"我这课题眼看着离成功就差那么一点点了，一旦完成就是造福全人类的事情。你呢？你怎么不放弃你那工程？"

"我这工程上上下下加起来好几百号人呢，我放弃了，他们都喝西北风去啊。"韩也爸爸有些无奈，"咱俩这不都是迫不得已吗？"

"唉，只能寄希望于晚晚了。"韩也妈妈跟着叹了一口气。

一下午的时间很快就过去了，等到于晚晚从书房里出来的时候，韩也妈妈热情地邀请她留在家里吃饭，却被她以舍友还在等着自己回去一起吃晚饭为由委婉地拒绝了。

见于晚晚坚持要回学校，韩也妈妈又热情地表示可以开车送她回去。

于晚晚本来就只是来做家庭老师的，哪好意思再让人家开车送自己回去？在她的各种推辞之下，韩也妈妈只得让步，让韩也送她到地铁站。

对于这样的提议，韩也几乎是下意识地拒绝："凭什么？我才不要送她。"

韩也妈妈没好气地白了他一眼："尊师重道，你小时候妈妈是怎么教你的？晚晚好歹也是你的老师，让你送一下老师，你还不乐意了？"

"什么老师啊，不就是个小矮子吗？……"韩也撇了撇嘴，眼角的余光却瞥到自己的爸爸正在四处找扫帚，于是赶紧快步走到门边，朝着于晚晚仰了仰下巴说，"走啊，还愣在那里干吗？"

于晚晚礼貌地向韩也的爸爸妈妈告别之后，才跟在韩也的身后进了电梯。

电梯里的空间狭小而封闭，于晚晚和韩也各自占据电梯的一角，两人一言不发直到出了电梯。

从电梯里出来之后，于晚晚转身对跟在自己身后的韩也笑了笑说："我自己走到地铁站就行了，你赶紧回去吧。"

韩也看着站在自己面前的于晚晚，撇了撇嘴，转头看向不远处的花圃，不咸不淡地说道："你以为我想送你过去啊？我这刚下楼就又上去，回去得这么快，肯定要被我爸妈唠叨。"

"好的，大爷，都听你的，大爷。"

于晚晚保持着端庄的微笑，默默地转身朝着小区外面走去。

她之前在地铁站出口的时候绝对是瞎了眼，所以才会觉得这家伙有一点可爱。

出了小区过条马路再转个弯就到了地铁站的入口处，于晚晚对韩也说："就送到这儿吧，谢谢你啊。回去之后，记得把我给你讲的那些内容再好好复习一下，下周我会先抽查一下今天补习的内容的。"

韩也没好气地哼了一声，连个招呼都没打，直接转身朝着自己家的方向走了回去。

望着韩也离开的背影，于晚晚忍不住撇了撇嘴，心想：这娃儿好像叛逆得有点厉害啊。

从韩也家门口的地铁站坐二号线回南大仙林校区大概要五十分钟，等到于晚晚回到宿舍的时候已经快到六点了。

同宿舍的几个人早已经饿得两眼冒绿光，一看到于晚晚回来了，她们立刻嚷嚷着要她用做家庭老师赚来的钱请大家吃顿好的。

于晚晚哭笑不得地看着她们："平时一到下午五点你们就一个个跟饿狼一样往食堂冲，今天竟然硬生生忍到了六点，这不科学。"

唐又晴和丁梦凡直接上前，一边一个架住晚晚的胳膊，边往宿舍门外走边说："甭管科不科学，先吃饭去！"

薛薇薇顺手带上宿舍门："对，今儿就去十一食堂，把各种菜品都点一遍。"

于晚晚还没来得及反应，人已经被她们给架走了。

十一食堂内，于晚晚看着坐在自己身边大快朵颐的三位室友，忍不住撇了撇嘴："你们吃慢点，又没人跟你们抢……"

唐又晴在听到她的这句话之后抬起头来，含糊不清地说："对了，鱼丸，你今天不是去当家庭老师了吗？怎么样？教的是男生还是女生啊？"

于晚晚夹了一块水煮肉片到自己的碗里，不慌不忙地回答："男的。"

"真的？"丁梦凡和薛薇薇同时抬起头来，用一脸八卦的神情看向于晚晚，问道,"长得帅吗?"

"还行吧。"于晚晚想了想,觉得韩也的长相应该是受女孩子欢迎的那种类型,但这家伙的性格就一言难尽了。

"个子高吗?"唐又晴两眼发光地问道。

"目测一米八五以上。"于晚晚随口回答道。

"哇!"其他三个人同时感慨道,"长得好看,个子又高,鱼丸宝宝,你可以考虑跟他发展一下啊。"

"发展什么啊,他比我小好吗!"于晚晚有些无奈地看着自己面前的三个人。

"能小多少啊?他不是上高三吗?那最多就比你小一岁啊。"唐又晴兴奋地看着于晚晚道,"现在不就流行'小奶狗''姐弟恋'吗?考虑一下啊,考虑一下。"

"不要。"于晚晚想都没想就直接拒绝了,心中忍不住默念着幸好没跟她们说韩也和她是同年同月同日生,不然她们肯定会巧舌如簧地说他俩是天造地设的一对。

薛薇薇一边吃着东西一边问道:"之前就听你说,这次做家庭老师带的学生成绩不太好,性格还有些恶劣,看你这反应,难道是真的?"

一提到这个,于晚晚忍不住又在心里叹了一口气:"还行吧,也不算特别恶劣,可能就是对我有点抵触吧。"

唐又晴听到她的话,迟疑了一下,忍不住小声问道:"成绩不太好,到底是多不好啊?"

"每门都不及格的那种。"于晚晚生无可恋地看着自己的室友,"关键是他自己还挺无所谓的,我突然觉得沈教授好像挖了一个大坑给我。"

"那你还是不要和他发展了。"丁梦凡听了于晚晚的话后直接摇头道,"一个学霸,一个学渣,精神世界都不在一个层面上,就算在一起了,也不会长久的。"

唐又晴和薛薇薇连连点头附和道:"说得有道理。"

于晚晚放下手中的碗筷，视线在自己的三个室友身上一一扫过，极其诚恳地开口道："二晴、傻薇、呆凡，够吃吗？要不要再点些其他的？"

"不用了，不用了，再点就浪费了。"唐又晴摇摇头道。

"你傻啊，她这是想堵上我们三个人的嘴！"薛薇薇哭笑不得地看着身边的唐又晴。

"什么？鱼丸，你过分了啊，我们也是为了你的将来着想啊！"唐又晴回过神来，一拍桌子气愤地大声喊道，"再给我来一份酸菜鱼！"

转眼又到了周六，已经连续上了五天半课的学生们在临近中午放学的时候，一个个都变得蠢蠢欲动。

韩也坐在教室的最后一排，一双长腿直接伸到了旁边的过道里，任凭窗外暖洋洋的阳光洒在自己的身上。他兀自撑着脑袋，昏昏欲睡。

讲台上，老师还在慷慨激昂地讲着"安史之乱"。坐在韩也身边的沈凉雨用手肘轻轻地推了推他的胳膊，轻轻喊了几声："也哥，也哥。"

韩也一下子清醒过来，眼睛微微睁开，依旧保持着原来的姿势，只是转头瞥了一眼自己的同桌，随口问道："干吗？"

"快下课了，还有三分钟。"沈凉雨指了指自己的手表，压低了声音说。

"嗯。"韩也闭了闭眼睛，正准备继续眯一会儿的时候，像是突然想起了什么一般，转头问沈凉雨，"昨天让你给我带的东西，带了吗？"

"啊？"沈凉雨微微怔了一下，随即赶紧点点头道，"带了，带了，你要不说，我都忘了给你了。"

他一边说着，一边从自己的书包里摸出一包包裹得严严实实的东西，从桌子下面悄悄地塞给韩也："不过也哥，你要这玩意儿干吗？"

韩也伸手接过东西，然后撕开包装纸的一角朝里面瞄了一眼，薄薄的唇立刻勾起一个浅浅的弧度。

他将那包东西放进自己的书包里，然后继续托着下巴，双眼放空地看着讲台上口若悬河的历史老师，随口说道："有用。"

"有什么用？"沈凉雨凑近他身边，一脸八卦的表情，"难道是用来吓唬女生的？应该不会吧，这不像是你的作风……"

韩也在听到他的这句话之后，身子微微一僵，脸上却依然没有什么表情："嗯，吓唬家里小孩子的。"

"哦……"沈凉雨听到这个回答，瞬间有些失望，"没意思，是用来吓唬'熊孩子'的？我跟你说，遇到'熊孩子'直接上去揍一顿就行了，用这些玩意吓唬他们没什么意思。"

韩也漫不经心地听着沈凉雨在自己耳边唠唠叨叨，转头看向教室窗户外面高大的香樟树，三心二意地应了几声。

丁零零，下课铃声响起来的时候，教室里面顿时发出一阵骚动。

站在讲台上的历史老师伸手扶了扶自己脸上的眼镜框，看了一眼讲台下面满脸兴奋的学生们，不慌不忙地说道："大家别急，等我讲完这段历史，咱们就放学。那么刚才我们说到了安禄山和史思明……"

眼看着历史老师又开始滔滔不绝地讲课，教室里渐渐安静下来。

沈凉雨趴在桌子上，歪过脸来看着韩也低声哀号："又来了，这老师每次都要拖堂！"

好不容易等到老师宣布下课，教室里的学生们立刻如同离弦的箭一般冲出了教室。

沈凉雨早就收拾好了书包，他坐在课桌上，看着不慌不忙收拾东西的韩也，忍不住催促："也哥，你快点啊，我快要饿死了。"

"急什么？没看那么多人吗？"韩也慢慢悠悠地将自己的笔袋放进书包，然后拉上书包的拉链，站了起来。

"哎哟，大哥，你没看学校里就只剩下咱们班的人了吗？其他班的早就走光了。"沈凉雨拽着韩也的胳膊，直接将他拖出了教室，"也哥，你这是拖延症，得治。每次都要最后一个从教室里出来，不知道的人还以为你在教室里刻苦学习呢。"

韩也淡淡地瞥了他一眼，懒得理他。

从教室里出来之后,下楼再拐个弯就到了学生自行车库。这会儿偌大的车库里就只剩下几辆自行车孤零零地停在那里。

沈凉雨走到自己的自行车前,打开车锁,转头看了一眼韩也,然后推着自行车走到他身边,随口问道:"也哥,下午去你们家玩游戏好不好?我爸妈今天都不上班,下午肯定要看着我在家写作业,没意思……"

韩也推着自己的山地车一边往车库外面走,一边冷淡地回答:"不行,下午我家里有人。"

"什么人啊?"沈凉雨愣了一下,随即便用恍然大悟的眼神看着他,"哦哦哦,是不是有小孩子?"

"嗯。"

"多大的小孩啊?我可以带他一起玩游戏啊。"沈凉雨凑上前去,兴奋地说道。

韩也微微迟疑了一下,开口道:"初中生。"

"初中生?"沈凉雨一听立刻连连摇头道,"那算了,那算了,刚上初中的小男生最讨厌了,我没兴趣带他一起打游戏。"

"嗯。"韩也点点头,转头朝前看去,却发现前面不远处有个身影正站在树下仰头看着天空。

等到他和沈凉雨走近了,才发现那人似乎是隔壁班的女生。

那女生一看到韩也立刻两眼发光,略带娇羞地喊了他一声:"韩也,我的羽毛球飞到树上了,你能不能帮我拿下来?"

韩也抬头看了一眼卡在树梢间的白色羽毛球,面不改色地朝着那个女生说:"抱歉,够不着。"

那女生眼看着韩也快要碰到树梢的头发,脸上一阵红一阵白。

他明明只要伸一下手就能拿到那个羽毛球了,却对她说他够不着。

沈凉雨眼看着气氛瞬间变得尴尬起来,赶紧将自己的自行车停好,走到韩也身边。他稍一踮脚,便将那个卡在树梢间的羽毛球取了下来,将羽毛球递给那女生:"给你,下次打球的时候注意一点。"

"谢……谢谢。"那女生红着脸,朝着沈凉雨道了一声谢,又转头看了韩也一眼,抿了抿嘴,手里攥着球飞快地跑走了。

沈凉雨目送那女生离开之后才走回自己的自行车跟前,朝韩也撇撇嘴道:"也哥,不是我说你,刚刚那女生好歹也是隔壁班的班花,你给人家点面子啊。"

"给什么面子啊?"韩也懒洋洋地看着沈凉雨道,"大中午的,其他班的学生早就走光了,她自己一个人站在主干道上,连个球拍都不带,羽毛球还能飞到树上去,她是在用意念打球吗?真以为我刚才没看到她使劲往树上扔羽毛球的样子?呵,我又不瞎。"

沈凉雨听着他的话,微微一怔,随即咂嘴道:"也哥,这就是你的不对了,不管怎么说,人家姑娘也是为了引起你的注意啊。"

"我对她没兴趣。"韩也丢下这句话之后,直接骑上自己的山地车,朝着校门外面骑去。

"哎哎哎,学校里不让骑车啊,你等等我啊!"沈凉雨推着自己的自行车,在韩也后面一路飞奔。

下午两点,于晚晚准时来到韩也家门口,按响了他家的门铃。

听说今天韩也的爸妈不在家,家里就只有韩也一个人。沈教授在她出来之前特地打了个电话给她,让她做好心理准备,忍无可忍的时候可以直接上手揍那小子。

于晚晚想了想,还是觉得能用语言解决的问题,最好不要动用暴力。

门铃响了两声之后,屋内便传来一阵拖鞋的踢踏声,紧接着大门被打开了。

出乎意料的是,韩也那张清秀帅气的脸上竟然带着浅浅的笑容。

"你来了。"韩也站在门边,目光落在于晚晚的身上,声音清澈地说道。

"啊?来了……"于晚晚有些发蒙地看着他。

她早已经做好了被他冷脸相对的准备,此刻看到他一副笑吟吟的模样,一时之间竟然不知道该做什么反应才好。

"进来吧,拖鞋在门口的鞋柜里。"韩也侧过身子,示意于晚晚进来。目前看来,态度还算客气。

"哦。"于晚晚应了一声,走进门,换好拖鞋。她正准备跟着他去书房,韩也突然开口问道:"喝点什么?"

"啊?"于晚晚看着眼前的韩也,下意识地怀疑自己是不是进错了门。

明明上次见面的时候,这家伙还对自己爱搭不理的,怎么今天突然就变得这么热情了呢?

其实他也不算很热情,这样的态度放在普通人身上还是很正常的,然而跟上次的冷淡相比,这次就热情得有些莫名其妙。

于晚晚眨了眨眼睛,盯着韩也看了好一会儿,才不确定地朝着他说:"我喝水,白开水。"

"白开水?"韩也在听到她的回答之后,眉头微微蹙起,语气中带着一丝不易察觉的殷切问道,"你不喝可乐吗?"

"不用了,我比较喜欢喝水。"于晚晚朝他微微一笑。

"哦。"韩也淡淡地应了一声,"那你先去书房吧,我给你倒水去。"

"好的,谢谢了。"于晚晚点点头,拎着自己的书包便朝着他家的书房走了过去。

书房里的东西还保持着上个星期她走之前的样子,也就是说这一整个星期,韩也根本就没有复习过她给他讲的内容。

于晚晚皱了皱眉,走到书桌前,刚刚拉开椅子坐下来,韩也便端着两杯还在冒泡的可乐走了进来。

"给你,可乐。"韩也将其中一杯可乐放到于晚晚的面前,嘴角挂着一道浅浅的弧度。

于晚晚盯着面前的玻璃杯看了一会儿,抬起头来,用奇怪的眼神看着韩也说:"我记得我刚才说的是要白开水。"

"水有什么好喝的?又没有味道,喝点可乐吧,你不喜欢吗?我最喜欢喝可乐了。"韩也朝着她眨眨眼睛,一边说着一边举起自己手中的杯子喝了一口。

于晚晚对他的这番说辞有些无可奈何。她想了想,还是算了,他大概就是想把自己喜欢喝的东西拿出来跟她一起分享,所以才会固执地给她也倒了一杯可乐吧。

这么一想,其实他人还是不错的,上次可能就是因为父母都在,所以才忍不住有些叛逆的小情绪吧。

于晚晚想到这里,朝着韩也笑了笑,点点头说道:"好吧,谢谢。对了,上次我给你讲的那几个数学公式,你都记住了吗?有没有做点题目,巩固一下知识?"

"没有。"韩也十分坦诚地看着于晚晚,在她身边坐了下来,依然执着地问道,"你为什么不喝可乐?"

啊?于晚晚微微一怔,一双亮晶晶的眼睛看着韩也。

她的眼睛又大又圆,眼角湿漉漉的,眼神看起来就像无辜的小鹿,再配上她那张稚嫩的娃娃脸,整个人显得楚楚可怜。

韩也盯着她的眼睛看了一会儿,然后不自觉地挪开自己的视线,轻咳一声说:"你坐地铁一路过来,外面天气又热,应该很渴了吧。你先喝点东西,再开始讲课吧。"

"嗯,好。"于晚晚听到他的话,心中顿时一阵感动。也许这家伙只是成绩差了点,品性还是好的,看他这么会关心人的样子,一点都不像沈教授口中那个顽劣的主儿。

她这么想着,端起面前的杯子递到嘴边,喝了一口杯子里的可乐。

下一秒,于晚晚那双眉毛便立刻紧紧地皱了起来。

她伸手捂住自己的嘴巴,一溜小跑冲出了书房,跑进卫生间之后将口中的可乐全部吐了出来。

这是什么味道啊?!

明明看起来是可乐,但是进了嘴里之后,味道又酸又咸,混合着可乐特有的甜味,差点没让她直接吐在书房里。

韩也慢悠悠地跟在于晚晚的身后,双手抱胸斜倚在卫生间的门上,优哉游哉地看着她,关切地询问:"你怎么了?"声音里却带着一丝幸灾乐祸的欣喜。

于晚晚漱了好几次口之后才把嘴巴里那股奇怪的味道去掉。她关上水龙头,转过头来,微微泛红的眼眸盯着韩也,眼神里满是气愤地大声问道:"你在可乐里加了什么?"

"没加什么啊。"韩也一脸无辜地看着于晚晚说,"就倒了点醋和酱油,另外加了一勺盐而已。我就是想跟你开个玩笑,我也没想到你会直接喝那么一大口啊。"

"你……"于晚晚咬了咬牙,怪不得这家伙今天对自己这么热情,原来早就挖好了一个坑在这儿等着她。

韩也看着于晚晚明明满脸委屈和愤怒,却被他呛得一句话都说不出来的样子,不知道为什么,就是觉得心里一阵阵痛快。

但他表面上还是十分诚恳地看着于晚晚,语气里满是抱歉:"对不起,真的对不起,我就是想和你开个玩笑,你不会介意吧?"

"我!介!意!"于晚晚一字一顿地说道。

韩也微微一怔,正常情况下,一般人这种时候不是应该说"不介意"吗?

"那……那怎么办?"韩也看着她那张愤怒的小脸蛋,一下子有些不知所措。

"今天多做十道数学题!"于晚晚朝着韩也咆哮完之后,伸手扯过洗手台上的面巾纸,擦了擦自己眼眶里快要掉出来的眼泪。

那味道简直要让她对可乐产生一辈子的心理阴影了。

"好。"韩也点点头,想都没想就直接答应了下来。

鉴于他的认错态度还算好,于晚晚站在原地盯着他看了几秒之后,终于决定先放过他。

"走吧,回去继续做题。"于晚晚深吸一口气,转身回书房。

韩也看着她的背影，唇角勾起一抹坏坏的弧度。

于晚晚回到书房等了好一会儿也没看到韩也跟着进来，正准备起身去看看情况，就见韩也端着一块小蛋糕走了进来。

于晚晚看着他手里的那块小蛋糕，眼神里满满的都是疑惑。

"抱歉，刚才是我不对。"韩也走到于晚晚身边，将蛋糕放到她面前，接着在她身边坐了下来，语气中满是歉意，"这是我今天中午特地买回来的小蛋糕，本来是打算留着当晚饭的，现在……给你吃吧，你们女生不是都爱吃小蛋糕吗？"

"我们女生？"于晚晚有些狐疑地看着他，看他这样子好像对女生还挺了解的，再加上长得这么帅，虽然成绩不太好，但是学校里应该有许多小女生喜欢他的吧？

韩也被她这质疑的眼神看得有些不自在，清了清嗓子，硬着头皮说："是啊，我妈和我表妹，她们都喜欢吃这种甜甜的小蛋糕，怎么，难道你不喜欢？"

于晚晚盯着他看了好一会儿，终于将目光从他的脸上转移到那块小蛋糕上。

那是块芝士蛋糕，表皮上一层烤得微焦的浓浓芝士泛着诱人的光泽，蛋糕旁边放了一把精致的小勺子，勺子的手柄末端是一个可爱的仙人掌造型。

只是……虽然这蛋糕看起来美味又诱人，但不知道为什么，她的心里就是有一种不好的预感，尤其有了刚刚那杯可乐的前车之鉴。

"你不吃吗？"韩也眨眨眼睛，可怜巴巴地看着她，乌黑的眼眸里透出满满的期盼，"这真的是我用来向你赔罪的，我都把我最喜欢的蛋糕给你了，你还生气吗？"

请你不要用这种眼神看着我。

于晚晚看着韩也无辜又可怜的眼神，不知道为什么，脑海里竟然浮现出一只摇着尾巴的小狗的形象。

犹豫片刻之后，于晚晚伸手拿起那把精致的小勺子。

韩也目光紧紧地盯着她握着小勺子的那只手，看着勺子挖下一小块蛋糕，再看着她抬起手，准备将蛋糕送到自己的嘴里。就在这时，于晚晚的动作突然顿住了。

"怎么了？"韩也顿时有些紧张地看向于晚晚，开口问道。

于晚晚看看自己勺子里的蛋糕，又看看韩也那略显紧张的眼神，突然将勺子的方向一转，送到韩也的嘴边："还是给你吃吧。"

韩也微微一怔，没想到她竟然会将蛋糕送到自己嘴边，心中瞬间一乱，白皙的脸颊上立马浮现出两抹浅浅的红晕："不……不用了，这是给你准备的，我怎么好意思吃呢？"

"可是你刚刚说，这是你最喜欢的蛋糕。君子不夺人所爱，所以还是给你吃吧。"于晚晚眨眨眼睛，将手中的小勺子朝着韩也的嘴边又送了送。

不要！他才不要吃这个蛋糕！

韩也下意识地朝后退了退，眼神里写满了抗拒。

于晚晚看着他脸上的表情，心中已经大概明了是怎么回事了。她收回手，转而重新打量眼前的蛋糕。片刻之后，她直接用勺子挖开表面的那层芝士，松松软软的蛋糕里立刻露出一只硕大的蟑螂。

饶是知道这蛋糕里的蟑螂是假的，韩也在看到那蟑螂乌黑发亮的背壳时，心里还是忍不住咯噔了一下。

他下意识地转头看向于晚晚，却见于晚晚面不改色地直接用手指拈起了那只大蟑螂。

这是什么？小学生用来吓唬人的橡胶蟑螂吗？

于晚晚用手指捏了捏那只大蟑螂，满脸狐疑地看向韩也。

然而在韩也的眼里，平静地用手捏着蟑螂的于晚晚瞬间变得比蟑螂还可怕。

"这是你放的？"于晚晚晃了晃手中的那只大蟑螂，朝着韩也抬了抬下巴。

"不……不是。"韩也脸色发白，硬着头皮回答。

"呵，幼稚。"于晚晚朝他翻了个白眼，直接将手中的大蟑螂扔进书柜旁边的垃圾桶里，顺便用纸巾擦了擦自己的手说，"你还给我准备了什么欢迎礼物？"

"没……没了……"韩也摇了摇头，视线却下意识地瞥向于晚晚放在书桌旁边的书包。

于晚晚顺着他的视线看向自己的书包，心中了然。她打开自己的书包，朝里面看了一眼。她的书包里面躺着一只肥硕又逼真的大老鼠。

于晚晚抬头，冲韩也微微一笑，直接伸手拎起那只大老鼠的尾巴，在韩也眼前晃了晃："这也是你放的？"

"不是，没有，怎么可能。"韩也努力让自己保持镇定。

他爸妈到底给他找了一个什么样的家庭老师啊！眼前的这个女生看起来一副娇小柔弱的样子，但是她怎么就能那么镇定地用手去抓蟑螂和老鼠呢？虽然是假的，但之前他明明也用这招吓得几个男老师大声尖叫啊！

"不是就好，我就勉强相信这只假老鼠是自己长腿跑进我的书包里的吧。"于晚晚的脸上保持着淡定的笑容，随手将那只大老鼠放在书桌上，然后翻开数学辅导书，用圆珠笔在上面唰唰唰地勾了一排题目，推到韩也面前，"这二十道题，请你在半个小时之内全部做完。"

"这么多？"韩也看着那些数学题，瞬间瞪大了眼睛。

"嫌少吗？要不我再给你挑几题。"于晚晚继续面带微笑，作势要拿回他手中的辅导书。

韩也赶紧护住辅导书，一副生无可恋的表情，说道："不用了，我做，我现在就做。"

"哼。"于晚晚用力地哼了一声，双手抱在胸前，一动不动地坐在旁边看着他。

韩也长叹一口气，默默地拿起笔来，埋头开始做题。

于晚晚看着韩也，他的侧脸轮廓分明，线条硬朗，做题时一双秀气的眉毛微微蹙起，薄薄的唇紧紧地抿成一条直线。

明明是个帅气的大男孩，偏偏这么幼稚。

于晚晚默默地翻了个白眼，趁着他做题目的工夫，起身走到书架前，开始打量起书架上的书籍来。

不得不说,韩也父母的藏书类型真是五花八门,从周易八卦到医疗护理,几乎要赶上一个小型图书馆了。

于晚晚的目光在书架上随心所欲地扫着,最终落在一本叫作《果壳中的宇宙》的书上。

这不是她一直在找的史蒂芬·霍金的那本书吗?

为了这本书,她跑了好几家书店,结果每一家书店都告诉她没货了,她正准备明天去图书馆再找找呢,想不到竟然在韩也家里看见了。

于晚晚抬头看着放在书架最上面一层的《果壳中的宇宙》,踮起脚,努力伸出手想要将它拿下来。

然而书架太高,她太矮。她都已经努力把胳膊伸到极限了,还是离那本书有五六厘米的距离。

太过分了!为什么一个书架要设计得这么高!

于晚晚努力挣扎了半天,却依然够不着书。不行,她得再试试。不死心的于晚晚继续踮起脚来,跟书架做斗争。

韩也从一堆数学题中抬起头时,一眼就看到了正站在书架前踮着脚,努力想要够到书架上面书籍的于晚晚。

外面阳光正好,灿烂的光芒透过落地玻璃窗照射进来,在于晚晚的身上洒下了一层浅金色。

她穿着白色T恤和背带牛仔裤的背影看起来真的好像一个正在努力拿糖果的小朋友。

只是眼看着她连指尖都开始颤抖了,却还是离那本书有三四厘米的距离。此情此景让韩也哑然失笑。

他大步走到于晚晚身后,轻轻松松地从书架上抽出那本书,然后低头看了一眼封面,问于晚晚:"《果壳中的宇宙》,你想拿这本书?"

于晚晚这才发现不知道什么时候站在自己身后的韩也,他手里还拿着自己拼命想要拿的那本书,她顿时松了一口气。

她揉了揉举了半天的胳膊说:"是啊,我跑了好几家书店想要买这本书都没有买到,想不到你们家竟然有。不过这书放得也太高了,我够了半天都够不着。"

"呵,还不是因为你矮。"韩也看着于晚晚娇小的身材,忍不住开口嘲笑她。

于晚晚抿了抿嘴,虽然内心想狠狠地揍他一顿,但脸上还是保持着尴尬而不失礼貌的微笑:"没有长到你这么高,是我的失误。"

"你也不用长我这么高,女生跟我一样高的话,就不好找男朋友了。"韩也十分多余地接了一句。

于晚晚用力白了他一眼,也不说话。

"话说回来,你到底多高啊?有没有一米五?"韩也一边说着一边用手比画了一下于晚晚的身高。

嗯,这家伙的头顶刚刚好到他的胸口。

"呵呵,我一米五五,谢谢。"于晚晚面无表情地回了他一句。

"那你正好比我矮三十厘米啊。"韩也眨眨眼睛,扬起一抹欠揍的笑容,"我记得我上小学五年级的时候就跟你现在一样高了。"

"矮三十厘米正好做三十道数学题。"于晚晚微微一笑,温柔地说道。

韩也一怔,赶紧将手中的那本书塞进于晚晚的手里,轻咳一声,转移话题:"那个,你既然够不到书,为什么不喊我帮忙呢?"

"我喊你帮忙,你会帮我?"于晚晚一脸狐疑地问道。

"不会。"韩也下意识地回答。

"那不就行了。"于晚晚白了他一眼,"反正就算我喊你帮忙,你也不会帮忙,那我干吗要喊你?"

韩也被她这句话给噎住了,一时之间竟然不知道该说些什么才好。半晌,他才迟疑地开口说道:"但我还是帮你拿了啊。"

"那是因为我没有喊你帮忙,所以你非要帮我。"于晚晚突然露出灿烂的笑容,"想不到你都快十八周岁了还这么叛逆啊,我还以为只有初中的那些小男生才会叛逆呢。"

韩也听到她的话,又一次皱起了眉头,隐约觉得她话中有话。

"你数学题做完了吗?"于晚晚趁着他还没想明白刚才那句话的意思,赶紧转移话题。

"还没。"一提到数学题,韩也顿时像只泄了气的皮球,整个人都蔫了,"感觉有点难。"

"哪里难了?上个星期不是刚给你讲过那几个公式怎么用吗?"于晚晚一边教训他,一边走到书桌旁边坐了下来。正当她伸手拿过草稿纸,准备给他再讲一遍的时候,旁边的卧室里突然传来一阵悠扬的手机铃声。

韩也愣了一下,看了一眼于晚晚,说:"等一下,我先去接个电话。"

说完,他便如风一般跑出了书房。

他的手机就放在卧室中央的那张大床上。韩也走到床边,拿起手机,看到屏幕上不停闪烁的"沈凉雨"三个字,皱了皱眉,按下了接听键:"喂,干吗?"

"也哥,也哥,你快点给我开门,我就在你家门口呢!"听筒里传来沈凉雨兴奋的声音,"我爸妈下午出去逛街了,特地批准我出门玩一会儿。我仔细琢磨了一下,虽然你家有个上初中的'熊孩子',但是俗话说得好,兄弟之间要有福同享,有难同当,我怎么能放任你一个人饱受'熊孩子'的折磨呢?"

"你在我家门口?"韩也听到沈凉雨的话,刚刚才松开的眉毛又忍不住越皱越紧,他迟疑了一下,说,"你等会儿啊,我这就来给你开门。"

"好嘞,也哥,我等着你!"沈凉雨在得到肯定的答复之后,便挂断了电话。

韩也思考了两秒,转身朝书房走去。

"你打完电话了?那咱们……哎,哎,你干吗?"于晚晚见韩也回到书房,正准备继续给他讲题,却突然被他握住了手腕,紧接着,她整个人被他拽出了书房。

"你干吗呀?"于晚晚眼看着他拽着自己进了卧室,心中顿时咯噔一下,挣扎得更厉害了。

韩也直接拉着她走到衣柜门口,伸手拉开柜门,然后将她一把塞了进去:

"你先待在这里，不要出声。"

说完这句话，他就直接关上了柜门。

于晚晚一脸茫然地站在衣柜里，看着眼前关上的柜门，脑海里充满了疑问和气愤。

她咬了咬牙，正准备推门出去的时候，柜门突然又被打开了。韩也探头进来，一脸认真地看着她说："无论发生什么事情，都千万千万不要出声，知道了吗？"

于晚晚一时间被他吓得不知道该说什么才好。

"拜托了。"见于晚晚不说话，韩也立刻换上一副可怜巴巴的表情看着她。

"好……好吧，但是……"于晚晚一看到他那可怜兮兮的表情便忍不住心软。她刚应了一声，还没把话说完，韩也便再次将衣柜的柜门关上了。

这家伙突然发什么神经？！

于晚晚站在黑漆漆的衣柜中忍不住翻了个白眼，心中已经在后悔答应他不出声了。

韩也将于晚晚塞进衣柜之后，赶紧走到门口打算给沈凉雨开门。然而他的手刚刚放到门把手上，眼角的余光便瞥到地上于晚晚的那双藕粉色的小皮鞋。

怎么光顾着把于晚晚给藏起来，却忘了她的鞋呢？好险好险！

韩也赶紧弯腰将于晚晚的鞋拿起来，顺便还打量了一眼。

这鞋好小啊，该不会是童鞋吧？

他还没来得及再细想，门口便传来一阵咚咚咚的敲门声："也哥，也哥！给我开门！刚刚楼下正好有人出去，我就蹭了一下别人的门禁卡。"

韩也赶紧将于晚晚的鞋塞进鞋柜里，然后打开大门。

沈凉雨正笑嘻嘻地站在门外，看见韩也就大声喊道："也哥，我来了！"

"呵呵。"韩也皮笑肉不笑地看了他一眼，侧身让他进门。

"其实我本来是打算待在家里打游戏的，但是一想到你还在水深火热之中，我就毅然决然地出门来陪你了！"沈凉雨在门口换上拖鞋，然后一边朝客厅里走,一边随口问道,"咦?你亲戚家的小孩呢?"

"她……"韩也迟疑了一下,然后随口道,"她回家了。"

"回家了?"沈凉雨一脸不解地看着他。

"嗯,在我家太无聊了,我又不陪她打游戏,她就回去了。"韩也一本正经地胡说八道。

"哦,这样啊。"沈凉雨了然地点了点头,下一秒又兴奋起来,"那咱们来打游戏吧!也哥,你也下载个手机游戏来玩一玩啊,就咱们班好多男生都在玩的那个游戏,我带你一起玩啊。"

"不要,没兴趣。"韩也想都没想就直接拒绝了他。

"为什么啊?"沈凉雨瘪了瘪嘴,一脸委屈地看着他说,"也哥,你这么聪明,玩刺客肯定有前途,你试着玩一玩嘛。咱们兄弟几个,就差一个刺客去打野了。"

"没有为什么,就是不想玩。"韩也说完这句话之后,又看了眼沈凉雨道,"你还有别的事吗?要是没有其他事情的话,就赶紧回去吧,我过会儿还要出门。"

"哎,别啊,也哥,我好不容易骑了两条街过来找你玩,你怎么能说赶我走就赶我走呢?你好歹让我喝一口水啊。"沈凉雨一边说着,一边躲过韩也准备推他的手,直接进了书房。

"你……"韩也心里有一丝不悦,但还是赶紧快步跟上了他。

书房里,靠着书桌的位置放着于晚晚的书包,好在她的书包是黑色的,并不会让人怀疑这是一个女生的包。

只是桌子上的那两杯可乐……

沈凉雨一进书房便直接走到书桌跟前,看了一眼桌子上的可乐,伸手抄起一杯就往嘴边送,开口喝之前才想起来什么,问韩也:"也哥,这杯可乐没人喝过吧?"

"没有。"韩也口是心非地回答道。

"那我喝了啊,正好我骑车骑得有些口渴。"沈凉雨说完这句话之后,便往自己嘴里灌了一大口。

在可乐入口的那一瞬间,沈凉雨瞪大了眼睛,一张俊脸瞬间由红到白,由白到紫,再由紫到黑。下一秒,他直接捂着嘴巴奔向卫生间。

"呕——"

沈凉雨将嘴里的可乐全部吐在了洗手池里,又打开水龙头,连着漱了好几次口。缓了好一会儿,他才抬头看向韩也:"也哥,你那杯子里装的到底是什么?"

"酱油、醋、可乐、盐巴的混合物。"韩也一本正经地回答。

"你怎么不早告诉我那玩意儿不能喝?"

"你也没问啊,你只问我有没有人喝过。"韩也一脸无辜地看着他。

算你狠!

沈凉雨深吸一口气:"不行,不行,我受伤了。我现在感觉头有点晕,我得去躺一会儿。"说完,他便径直往卫生间外走去。

"你上哪儿去?"韩也看着沈凉雨问道。

"我去你房间里躺一会儿。"沈凉雨说完这句话,还没等韩也开口反对,便直接推开他卧室的房门,一下扑上了床。

韩也的脸色瞬间沉了下来,他快步跟在沈凉雨身后进了自己的房间,看着已经躺在自己床上的沈凉雨沉声说道:"出去。"

"不要!"沈凉雨一个翻身,直接抱住了韩也的被子,"借我躺一会儿嘛。也哥,别小气啊,之前我来你家的时候不也经常躺在你床上吗?"

之前是之前,今天是今天。

韩也站在床前,余光瞥到房间里的衣柜,那里面还藏着于晚晚呢。

他深吸一口气,声音清冷地朝着沈凉雨道:"你再不起来的话,我不介意直接把你抬出去。"

"也哥,你怎么对人家这么残忍?"沈凉雨撑着胳膊坐了起来,嚷嚷了两句之后,突然朝着韩也抛了个媚眼,捏着嗓子嗲声嗲气地说,"小也,不要这样,之前口口声声说爱人家爱到地老天荒,怎么这才一个中午没见面,你就对人家这么狠心了?"

韩也听着沈凉雨的话,神色越来越阴沉。

倒是被塞进衣柜里的于晚晚听到沈凉雨的话,直接扑哧一声笑了出来。

安静的房间里,她的这一声笑格外明显。

韩也和沈凉雨一下子愣住了。

沈凉雨歪着脑袋仔细听了一会儿,然后问道:"也哥,你刚刚有没有听到什么声音?"

"没有。"韩也想都没想就直接否认了。

"不对啊,我明明听到有人笑了一声啊。"沈凉雨翻身下床,走到衣柜前,侧着耳朵细听,"声音好像是从这里面传出来的。"

"你听错了。"韩也依旧坚决否认。

沈凉雨皱着眉头在衣柜前来回踱了几步,忽然凑到韩也跟前,压低了声音对他说:"也哥,该不会是你们家亲戚的那个'熊孩子'吧?他其实根本就没有回家,而是悄悄地躲在了衣柜里,打算趁你不注意的时候吓你一跳。"

"呵。"韩也冷笑一声,直接伸手将沈凉雨凑过来的脑袋推开,"怎么可能?我看你是幻听了吧?"

"不可能,我听力那么好,绝对不会幻听!"沈凉雨一边说着,一边就要伸手打开柜门,"不信的话,咱们看一看不就知道了。"

韩也眼看着沈凉雨就要打开柜门,赶紧一个侧身挡在了衣柜前面,声音冷冷地说道:"你不是头晕吗?怎么不多躺一会儿了?"

沈凉雨见韩也快要生气的样子,赶紧扯出一个笑容缓和气氛:"讨厌啦,突然这么凶干吗啦?人家还不是因为关心你爱护你吗?再说柜子里没人就没人嘛,你这么紧张的样子会让人家以为你在柜子里藏了一个女人哦!"

韩也听到沈凉雨的话,忍不住翻了个白眼。

柜子里的于晚晚拼命捂着自己的嘴巴,不让自己笑出声来。可是那个说话嗲声嗲气的男生真的让她忍不住想笑啊,隔着柜门她都能想象到他跷着兰花指说话的样子。

"那咱们来看看,这柜子里是不是真的,藏、了、女、人。"沈凉雨趁着韩也不注意,突然伸手拉开衣柜的柜门。

在看到于晚晚的一瞬间,他脸上的兴奋之情瞬间变成了惊愕。

第 2 章

这是女朋友?

偌大的房间里,突然安静得连针掉在地面上的声音都能听见。

躲在衣柜里的于晚晚和站在衣柜外面的沈凉雨面面相觑,相顾无言。

眼看着这气氛有些尴尬,于晚晚眨眨眼睛,慢慢举起手,朝着沈凉雨打了个招呼:"嗨,你好。"

下一秒,沈凉雨放开握着柜门把手的手,转头看向韩也,一脸震惊地问道:"你真的在衣柜里藏了个女人?!"

韩也脸上的神情有些不自然,他轻咳一声,一双乌黑的眼眸高傲地瞥了于晚晚一眼,声音清冷地说道:"睁大你的眼睛好好看清楚,这个能算女人吗?"

这位同学请你再说一遍,我哪里不算女人了?

于晚晚在听到韩也的这句话之后,忍不住瞪了他一眼。

倒是沈凉雨,又仔仔细细地打量了一遍于晚晚。

眼前的小姑娘身材很是娇小,白皙粉嫩的娃娃脸上一双圆溜溜的大眼睛特别清澈，她的鼻子小巧挺翘，嘴唇红润，再加上两颊上粉扑扑的红晕，怎么看都像是小学五六年级的样子，最多也就是个初中生。

沈凉雨打量完于晚晚，若有所思地点了点头说："抱歉，刚才衣柜里的光线有些暗，我没有看清楚，原来你在衣柜里藏了个初中生。"

"你才是初中生！"于晚晚没好气地瞪了一眼沈凉雨。

沈凉雨微微一怔，赶紧改口道："对不起，对不起，我刚才是随便猜的。那个，小妹妹，你上几年级了？"

于晚晚深吸一口气，微微一笑对着他说："我上大学一年级。"

"哦，原来才上一年级啊，那你这个子在一年级里面算是高的了……"沈凉雨说着说着，突然回过神来，"你说什么？你上大学了？不是小学吗？"

"不好意思，让您失望了。"于晚晚努力保持着脸上的笑容，内心拼命地告诫自己千万不要和这些还在上高中的小孩子一般见识。

"那你和也哥……"沈凉雨伸手指了指于晚晚，又指了指站在自己身边的韩也，一脸疑惑地说道，"你俩是什么关系？你为什么要躲在也哥的衣柜里？"

"我是他的……"于晚晚刚说了四个字，便被沈凉雨打断了："等等，我知道了！这大好的周末下午，你们孤男寡女在房间里，我一敲门，也哥就吓得把你藏进了衣柜里，这说明什么？说明也哥害怕我知道你们两个人的关系。你是他的女朋友，对不对？"

"什么女朋友啊！"于晚晚微微皱眉，正准备解释一下，沈凉雨却突然一个转身，紧紧地抱住了身边的韩也，用一种做作的语气说道："哼，也哥是我的，你别想从我身边抢走他！"

被抱住的韩也忍不住翻了个白眼，对着沈凉雨说："你能不能正常一点？"

"你们俩……"于晚晚疑惑地朝着韩也看去。

"这是我的同桌，沈凉雨。"韩也脸色阴沉地将抱住自己的沈凉雨扯开，然后又指了指于晚晚说，"这是我爸妈给我找的家庭老师。"

"骗人。"沈凉雨撇了撇嘴，一脸的不信任，"这肯定是你的借口。"

韩也冷笑一声，捏了捏自己的拳头，正准备好好修理沈凉雨一顿，于晚晚突然开口问道："沈凉雨？你爸爸是不是南大经管系的沈教授？"

"嗯？"沈凉雨微微一怔，"你认识我爸？"

"他是我的老师。"于晚晚一脸震惊地看着沈凉雨说，"所以你爸爸知道……你和韩也的这种关系吗？"

这种关系？哪种关系？

沈凉雨一脸迷惑地转过头来，发现自己的胳膊还死死地钩着韩也的脖子，立刻如同触电一般将手缩了回来："没有，不是，怎么可能！学姐，我刚刚就是跟你开个玩笑，我以为你是也哥的女朋友，所以才故意那么说，想让你吃个醋。"

"真的吗？"于晚晚一脸狐疑地看着他。

"真的！我发誓！"沈凉雨脸上一副坚定的表情。

他说完这句话之后，房间里又是一片安静，他们三个人都站在原地没有动弹，如同一个稳固的三角形一般。

"所以，你真的是也哥的家庭老师？"沈凉雨半晌才回过神来。这么一说，他依稀记起上个星期他爸爸在饭桌上随口说了一句，说是要把他们年级里成绩最好的那个学生推荐给小也当家庭老师。

当时他也没有放在心上，毕竟韩也已经轰走了好几个有名的家庭老师了，一个刚上大一的毛头小子能坚持多久？可是现在这么一看，原来他爸爸年级里成绩最好的竟然是个女学生！

"嗯。"于晚晚点点头，从衣柜里走了出来，"如假包换。"

"那……"沈凉雨看看于晚晚，又看看韩也，尴尬地说道，"抱歉，打扰了，在下告辞！"他说完这句话就准备转身离开。

这时，于晚晚的手机突然响了起来。她从口袋里掏出手机看了一眼，奇怪地说道："咦？沈教授的电话？"

正准备逃跑的沈凉雨脚步一下子顿住了。

于晚晚看了一眼沈凉雨，拿着自己的手机，走到房间的窗户旁边按下了接听键:"沈教授,您好!嗯,对,我现在正在韩也家给他补课呢……挺好的,还可以吧……沈凉雨?他也在啊……哦哦哦,是您让他过来的啊……好的,没问题……对了沈教授,您知道沈凉雨和韩也的关系……"于晚晚说到这句话的时候,突然回头意味深长地看向沈凉雨。

沈凉雨接收到于晚晚的眼神,顿时后背一凉,一颗颗硕大的冷汗瞬间从脑袋上流了下来。

"你知道他俩的关系特别好吗?"于晚晚看见沈凉雨面如死灰的样子,满意地笑了笑,转过头去继续讲电话,"哈哈哈,是吗?他俩从小一块儿长大的啊……您放心吧,既然他在这儿,我就顺便帮忙看着他们俩一块写作业,不会让他们玩游戏的……嗯嗯,好的,沈教授再见。"

于晚晚满脸笑意地挂了电话,然后转身朝着沈凉雨晃了晃手中的手机道:"你爸爸让你在韩也家乖乖地写作业,不要打游戏,我会好好看着你们的。"

"不是吧……"沈凉雨在听到这句话之后,瞬间万念俱灰。

他就说他爸妈怎么可能好心地让他出来玩,还特地嘱咐他去韩也家找韩也一起玩呢,原来在这儿有个"灭绝师太"等着他呢。

"好了,既然我们彼此之间的误会都解释清楚了,那我们就回书房开始我们愉快的补习课程吧。"于晚晚笑眯眯地丢下这句话之后,便径直转身朝着书房走去。

沈凉雨一脸悲伤地看着韩也说:"也哥,这就是你说的那个亲戚家的'熊孩子'?"

"呵。"韩也冷笑一声,冷冷地瞥了他一眼,然后也朝书房走去。

"也哥,也哥,等等。"沈凉雨赶紧伸手扯住韩也的袖子,神秘兮兮地说道,"我给你看一样好东西。"

"什么?"韩也有些不耐烦地看向沈凉雨。

沈凉雨打开自己的书包,从里面掏出一个硕大的透明塑料盒。盒子里面有一条深绿色的小蛇正缓缓地游动,红色的蛇芯子在口中时伸时缩。

"这是……"韩也看到他手上的东西,略带好奇地看向沈凉雨。

"这是我特地带来的，原本打算让你吓唬熊孩子用的。"沈凉雨一脸不正经地说，"也哥，反正你也不喜欢你爸妈给你请家庭老师，要不咱们干脆用它来吓唬那小姑娘，怎么样？说不定她一害怕，以后就再也不敢来了呢。"

韩也看着塑料盒中的那条小蛇，没有说话。

片刻的沉默之后，韩也点点头道："主意不错，但是谁来把这条蛇从盒子里拿出来呢？"

沈凉雨脸上的笑容忽然一僵，他转过头，目光期待地看着韩也。

韩也侧过头去，眼睛看着窗外，装作若无其事地说道："不要看我，我最讨厌这种软趴趴、凉冰冰的冷血动物了。"

可是我也不敢拿啊。沈凉雨在心里嘀咕了一句，又犹豫了片刻之后，咬牙切齿地说道："要不直接把它倒出来？"

"倒哪儿去？倒于晚晚的头上？"韩也冷笑了一声，"你怕是今天晚上不打算回家了。"

"那、那也哥你把她的书包拿出来，我把这条小蛇直接倒到她的书包里去。"沈凉雨思考了片刻之后，对韩也说，"这样咱俩谁也不用碰它，她也不知道这蛇是我准备的。"

"嗯……"韩也琢磨了一下，点点头道，"把她书包拿出来有难度，但我可以把她从书房里骗出来，你趁机把蛇倒进她的书包里。"

"好，那就这么决定了！"沈凉雨点点头，两个人一拍即合。

韩也慢悠悠地回到书房，对于晚晚懒洋洋地说道："我肚子有点饿了，想煮泡面吃，你能不能教我怎么煮泡面？"

"我？"于晚晚一愣，一脸疑惑地看着韩也，"你不会煮泡面？"

"嗯，以前都是我妈给我煮的。"韩也点点头，带着于晚晚去厨房，边走边说，"我自己从来都没有煮过。"

"好吧，那我教你一次。"于晚晚叹了一口气，一脸无奈地说道，"但是你吃饱了以后就要马上开始做题，知道了吗？"

"知道了,知道了,啰唆。"韩也撇撇嘴,冲沈凉雨使了个眼色,便进了厨房。

油烟机发出轰隆隆的响声,于晚晚随手将自己的一头长发扎成马尾垂在脑后,接着拿起锅接了一些冷水放到灶台上烧,然后转头问韩也:"方便面在哪儿呢?"

"冰箱里。"韩也伸手指了指旁边的冰箱。

于晚晚打开冰箱,从里面拿了一包方便面出来,又顺手拿了一些蔬菜、火腿肠、鸡蛋。

"你拿其他的东西干吗?"韩也皱了皱眉,有些不解地看着她。

"放在泡面里啊。"于晚晚一脸理所当然地看着他道,"难道你只吃一碗光溜溜的泡面?"

"我以前一直是这样的……"韩也迟疑了一下,随口回答道。

于晚晚闻言,忍不住笑着摇摇头。

十分钟后,一碗热气腾腾、营养丰富的泡面被于晚晚端了出来。

"给你,快点吃吧。"于晚晚将筷子递到韩也手里,说,"再过一会儿,面就要泡胀了。"

"嗯。"韩也接过筷子,在餐桌边坐下。

于晚晚煮的泡面香气四溢,晶莹剔透的面条上铺着一层蔬菜和火腿肠,旁边还有一个嫩黄的荷包蛋。

韩也迟疑了一下,尝了一口。

"怎么样,好吃吗?"于晚晚坐在他对面,一双小手撑着下巴,笑眯眯地看着他,一脸自豪地说,"不是我自夸,我煮的泡面绝对是这个世界上最好吃的泡面。这可是我这么多年以来,精心研究的成果。"

"还行吧。"韩也抬头看了她一眼,面无表情地吐出三个字。

虽然她煮得确实很好吃,但他就是不想夸她。

"口是心非。"于晚晚朝着韩也做了个鬼脸,然后催促道,"快吃快吃。"

"嗯。"韩也低头,三下五除二地将泡面全部吃光,顺便还喝光了面汤。

于晚晚一脸促狭地看着他,眼底的得意怎么也掩饰不住。

"我……只是不想浪费而已。"韩也放下筷子,清秀帅气的脸庞上浮现出一抹浅浅的红晕,但语气依旧很不客气,"才不是因为你做得好吃我才吃光的。"

"我知道了,知道了。"于晚晚耸了耸肩膀,然后将他面前的碗筷收走了。反正这家伙就是乖张叛逆的一个人,她也不指望他能开口夸自己了。

韩也却对她的反应有些不满,于晚晚表现出来的样子好像对于自己的评价很无所谓?

"行了,行了,吃好了赶紧去做题吧。"于晚晚将碗筷收拾完毕,拽着韩也的袖子将他拖回了书房。

书房里,沈凉雨已经拿出了自己的作业,正趴在书桌上认真地写着。看到韩也跟于晚晚进来,他赶紧抬头朝着韩也用力地眨了眨眼睛,暗示他已经搞定了。

韩也微微点了点头,回到自己的位子上坐下。

于晚晚拿起笔,一边在草稿纸上写公式,一边对韩也说:"这是上个星期我给你讲的那几个公式,你再看看,刚才我给你挑的那些题目都是可以直接套用这几个公式的。"

韩也看着她写在纸上的那几行公式,漫不经心地点了点头。

"对了,我还给你带了一本习题册,那上面的题目比较适合你现在的水准。"于晚晚一边说着,一边将自己放在书桌旁边的书包拽了过来,"我拿给……"

她的话还没有说完,书包的拉链已经被拉开。一条深绿色的小蛇正吐着鲜红的蛇芯子,从书包里探出头来看着她。

于晚晚整个人都愣住了。她看着眼前的那条小蛇,那条小蛇也看着她,一人一蛇就这么对视了片刻。然后,她突然伸手精准地掐住那条蛇的七寸,将它从自己的书包里拖了出来。

小蛇被于晚晚拎着,细长的尾巴在空中无助地来回甩动。

她竟然敢徒手抓蛇!

韩也和沈凉雨在看到眼前的这一幕时目瞪口呆。

"这条蛇……"于晚晚转过头来，看了看坐在自己旁边的两个大男生，皱着眉头说道，"是谁放进我书包里的？"

"他。"

"他。"

韩也和沈凉雨同时伸手指向对方。

于晚晚看着他俩的样子，突然笑了一下，她将那条小蛇放在自己的手上，然后伸手摸了摸小蛇的脑袋道："你们大概不知道吧，我小时候是在乡下长大的。这些虫子啊蛇啊，我很小的时候就抓过了，我连蜈蚣和蜘蛛都抓过哦。"

韩也和沈凉雨在听到她最后一句话时，瞬间感到毛骨悚然。

"所以，你们最好老实交代。"于晚晚将那条小蛇放在面前的书桌上，细长的蛇身在阳光下反射出点点光芒。它就在桌子上的书堆中游动，鲜红的蛇芯子不时地朝着韩也和沈凉雨两个人吐一吐。

"是我让沈凉雨放的。"韩也脸色发白地看着那条小蛇，沉默了片刻之后沉声说道。

"也哥！"沈凉雨顿时一脸感动地看着他。

"很好，你们俩每个人多做二十道数学题。"于晚晚瞪了他们一眼，然后转头看向沈凉雨，"你怎么把它带进来的？"

"我……我有个盒子……"沈凉雨赶紧从自己的书包里翻出之前装小蛇的透明盒子，递给于晚晚。

于晚晚接过盒子，再次徒手抓起那条小蛇，将它放进盒子里，然后盖好盖子还给沈凉雨，并对他说："用这招吓唬别人还可以，吓唬我是没用的。"

"好的，我知道了。"沈凉雨赶紧将那个盒子重新装进自己的书包里。

将蛇还给沈凉雨之后，于晚晚看着一直坐在那里没有动静的韩也，微微皱了皱眉道："你为什么还不写题目？"

"不想写。"韩也扬了扬下巴，一脸高傲的表情。

"为什么？"于晚晚不解，"你不想考大学了？"

"嗯。"韩也低低地应了一声，手托着下巴，一副懒洋洋的样子，"考上大学又怎么样啊？还不是毕业出来找工作，每个月拿那么几千块的工资，有什么意思吗？按我们家现在的生活水准，我就算考不上大学，我爸妈也不会不管我的，托个关系随便找个工作还是能找到的，反正又饿不死，就这样过呗。"

"你……"于晚晚听着他的话，一时气结道，"你怎么能这么没有志气，做人要努力啊！"

"努力什么啊？你是不是热血漫画、电视剧看多了啊。"韩也撇了撇嘴道，"你不觉得那些天天努力的人很好笑吗？"

"别人努力有什么值得你笑的？"

"他们努力也不过是为了过上更好的生活，可我现在已经过得很好了啊。我不用努力就已经过上了他们想要的生活。"韩也的另一只手有一下没一下地转着笔，"所以成绩好坏又能代表什么呢？"

"你……"于晚晚看着他满脸不在乎的样子，被他气得脸上一阵阵地泛红，却不知道该说些什么才好。

确实条条大路通罗马，可是有人一出生就在罗马。可就算是这样，人生还是应该积极向上啊！

"所以我劝你还是别白费力气了。"韩也转笔的动作突然停了下来，一双乌黑的眼眸直直地看着于晚晚道，"把时间都节省下来，做你想做的事情吧，别在我身上浪费时间，我不需要别人给我补课。"

于晚晚听着他的话，眼睛紧紧地盯着韩也。

他的脸上写满了"无所谓"三个大字，幽深的眼眸里带着一丝浅浅的嘲讽，就这么安静地看着她。

"不需要就不需要，有什么了不起的！"于晚晚气红了脸，将自己的书本全部塞进书包，然后丢下一句"再见"便直接起身离开了。

一直等到大门处传来"砰"的一声关门声，沈凉雨才满脸担忧地看着韩也道："也哥，你这样好吗？人家小姑娘也没怎么招惹你啊，你干吗要这样对她。"

"没意思。"韩也撑着下巴，望着书房的窗外，不紧不慢地说道，"你不觉得生活特别没意思吗？"

"也哥，你该不会是抑郁了吧？"沈凉雨凑近他，伸手戳了戳他的肩膀道，"你看看生活多美好啊，隔壁班的班花多漂亮啊，你怎么就是对什么都提不起兴趣呢？"

"嗯……"韩也听着沈凉雨不停唠叨，漫不经心地应了几声，脑海里却忍不住浮现出于晚晚刚刚临走之前的模样。

她应该是气得不行了吧，脸颊红通通的，那副咬牙切齿的模样竟然是他这无聊生活里最生动的画面。

不过，下周她应该不会来了。

韩也想到这里，将眼前的书本一推，站起身来对沈凉雨道："走吧，打球去。"

"啊？哦……好。"沈凉雨应了一声之后，赶忙起身跟上他。

于晚晚回到学校的时候才刚刚下午四点。

因为是周末，所以主干道上来来往往的学生并不是很多，但与这一片空旷的路面相比，她的心里却无比拥堵。

她回到寝室的时候，寝室的其他三个人正在看书。一听到门响，唐又晴转过头来，看到站在门口的于晚晚，一脸惊讶地说道："鱼丸？你怎么这么快就回来了，补课结束了？"

"嗯，结束了！"于晚晚气呼呼地走进寝室，将自己的书包丢在桌子上，一屁股坐了下去。

丁梦凡和薛薇薇对视了一眼，走到于晚晚身边。

"怎么了，谁惹我们可爱的鱼丸宝宝生气了？"薛薇薇伸手摸了摸于晚晚的脑袋，好奇地问道。

"还能有谁，肯定是那个补课的高中生。"丁梦凡带着一脸肯定的表情说道。

"那家伙不仅高傲自大、幼稚可笑，还目中无人、乖张叛逆，就连三观都歪得不能再歪了！"于晚晚深吸一口气，朝着室友们发出一阵控诉，"你们说，这世上怎么会有这样的人？"

唐又晴眨眨眼睛，小心翼翼地问道："他又怎么你了？"

于晚晚愤愤地将自己在韩也家的经过说了一遍之后，丁梦凡和薛薇薇双手捧着自己的脸，一脸惊恐地看着她道："鱼丸，你竟然敢徒手抓蛇？"

"这不是重点好吗？"于晚晚一脸无奈地看着她们，"重点是他怎么能对一切都那么不在乎呢？"

"那……可能是他还在叛逆期？"唐又晴想了想，小声开口道："要不就是缺乏家庭的关爱，一般这种小孩都这样。"

"就是，鱼丸，你别生气啊，说不定他就是故意这么说的呢，目的就是要把你气走。你要是真的走了，不就正好中了他的计吗？"薛薇薇认真地分析道。

"对对对，他们这个年纪的男生就是这样，故意说反话气你，你要真的不去了，他岂不是开心死了。"丁梦凡一拍手掌。

于晚晚皱了皱眉，仔细想了想自己室友的话，突然觉得她们说得十分有道理。

"好啦，好啦，鱼丸，别气了。反正今天你也回来了，大不了下周你再想办法捉弄他好了。"唐又晴双手抱着于晚晚的脖子，用力地在她脸上蹭了蹭道，"鱼丸宝宝，来陪我们玩游戏吧，我们三个还有隔壁宿舍的林诗琪，现在真的是五缺一啊！"

"什么游戏？"于晚晚有些好奇地问道。

"就是最近流行的那款手机游戏啊。"唐又晴一见于晚晚似乎有兴趣，立刻解释道，"排位赛要五个人一队，我们现在已经有四个人了，就差一个厉害的刺客打野了，但是我们打野技术都很差，所以只能寄希望于你了！"

"打野？"于晚晚忍不住扯了扯嘴角，这名词听起来有些奇怪啊。

"就是打野区的野怪的意思。真的，鱼丸，我相信以你的能力绝对能胜任打野这个位置！求求你了，跟我们一起玩啊，帅气的刺客可多了，'李白''韩信'随你挑！"薛薇薇继续央求道。

打野，打"也"，听起来就很解气。

于晚晚想了想，一拍桌子："好，我来试一试。"

"耶！太棒了！"其他三个人顿时欢呼起来。

进入游戏的时候要先输入自己的游戏昵称，于晚晚盯着屏幕上的输入框，想都没想就直接输入了"打野小王子"。

"鱼丸，鱼丸，你好了没有啊，快点来啊，我们都在等你。"唐又晴一边说着一边走到于晚晚的身边看了一眼，看到她手机屏幕上显示的名字之后，忍不住惊呼道，"嘿，你怎么能把自己的名字叫作'打野小王子'呢？鱼丸宝宝你明明是个女人啊！"

"呵呵，我在某些人的眼里根本连女人都不算。"于晚晚一边完成新手任务，一边咬牙切齿地说道。

"不要被别人的评价影响了自己的行为啊。"唐又晴哭笑不得，"你确定要叫这个名字？"

"确定，一定，以及肯定。"于晚晚点点头，"打野，打野，我会把野区的每一个野怪都当成韩也，狠狠地打它们！"

唐又晴转头看了一眼其他两个室友，无奈地叹了一口气道："好吧，希望你能承包敌我双方的野区。"

十五分钟后，当她们几个人的手机屏幕上同时亮起"胜利"的字样时，薛薇薇、丁梦凡还有唐又晴一脸惊喜地看向于晚晚道："鱼丸，你真的是第一次玩这个游戏吗？我们不过打了一把匹配，你竟然就把'李白'用得如此出神入化，你这水平绝对可以赶上那些高级玩家了啊！"

"怎么了？'李白'很难吗？"于晚晚一脸茫然地看着自己的舍友，奇怪地问道，"他不是本周限时免费的试用英雄吗？我看了一下技能介绍，大概就知道怎么用他了。"

薛薇薇和丁梦凡对视一眼，同时放下手中的手机，跑到于晚晚跟前，一人握住她的一只手道:"大神,请带我们飞吧!"

唐又晴两眼发光地看着于晚晚道:"来来来,大家集资给鱼丸买一个'李白'吧,从今往后我们可以在王者峡谷里自由自在地飞翔了!"

"没问题!"薛薇薇和丁梦凡异口同声地回应。

于晚晚的眼睛里满满的都是问号。

另一边,韩也和沈凉雨在社区的篮球场上打了一会儿球之后,便在场边坐了下来。

沈凉雨一边用手为自己扇着风,一边问韩也:"也哥,要喝饮料吗?我去买喝的。"

"给我带一瓶可乐吧。"韩也伸手擦了擦额头上的汗水,随口回答道。

"好嘞。"沈凉雨应了一声,起身朝不远处的一个小超市走去。

片刻之后,沈凉雨回到韩也身边,将可乐递给韩也,然后在他身边坐下:"也哥,你在干吗?咦,你竟然下载了那款游戏?你之前不是说什么也不肯跟我们一起玩的吗?"

"无聊。"韩也修长的手指在手机屏幕上来回点着,然后指着那个拿着扇子的小女孩儿问道,"这'小乔'怎么是个小孩子?"

"这就是游戏公司随便设计的呗。"沈凉雨随便扫了一眼,回答道,"你可别小看这英雄,中单玩得好的话,绝对能够制霸全场。我上次就遇到一个'小乔',打得我们几个兄弟满地找牙。"

韩也盯着"小乔"看了一会儿,突然觉得这英雄长得跟于晚晚竟然有那么一点像。同样都是个子娇小,看起来人畜无害,结果凶得不行。

"不是,也哥,你你你,你干什么?"沈凉雨眼看着韩也点下了购买小乔的按钮,瞬间瞪大了眼睛,"你干吗买'小乔'?你去买个打野的刺客啊,咱们就缺打野了啊!"

"我对打野不感兴趣。"韩也买完"小乔"之后,看了一下她的技能,然后抬头看向沈凉雨,"你不是说要带我飞的吗?来带我打一场。"

"可是……"沈凉雨看着他,一副欲言又止的样子。

"快点来。"韩也白了他一眼,催促道。

"好吧。"沈凉雨无奈地叹了一口气。

想让韩也打野的愿望就这么破灭了,看来他得想办法再去忽悠一个人来玩打野啊。

等到沈凉雨进入游戏,看到自己好友列表里的名单,忍不住伸手用力地揉了揉自己的眼睛:"也哥,你的游戏昵称是什么?这个'豌豆小公主'是什么?"

"我刚才进游戏的时候,系统自己随机取的名字,懒得换了。"韩也看了沈凉雨一眼,"反正我的QQ上就只有你们几个好友,你别告诉别人不就得了。"

"不是啊,也哥,你这样让那些喜欢你的女生怎么想!"沈凉雨惊得声音都变调了,"再说你这个子这么高,叫什么'豌豆小公主'啊,豌豆就只有指甲盖那么大好吗?"

"你烦不烦,这么啰唆,到底还打不打了,不打我就下线了。"韩也冷冷地说道。

"打,打……"沈凉雨赶紧闭上因为吃惊而张大的嘴巴,默默地点了匹配,然后将韩也拉了进来。

片刻之后。

"也哥,你蹲在塔下好不好?

"不要啊,大哥你是法师,你冲那么靠前干吗?

"我求你了,也哥,你躲在坦克后面吧。你只要随便扔扔扇子就行了。

"不是,你为什么要一个人去单挑对面的五个人啊?"

沈凉雨一边打着游戏,一边不停地朝着身边的韩也嚷嚷道:"也哥,你快跑啊,你打不过'李白'的,你的装备只有他的一半啊!"

"闭嘴!"韩也一脸阴沉。

突然间,屏幕的聊天区上多了一句话。

"打野小王子":"对面的'小乔'是看上我了吗?为什么一直不停地让

我杀她,好可爱哦。"

沈凉雨看着来自对方玩家的嘲讽,下意识地转头看了一眼身边的韩也。

沈凉雨用力地咽了一下口水,在脑海里飞快地组织语言,对韩也解释道:"也哥,你别理他。我跟你说,游戏里就是有这种人,仗着自己技术还可以,玩那么一两个刺客英雄,拿的人头多了,就开始飘起来了。这种人不值得你生气!"

韩也不语,低头在手机屏幕上飞快地打下两行字。

"豌豆小公主":"对面的'李白'瞎嘚瑟什么,有本事来单挑啊!看我不打得你满地找牙。"

"豌豆小公主":"呵,怕了吧,怕了就直说。"

于晚晚的宿舍里,唐又晴看着手机屏幕上跳出来的挑衅的语句,忍不住扑哧一声笑了出来,她对于晚晚道:"鱼丸,这个女孩子要找你单挑呢。"

"一般爱找人单挑的,都是技术水平比较差。鱼丸你别理她,你看看那个'豌豆小公主'的战绩,就知道她肯定打不过你了。"薛薇薇一边操纵着自己的庄周在王者峡谷到处游走,一边对于晚晚说道。

"就是就是,小学生才爱找人单挑。"丁梦凡点点头,赞同道。

"嗯……"于晚晚低低地应了一声,手指在屏幕上飞快地点着,操纵着李白直接飞到小乔面前,又把她杀了一次。

韩也看着自己的屏幕再次暗了下来,顿时气不打一处来,他干脆点开输入框不停地挑衅。

"豌豆小公主":"李白你为什么不说话,你是不是害怕了?有本事来单挑啊,单挑,单挑,单挑!输了的人跪下来喊师父!"

喊师父?

于晚晚在看到屏幕上的三个字时,瞬间眼睛一亮,她问唐又晴:"二晴,你刚刚是不是说这个游戏还有师徒系统?"

"啊?是啊。"唐又晴抬头看了她一眼道,"好像只要到达黄金段位就可以收徒了吧。怎么了?你要干什么?"

于晚晚两眼发光："我决定了,我要让这个'小乔'跪下来喊我师父!"

唐又晴有些惊讶地看着她："不是吧,你真的要跟小孩子计较?"

"有什么关系,反正我今天心情不好,欺负小孩子怎么了?"于晚晚飞快地在手机上打字,"再说了,我又不是男的,没必要怜香惜玉啊。"

唐又晴、薛薇薇、丁梦凡面面相觑,忍不住同时摇了摇头。

"打野小王子"："单挑就单挑,这可是你要求的,输了可别哭。"

"豌豆小公主"："呵,你看我会不会哭!"

在看到对面的小乔应下这句话之后,原本还在野区沉迷于打野的于晚晚飞快地操纵着李白干净利落地杀光了对面的五个人,然后带着队友直接推掉了对面的水晶。

韩也看着自己手机屏幕上跳出来的巨大无比的"失败"两个字,心情糟透了。

"也……也哥,你真的要跟那个'李白'单挑?"沈凉雨观察着韩也脸上的神色,小心翼翼地说道,"那个人好像很厉害啊。"

"你来帮我打。"韩也直接将自己的手机塞进了沈凉雨的手里,声音冷冷地说道。

"我可不敢!"沈凉雨顿时如同接了什么烫手的山芋一般,赶紧将他的手机还了回去,"万一我帮你打输了,你会掐死我的。"

他的声音顿了顿,又心虚地说道："再说是你要跟人家'李白'单挑的,又不是我……"

韩也眯了眯眼睛,看着坐在自己身边的沈凉雨没有说话。

沈凉雨下意识地打了个寒战,他低头看了一眼韩也的手机屏幕,赶紧扯开话题道："也哥,人家在邀请你进行1V1单挑了。"

韩也低头看着自己手机屏幕上的邀请,迟疑了一下,还是点了确认按钮。

沈凉雨见他点了确认,赶紧凑在他身边给他出谋划策："也哥,也哥,我跟你说,你挑个血厚一点的英雄,这样对面用'李白'的话,就没那么容易杀掉你。当然了,你也可以用'妲己'啊,后期装备起来了,你可以一套技能直接秒杀他，但是我建议你不要用小……哎呀，也哥，你怎么又选了小乔！"

"怎么了，不能用'小乔'吗？"韩也点下确认才转头看向沈凉雨，眼眸中闪烁着清冷光芒。

"也、也不是不能用啦……只是，只是……"

"刚才那把是我第一次玩，我只是试一试的。"韩也又低下头，看着屏幕上的加载界面，自信地说道，"现在我认真玩一次给你看。"

"哦……"沈凉雨点点头，虽然十分给面了地应了一声，心中却没有抱任何希望。

果然，五分钟后，韩也的手机屏幕再一次暗下来，"小乔"又一次倒下。此时此刻，沈凉雨觉得自己已经有些不太忍心看他们两个人的单挑了。

战绩是 0∶11。

对面"李白"一次都没有死，而"小乔"的死亡次数已经突破两位数了。

更可恨的是对面的"李白"杀死"小乔"之后，也不打小兵也不推塔，就在地图中央站着，等着"小乔"复活之后，再杀一次。

当"小乔"第十二次倒下之后，对面的"李白"终于说话了。

"打野小王子"："认输吗？你要是当我徒弟的话，我就带你飞。"

"也哥，大神愿意带我们飞啊，快点，快点，答应他啊！"沈凉雨坐在韩也身边，看到屏幕上的话时，差点激动得跳起来。

韩也瞥了沈凉雨一眼，声音冷冰冰地说道："不要。"

"不要什么啊不要，咱们现在就缺一个这么厉害的打野啊！"沈凉雨二话不说，直接抢过韩也的手机，手指噼里啪啦地在屏幕上一顿点，"再说了，人家杀了你这么多次，你就不生气吗？难道你都不想报复他一下吗？"

报复？怎么报复？让他杀自己第十三次吗？

韩也只是面无表情地看着沈凉雨，不说话。

沈凉雨却是一脸满意地看了眼屏幕，然后将手机还给了韩也："搞定！"

韩也低头，看到屏幕的一瞬，脸色更加难看了。

"豌豆小公主"："嘤嘤嘤，师父，我错了，对不起，师父，以后你带我飞吧！"

"打野小王子"："乖徒弟。"

对面的"李白"在打完这三个字之后，竟然直接点了投降，下一秒，韩也的屏幕上便亮起了"胜利"两个大字。

只是胜利过后的0∶12战绩结算实在是让人一言难尽。

单挑结束之后，对面的"李白"直接添加韩也为游戏好友，然后发来一段话。

"打野小王子"："乖徒弟，我现在排位赛的段位还没有到黄金，等我到了黄金之后，你再做我的徒弟。"

"豌豆小公主"："呵呵。"

"打野小王子"："很快的，别担心，今天晚上你就可以当我徒弟了。"

"豌豆小公主"："哦。"

"打野小王子"："我先去吃饭啦，晚上记得上线，做我徒弟哦。"

"豌豆小公主"："再见。"

韩也打完"再见"，就直接退出了游戏。

还想让他晚上上线当徒弟？呵呵，做你的春秋大梦去吧！

"也哥，你怎么直接退出游戏了？不是说好的对面'李白'要当你的师父，带我们一起飞的吗？"沈凉雨正准备也加'李白'为好友时，却发现韩也竟然已经下线了。

"他还没到黄金段位呢，你急什么。"韩也白了沈凉雨一眼，将手机揣进兜里，"走，吃饭去。"

"现在？现在才五点多啊……"沈凉雨眼看着韩也起身朝球场外走去，赶紧跟了上去。

食堂里，于晚晚春风满面地端着自己的餐盘，在唐又晴身边坐下，笑吟吟地对她说："二晴，吃过晚饭咱们一起五排去。"

"还玩？"唐又晴瞪大了眼睛看着于晚晚道，"鱼丸，你疯了吗？刚才不是一直在玩吗？"

"可是我离黄金段位就只差三颗星星了，我要赶紧上了黄金，然后去收徒弟。"于晚晚咬着自己的筷子，笑眯眯地说道。

"你真要收刚才那个'小乔'当徒弟啊？"薛薇薇对着她说，"她应该是第一次玩吧，战绩那么差，我好几次看见她去一打五了。"

于晚晚迟疑了一下，然后叹了一口气道："唉，其实我是觉得，我今天下午把对韩也的气全部撒在了那个'小乔'的身上，这样好像不太好，她应该是第一次玩这个游戏的，结果一场比赛被我杀了十次，一场单挑又被我杀了十二次，你说她会不会对这个游戏产生心理阴影啊？"

"这个……"薛薇薇想了想，认真地点了点头道，"如果是我的话，应该会直接卸载游戏吧。"

"所以嘛，我决定当她师父带她玩，让她对这个游戏重新燃起希望。"于晚晚眨眨眼睛，开心地说，"反正对方也是女孩子，我就当带着一个妹妹了。"

"好吧，好吧，你开心就好。"丁梦凡无奈地摇了摇头。

只是等到于晚晚吃完晚饭，又打了几局排位赛，到了黄金段位之后，之前的那个"小乔"却一直没有上线。

她看着游戏好友列表里"豌豆小公主"灰色的头像，忍不住第十六次问自己的舍友："'小乔'怎么还不上线啊，她该不会真的把游戏卸载了吧？"

"行啦，行啦，一个晚上你都问了十几次了。"唐又晴无语地看着她道，"不跟你说了吗，那个'小乔'肯定是个小学生，趁着下午家里大人不在家的时候，才玩那么两把的。现在晚上了，人家家长肯定回来了，她怎么可能上线啊。"

"要真是家长的原因没有上线就算了，我就怕我下午把她欺负得太厉害了，让她再也不想玩了。"于晚晚叹气道。

"不想玩不是更好，小孩子就应该好好学习，天天向上，玩什么游戏啊。"唐又晴翻了个白眼道。

于晚晚想了想，点点头，将自己的手机扔到一边："说得也是，算了，还是看书去吧。"

"去吧,去吧。"唐又晴见她终于放下了手机,顿时松了一口气。

转眼间,又是一个星期过去了。

让于晚晚惆怅的是,这一整个星期里她都没有再看到"小乔"上线。

游戏好友列表里的"豌豆小公主",显示的上次在线时间是六天前,难道她真的对这个游戏产生心理阴影了?

周六上午的最后一节课永远都是历史课。

沈凉雨看了一眼坐在自己身边昏昏欲睡的韩也,忍不住用胳膊肘顶了顶他,小声喊道:"也哥,也哥。"

"嗯。"韩也趴在桌上,眯眼看向沈凉雨,懒洋洋道,"干吗?"

"隔壁班的李涵熠约了咱们班的男生下午打比赛,你去吗?也哥,你就去吧,要不咱们班肯定赢不了他们。"沈凉雨小声央求道。

"下午?"韩也微微一怔,困意瞬间消失不少。

"对啊,反正上次你已经把那个长得像初中生的小姑娘给气走了,她这个星期肯定不来了。"沈凉雨言之凿凿地说道,"下午你一个人在家里待着也是待着,不如跟我们一起去打球。"

她真的不来了?

韩也手撑着下巴,坐直了身子,转头看向教室的窗外。

现在已经是九月末了,天气早没了之前的闷热,然而阳光依旧刺眼。窗外不远处的操场上,有穿着球衣的高一高二的学弟们正在踢球。那些在阳光下奔跑的身影,看起来肆意又洒脱。

只是看着看着,他的脑海里不知道为什么,竟然浮现出上个星期于晚晚临走前的样子。

她的双颊因为生气而涨得通红,大而清澈的眼眸里闪烁着毫不掩饰的怒意,红润的嘴唇紧紧地抿成一条直线,嘴角微微颤抖,似乎想说些什么,最终却一个字都没说。

这么一回想，其实她还挺好玩的。

至少不像其他的女生一样，看到他就只会想尽办法引起他的注意。

"也哥，也哥……"沈凉雨压低了声音的呼唤将他的思绪拉了回来，"你下午到底去不去啊？"

"去吧。"韩也收回目光，低头看着眼前的历史课本，低声说道，"反正下午也没事。"

"好嘞。"沈凉雨顿时一脸兴奋。

下午，他们班对战隔壁班的篮球比赛因为有了韩也的参与，所以场上很快就出现了一边倒的情形。

只是比赛在进行到下半场时，韩也明显心不在焉起来。

这时已经是三点多了，也不知道于晚晚有没有去他们家，要是她去了，却发现他不在家怎么办？

是会直接转身离开，还是会留在那里等他呢？

算了，他想这么多干吗，说不定她根本就没有去呢。

"也哥，接球！"就在韩也走神的时候，沈凉雨冲他大喊一声，然后直接将篮球朝着他丢了过来。

好在韩也反应够迅速，下意识地接住球，然后飞快地绕过对方球员，直接三步上篮，球进了。

"Yes！"沈凉雨激动地朝着他比画了一下，接着快速回防。

然而韩也跟着他跑了几步之后，突然转身往篮球场外走。

"哎，也哥，也哥你上哪儿去啊？"沈凉雨看到他转身离开，赶紧扯着嗓子朝他喊道。

"我还有事，不打了。"韩也走到场边，拿起自己的书包，拼命压下心中那不断升起的不安感觉，朝着沈凉雨道，"你们玩吧。"

"不是，你有什么事啊？你就这样丢下兄弟们了？"沈凉雨目瞪口呆地朝他喊道。

"都领先三十四分了，你们要是这样还能输，我也没办法了。"韩也瞥了沈凉雨一眼，背起书包，直接转身走了。

不管怎么样，他得回家去看一眼。

韩也回到自家小区的时候，已经是下午四点了。

太阳微微西斜，小区道路上的树木郁郁葱葱，一阵阵微风吹过，飘过缕缕清甜的花香。偶尔有那么一两只鸟扑棱着翅膀飞过，惹得幼儿园刚刚放学的小孩子们指着天空，边笑边跳。

眼前明明是一派平静美好的景色，可是不知道为什么，韩也越是靠近自家那栋楼，心中的不安就越是明显。

在他家楼下的时候，韩也掏了两三次才从口袋里掏出门禁卡，好不容易刷卡进门，再坐电梯上楼。

电梯门打开的一瞬间，他看到的是空荡荡的楼道。韩也心里莫名地升起一股失望的情绪。他静静地看着空旷的楼道，往前迈了两步，目光不由自主地朝着楼道地面看过去。

铺着大理石瓷砖的楼道地面一尘不染，他想看看有没有她走过的脚印都看不出来。

怎么办，她是不是以后真的再也不来了？

韩也只觉得自己的心里有点乱，他明明是不想补课，不愿意让父母给他找家庭老师的，可是眼下于晚晚真的不在了，他又隐隐地觉得不是滋味。

就在他纠结的时候，身后的电梯突然叮的一声响了，紧接着电梯门打开，一个娇小的身影走了出来。

韩也下意识地回头，在看到于晚晚的那一瞬间，他的眼中闪过惊喜。

然而于晚晚看他的眼神就没那么惊喜了，她瞪着一双圆溜溜的眼睛，气呼呼地问道："你跑哪儿去了？不是说好了两点补课吗？现在都四点了！"

嗯，还是熟悉的声音，还是熟悉的怒吼。

韩也不着痕迹地敛去眼中的喜悦，故意瞥了于晚晚一眼，一边开门一边懒洋洋地说道："你来干吗？上个星期不是让你不要来了吗？"

"你以为我想来吗？"于晚晚拎着自己的书包跟在韩也身后，语气认真地说道,"我已经答应沈教授和你爸妈要帮你补习到你高考结束,做人要讲信用,你让我不要来,我就不来,那我多没面子。"

"呵。"韩也勾起嘴角,开门进屋的瞬间就打算立刻反手关门。

于晚晚眼疾手快地伸手挡住那扇即将关上的大门,接着迅速地从门缝里钻了进去。

韩也看着她,忍不住挑了挑眉毛。

他也不是真的要把她关在门外,只是作势关门吓唬她一下,没想到她的身手还挺矫捷。

"别想把我关在门外。"于晚晚抬起头来,朝着韩也扬了扬精致的下巴,"老实交代,下午上哪儿去了,为什么不回来补课?"

"你好啰唆。"韩也一脸嫌弃地看着她,不咸不淡地说,"我爸妈管得都没你多。"

"不说拉倒,我要打电话告诉叔叔,你不仅逃课,还想非礼我。"于晚晚掏出手机,作势要给韩也的爸爸打电话。闻言,韩也赶紧一把将于晚晚的手机抢过来攥在手里,瞪了她半天,终于还是在她的威压下投降了:"好好好,算我输了,咱们还是补课去吧。"

"哼。"于晚晚得意地白了他一眼,将自己的手机从他手中抽走,揣回兜里,雄赳赳气昂昂地朝着书房走去。

一直等到她的身影消失在书房门口,韩也才忍不住笑了笑。他双手交叉在脑后,吹着口哨,心情极好地跟着进了书房。

书桌前,于晚晚已经将要补课的书本拿了出来,看着韩也在自己身边坐下来,她随口说道:"今天先复习数学吧。"

"怎么又是数学啊……"韩也一脸无奈地看着她,"每次都是数学数学数学,你就不能换一下?"

"那……先复习英语。"于晚晚迟疑了一下,伸手将英语书拿了起来。

"不要。"韩也忍不住翻了个白眼。

"要不就默写语文古诗词。"于晚晚深吸一口气,十分耐心地建议道。

"不想写。"韩也撇了撇嘴,继续反对。

啪!于晚晚直接用力地拍了一下桌子,朝着韩也大声吼道:"数学不想学,英语也不想学,语文还是不想学,你到底想学什么?"

"我想学什么你就教什么吗?"韩也看着于晚晚不停开合的小嘴,脑海里突然冒出一个邪恶的念头。

"废话,不然我干吗要来给你当家庭老师。"于晚晚瞪了他一眼,没好气地说道。

"哦,那我想学接吻。"韩也端坐在书桌前,那双乌黑的眼眸直视着面前的于晚晚,语气十分淡定。

书房里顿时一阵安静。

于晚晚一脸不敢置信的表情看着韩也道:"你想学什么?"

"我想学接吻。"韩也看着她,唇角边勾起一抹浅浅的弧度,但因为紧张,双唇有些不易察觉的颤抖。

于晚晚闭了闭眼睛,一双拳头在身侧紧紧握起又松开,松开又握紧。好不容易平复了想要揍人的冲动,她抬起头对韩也微微一笑道:"好啊,没问题。"

"啊?"这下轮到韩也不敢置信了。

"你不是想学接吻吗?我教你啊。"于晚晚起身走到韩也面前,一只手扶在他背后的椅子上,弯下腰来看着他。

韩也在听到她的这句话之后,整个人都愣住了。

他眼睁睁地看着于晚晚那张白皙粉嫩的脸颊,慢慢地,慢慢地朝着自己靠近,距离从二十厘米到十厘米,到五厘米,再到三厘米。

她清澈明亮的眼睛就在他的眼前,他甚至能感受到于晚晚浓密而卷翘的睫毛轻轻眨动时带起的微风。她的鼻尖快要抵到他的鼻尖了,温热的气息轻柔地洒在他的脸颊上。

随着她的靠近,一阵阵专属于女孩子的清香瞬间将他萦绕。那是一种闻起来很甜很香的味道,就像阳光下正在盛开的花朵一样。

韩也的心脏在胸腔里不受控制地剧烈跳动起来,他感到自己的脸颊正在变红变烫。

眼看着于晚晚红润的嘴唇离自己只有两厘米了,韩也忍不住红着脸扭开头,语气中带着一丝仓皇:"你……你还真打算亲啊?"

于晚晚在距离他两厘米的地方,一脸好笑地看着他。

"怎么了,不是你说要我教你接吻的吗?怎么又不学了?"于晚晚直起身子,胳膊抱在胸前,满脸促狭地看着他问道。

"我……"韩也的脸瞬间更红了,他回过头来,眼眸里带着一丝浅浅的恼意,"我开玩笑随口瞎说的,你还当真了?你这个女人,怎么这么不矜持?"

"哟,这种时候我就变成女人了啊?"于晚晚眨了眨眼睛,戏谑地说道,"我还以为我在你眼里就是个男的呢。"

韩也看着她的眼睛,一时之间竟然说不出话来。

"害羞了?"于晚晚见他满脸通红的样子,忍不住伸手戳了戳他的肩膀,"你的脸怎么这么红?"

"你才害羞了。"韩也赶紧转过头去,眼神有些慌乱地看向窗外,故作平淡地说道,"我只是觉得屋子里有点闷而已。"

"哦——"于晚晚十分夸张地哦了一声。

韩也听着她的声音,莫名地觉得心里有些烦乱。他刚才为什么要把脑袋转过去,看于晚晚的眼神就知道她原本也没打算真的亲上来,只是他先转了头,就算他输了。

啧,好烦,似乎他在于晚晚面前就从来没有赢过。

一想到这里,韩也又将脑袋转了回来,冲于晚晚扬了扬下巴,声音里带着一丝勉强:"继续啊。"

"继续什么?"于晚晚莫名其妙地看着他。

"继续教我接吻啊。"韩也说到"接吻"两个字的时候,又忍不住红了脸。

"你想得美!"于晚晚白了他一眼,"小姐姐我可是卖艺不卖身的,我只负责给你传道、授业、解惑,接吻什么的,等你以后找你自己的女朋友练习去吧。"

韩也面无表情地喊了一声。

"好了，快点来学习了。"于晚晚重新坐下，"时间不早了，给你补完课我还要回学校吃晚饭。"

"哦……"韩也懒洋洋地点了点头，托着下巴，漫不经心地看着于晚晚。

"先来做数学题，这是上个星期你没有做完的。"于晚晚将习题册打开，推到韩也的面前，认真地说道，"快做，给你半个小时。"

"不想做。"韩也薄唇轻启，低声说。

于晚晚一声不吭盯着他。

"不是跟你说了吗，不要在我身上浪费时间。"韩也直起身子，眼中带着疏离感，"如果你非要来给我补课的话，那你就来吧，反正我是不会配合你的。"

"你……"于晚晚顿时气不打一处来，"你怎么能这么消极，你到底要怎么样才愿意认真学习？"

"想怎么样啊……"韩也一双秀气的眉毛微微蹙起，眼中突然闪过一丝狡黠的光芒，"要不你亲我一下？"

"臭流氓！"于晚晚白了他一眼道，"如果你有本事这个月的月考考到全班前二十，我就亲你一下。"

"真的？"韩也瞬间打起精神来。

这个条件听起来似乎还有点意思。

"呵呵。"于晚晚面带微笑地看着韩也道，"请允许我提醒你一下，现在已经是九月的第三周了，距离你们的月考只剩下一个星期的时间，像你这样这个也不想学，那个也不想学，上学期期末考试全部不及格的人，想在一个星期的时间内考到全班前二十名，是有极大的难度的。"

"不试试怎么知道？"韩也的眼眸中绽放着璀璨的光芒。

他终于在这无聊的高三生活中，找到那么一点点的乐趣。

于晚晚干笑了一声，然后将习题册又往前推了推："现在可以做题了吧？"

韩也终于拿起笔，看了一眼题目，开始认真地做起来。

幼稚！无聊！流氓！

于晚晚坐在韩也身边,一双大眼睛直直地盯着他,不停地腹诽着。

"盯着我看干吗,我脸上有东西吗?"察觉到于晚晚的视线,韩也忍不住抬起头来,"还是说,你已经被我的帅气迷住了?"

"呵呵。"于晚晚翻了个白眼,"不,我盯着你看是因为你的牙齿上有根韭菜。"

韩也微微一怔,脸颊瞬间就红了。他正准备起身去卫生间照一下镜子,却突然想起来自己中午根本就没有吃韭菜。

"于!晚!晚!"韩也有些抓狂。

"喊我干吗?"于晚晚伸出一根食指来,堵住自己的左耳,皱了皱眉道,"你小点声,我又不聋。"

"你……"韩也突然发现自己总是拿于晚晚没办法。

"好了,好了,说不过我又不是什么丢脸的事情,男孩子要那么伶牙俐齿干吗?"于晚晚看着韩也憋闷的模样,忍不住笑了出来,"赶紧做题。"

她笑起来的样子很好看,眼睛眯成两道弯弯的月牙,嘴角勾出一个可爱的弧度。

韩也盯着她的嘴角,突然又想起刚刚她离自己近得只有两厘米时的情形,脸上的红晕顿时更明显了。

"你的脸怎么越来越红了?"于晚晚有些奇怪地看着他道,"难道真的是屋子里面太闷了?要不我去帮你把窗户打开?"

她说着就打算去开窗。

"不用了。"韩也有些不自在地低下头,轻声说道,"我突然又觉得不闷了。"

于晚晚一头雾水地看着他,见他又开始认真地做题,于是重新坐下来。

也不知道是不是刚才的赌注有了效果,韩也这次的配合度明显比之前高了许多。如果说之前是她逼着他做题的话,现在韩也竟然会主动拿题目来问她了。

等到补课时间结束,已经是晚上七点了。

于晚晚一边收拾书包一边琢磨,等她回到学校估计都快八点了,这个点只能去食堂吃碗炒面了……唉……好悲惨。

韩也见她一脸幽怨的表情,忍不住转头看了一眼书房墙上挂钟。不知不觉,竟然已经到七点了。下午打了那么长时间的球,又补了这么长时间的课,他的肚子有些饿了。

想到这里,他突然伸手按住了于晚晚的笔袋。

于晚晚疑惑地抬起头来看着他问道:"干吗?"

"我肚子饿了。"韩也直直地看着她道,"你饿不饿?"

"饿啊。"于晚晚有气无力地应了一声,可是她还要坐五十分钟的地铁回学校以后才能吃饭。

"要不……咱们一起吃个晚饭吧。"韩也在说这句话的时候,脸颊又有些泛红了,这还是他第一次邀请女孩子一起吃饭。

于晚晚眨了眨眼睛,盯着他看了好一会儿才点点头道:"也行,不然我估计会饿晕在地铁上。"

说完,她起身朝着书房外走去。

"你干吗去?"韩也微微一怔,赶紧问道。

"煮泡面啊。"于晚晚回过头来,一脸理所当然的表情看着韩也道,"不然吃什么,你家冰箱里就只有泡面啊。"

韩也撇了撇嘴,一脸嫌弃地看着她道:"我说一起吃晚饭的意思是我请你吃饭。"

第 3 章

我约了人吃饭

"你请我?"于晚晚难以置信地看着韩也。

"嗯……"韩也被她看得有些不自在,眼神有些闪躲,"别废话了,赶紧收拾书包,我们去小区门口找饭店吃饭,吃完了你正好从那边坐地铁回去。"

"哦,好。"于晚晚赶紧应了一声,回到书桌前飞快地收拾好书包,"好了,走吧。"

前往饭店的一路上,韩也双手揣在兜里在前面走着,于晚晚默默地跟在后面。

然而因为某人个子太高,腿太长,所以走路速度也异常快,于晚晚一开始还飞快地摆动着两条腿想要努力跟上,后来干脆变成了一路小跑。

韩也走了一段路之后才察觉到这件事,他一转头发现身边不见了于晚晚的身影,这才停下脚步回过头去,结果就看到于晚晚呼哧呼哧地跑到自己跟前停下,大口大口地喘着气。

她那张白皙粉嫩的小脸因为一路疾跑而泛起一片浅浅的红晕,一头乌黑的长发也被风吹乱。

韩也微微皱眉，撇了撇嘴问道："你怎么了？"

"你……你就不能走慢点……"于晚晚双手扶着膝盖，弯腰喘气道，"腿长了不起啊？"

韩也低头看了她一眼，心中顿时了然，不禁嘲讽道："腿长当然了不起。"

于晚晚忍不住朝着他翻了个白眼。

不过，韩也还是等她平复了气息之后，才转身继续往前走："走吧。"

只是这次，他刻意地放慢了脚步，让自己跟于晚晚并排往前走。

于晚晚对他的做法很满意，忍不住笑道："其实你人还是不错的。"

"什么？"韩也一脸疑惑地看着她。

"没什么。"于晚晚摇了摇头。

这家伙其实是嘴硬心软，品性并不坏，否则也不会在第一次遇到自己的时候帮自己付钱买水了。只是不能夸这家伙，不然的话，估计他的尾巴都要翘上天了。

两人一路来到小区外的商业街。

面对眼花缭乱的店面，韩也问于晚晚："你想吃什么？"

"随便呀，我吃什么都可以的。"于晚晚看到好多家店的门口都有人在排队，想了想道，"要不咱们找家不用排队的吧？"

"不要。"韩也想都没想就直接拒绝了，"没人排队的肯定不好吃，我才不要去吃。"

于晚晚顿时一脸无奈："那还是你决定吧。"

韩也目光在周围扫了一圈，问道："要不吃烤肉吧，你吃吗？"

"可以啊。"于晚晚顺着他的目光发现了前面的烤肉店，但在看到烤肉店门口那长长的队伍后迟疑了一会儿，问道，"你确定要去那家？门口排了好多人啊。"

"排队的人多才说明这家店好吃。"韩也直接迈开腿朝着那家店走了过去，"走吧，就这家了。"

好吧，大爷。都听你的，大爷。

于晚晚轻轻地叹了一口气，默默地跟在了韩也身后。

排在他们前面的还有十二桌。于晚晚看着手中的排队号码，闻着烤肉店里传出来的香味，只觉得自己的肚子咕咕叫得更厉害了。

"我去买点喝的。"于晚晚将手中的号码塞给韩也，"你在这儿等着，你要喝什么，奶茶吗？"

"不用了，我只喜欢喝可乐。"韩也跷着二郎腿说道，"过会儿吃烤肉的时候我点个可乐就行了，你自己去买奶茶吧。"

"哦。"于晚晚应了一声之后，便朝不远处的奶茶店走去。

韩也则百无聊赖地坐在店门口看着来来往往的行人，无聊得想打哈欠。

"韩也？是韩也吗？"就在韩也准备掏出手机来玩游戏的时候，面前突然响起了一个女孩子娇滴滴的声音。于是他抬头朝着站在自己跟前的人看去。

眼前的女孩子白白净净的，一头长发扎成一个马尾垂在脑后，在看到他抬头的一瞬间，她的眼中闪过一丝惊喜。

这女生看起来似乎有点眼熟。韩也皱了皱眉，盯着眼前的这个女生没有说话。

"韩也，我是隔壁班的张灵静呀，就是上次放学的时候，你和你朋友帮我捡掉在树上的羽毛球的那个女生，你还记得吗？"那个叫张灵静的女生一脸激动的神情看着他问道。

她这么一说，韩也顿时有了印象。

"哦，你就是那个一个人不带球拍站在学校主干道上打羽毛球的女生啊。"韩也面无表情地看着她说道。

这就是沈凉雨口中那个隔壁班的班花？上次没注意看她的样子，现在这么仔细一看，长得也不怎么样啊，还没于晚晚好看呢。

张灵静在听到韩也的话后，脸上的笑容瞬间僵住了，但说话的语气里依旧带着满满的喜悦："是啊，那个……上次那件事是个意外，不过不管怎么说，都要谢谢你帮我把羽毛球拿了下来。对了，你是一个人出来的吗？要不我请你吃饭吧。"

"不，我不是一个人出来的，我约了人吃饭。"韩也坐在椅子上，看着眼前的女生，平淡地回答道。

"你是跟朋友一起出来吃饭的吗？是和沈凉雨一起吗？"那女生丝毫没有被韩也冷淡的态度击退，反而更加热情地说道，"那正好，我请你们两个一起吃饭，就当作是对上次事情的感谢。"

"不用了，那羽毛球又不是我帮你拿下来的。"韩也有些不耐烦地说，"再说我也不是跟沈凉雨一起吃饭。"

"啊？可是……"张灵静还想再说点什么的时候，韩也的余光突然瞥到了捧着奶茶正朝他们走来的于晚晚。于是他赶紧站起身来，朝着于晚晚温柔地喊了一声："晚晚。"

"嗯？"于晚晚一边喝着奶茶，一边走到韩也面前，看了一眼站在他旁边的女生，好奇地问道，"你同学呀？"

"不是，她是隔壁班的。"韩也低头看了一眼于晚晚，接着伸出胳膊自然而然地搭在她的肩膀上，"上次她一个人没带球拍却站在学校的主干道上打羽毛球，正好遇到我跟沈凉雨，沈凉雨就帮她把飞到树上的羽毛球给拿下来了。"

"啊？"于晚晚听着他的话，不明所以地看向那个女生。

张灵静白皙的脸颊顿时一阵红一阵白，她有些尴尬地看着韩也，目光从他帅气的脸庞落到了他搭在于晚晚肩膀上的那只手上："你们俩是……"

"哦，我刚才不是跟你说，我约了人吃饭吗？她就是我约的人。"韩也那双幽深的眼眸里闪过一丝不易察觉的光芒，他说这句话的时候，特意加重了"我约的人"四个字的语气。

韩也竟然会约女生吃饭？

张灵静的脸色瞬间有些发白，她看着站在韩也身边、个子却比韩也矮了好大一截的于晚晚，迟疑了一下，依旧抱着一丝侥幸："她……她是你妹妹啊？"

"不是啊。"韩也一脸平静地看着她，然后突然拿过于晚晚手里的奶茶，送到自己嘴边喝了一口，皱了皱眉道，"味道好淡，你没让人家给你放糖吗？"

于晚晚瞪大了眼睛看着韩也的动作，顿时不乐意了："你干吗喝我的奶茶啊。刚才问你的时候你说你不喝，我买了你又来抢，你怎么这样啊？我喝奶茶本来就不喜欢放糖的。"

"嗯嗯嗯，是我不好，那我让你打一下吧，行吗？"韩也笑嘻嘻地将奶茶重新塞回于晚晚的手里，温柔地问道。

"谁要打你了，走开！"于晚晚接过自己的奶茶，没好气地白了他一眼。

张灵静看着向来孤傲的韩也竟然对一个女生露出这么温柔的神情，还跟她打情骂俏，脸色顿时更加苍白了。

"A34号，请您用餐，A34号，请您用餐。"

恰好这个时候，烤肉店门口的叫号机响了起来，韩也低头看了一眼自己手里的单子，直接搂着于晚晚的肩膀朝里面走去，边走边说："到我们了，快点，快点。"

"啊？哦……"于晚晚还没回过神来，整个人已经被他推进了烤肉店。

见韩也连看都没看自己一眼，就直接搂着那个女生进了店，张灵静站在店门口用力地跺了跺脚，才不甘心地走了。

韩也和于晚晚在服务员的引导下，在最里面的位子落座。

"咱们吃什么……"于晚晚刚准备点菜，她的手机铃声突然响了起来。

"等一下，我接个电话。"于晚晚微微一怔，掏出手机一看，是唐又晴打来的。

"喂，晚晚，怎么回事，这都快八点了，你怎么还没回来？"电话那边传来唐又晴关切的声音。

"啊，今天的补课时间开始得有些晚，补完课都快七点了，我在外面吃完晚饭再回去。忘了跟你们说了，不用担心我。"于晚晚赶紧解释道。

"哦哦哦，那就好，我们还以为你被拐跑了呢。"唐又晴顿时松了一口气道，"哎呀，可是大家都还等着你回来带我们打排位赛呢，等你吃完饭再回来，估计要九点多了吧？"

"嗯，差不多吧。"于晚晚想了想，认真地回答道。

"那算了，今天不打排位赛了，但是你要记得给我送金币啊！"唐又晴叮嘱道，"你都两天没有送金币给我了！哼！"

"好好好，我现在就给你送金币，行了吧？"于晚晚顿时哭笑不得。

下一秒，电话那头便响起她们寝室其他人的声音道："我也要，我也要！"

"记得给我也送一下！"

"我知道了，我现在就上线给你们送金币！"于晚晚无奈地说道。

"很好，那我挂电话了啊。"唐又晴终于满意地挂了电话。

于晚晚看着自己的手机，无奈地摇了摇头，然后打开了游戏应用。

韩也坐在她对面，看着她点开了手机上的游戏应用，忍不住皱了皱眉，随口问道："你也玩这个游戏？"

"是啊，被我们寝室的人拖着玩的。"于晚晚抬头看了韩也一眼，有些无奈地笑了一下道，"不过玩了几把之后，觉得还是很好玩的，你也玩啊？我们要不要加个好友？"

"我才不玩这种游戏。"韩也翻了个白眼，一脸嫌弃地看着她。

于晚晚瞬间觉得这话题无法进行下去了，她扯了扯嘴角，低头继续自己的操作。

韩也虽然嘴上说着嫌弃，但目光还是忍不住瞥了一眼她的游戏界面，当他看到她的游戏昵称是"打野小王子"的时候，顿时整个人愣住了。

"你的这个游戏昵称……"韩也有些迟疑地伸手指了指她屏幕上的名字，声音里带着些惊讶，"怎么叫这个名字？"

"啊？"于晚晚抬头看了韩也一眼，又低头看了看自己的游戏昵称。

总不能跟他说，当初是因为被他气狠了，所以才起了这个名字吧？

"那个……"于晚晚有些尴尬地笑了笑道，"这个游戏吧，玩的时候，玩家的位置可以分为上路、中路、下路、打野和辅助，我比较喜欢打野这个位置，所以就叫'打野小王子'了。"

"所以你喜欢玩的英雄是……"韩也眯了眯眼睛,看着眼前的于晚晚,沉声问道。

"哦,我喜欢玩'李白'。"于晚晚一脸自豪地扬起了下巴,"我操作'李白'可厉害了,来无影去无踪!"

原来击杀我十几次的那个"打野小王子"就是你啊。韩也看着于晚晚低头认真送金币的样子,不说话了。

就在他琢磨着该怎么报复于晚晚的时候,他的手机也跟着响了起来。韩也看了一眼来电显示,是沈凉雨的电话。

这家伙这时候打电话给他能有什么事?韩也迟疑了一下,终究还是接起了沈凉雨的电话。

"也哥,你在干吗呢,忙不忙?"电话那边沈凉雨的声音传了过来。

"忙。"韩也想都没想,就直接回答他道。

"忙什么呢?"沈凉雨似乎早有预料,紧跟着就又问了他一句。

"忙着吃饭。"

"哦,好吧。"沈凉雨照例完成了和韩也的开场白之后,终于切入了正题,"也哥,兄弟们的段位都已经是黄金了,就只有你还是青铜,咱们隔着白银这个段位,就不能一起打排位了啊。"

"为什么?"韩也的目光落在正在玩手机的于晚晚身上,随口问道。

"因为只能相邻段位的人在一起排位啊!"沈凉雨耐着性子给韩也解释道,"黄金段位的人要么和白银段位的一起组队,要么和铂金段位的一起组队,反正就是不能跟青铜段位一起。"

"哦。"韩也漫不经心地应了一声。

"也哥,别这样啊,你还记得上次那个'李白'用得特别厉害的玩家吗?就是那个'打野小王子',他也黄金段位了。你要是不努力升到白银段位,你就不能让你师父带着我们,不是,带着你一起打排位赛了啊。"沈凉雨哀号道。

听见沈凉雨提到"李白",韩也的眼睛瞬间眯了眯。

他要是告诉沈凉雨，那次杀了他十几次的人现在就坐在他对面，不知道沈凉雨会是什么样的表情。

"所以也哥，求你了，你就努力升到白银段位吧，好不好？要不你把你的账号给我，我帮你打到白银段位去，行吗？"沈凉雨苦口婆心地劝道。

出乎他意料的是，之前一直拒绝他的韩也这次竟然直接点头答应了："可以，过会儿我把QQ密码发给你。"

"真的？"幸福来得太突然，沈凉雨简直不敢相信自己的耳朵。

"还有事吗？没别的事情，我就挂电话了。"韩也已经有些不耐烦了。

"没事了，没事了，也哥，你记得把QQ密码发给我就行。"沈凉雨挂电话之前，忍不住又叮嘱了一句。

真是啰唆。韩也一脸嫌弃的表情挂断了沈凉雨的电话之后，直接将自己的QQ密码发给了他。

几秒钟之后，他便听到坐在自己对面的于晚晚惊讶地"咦"了一声。

"怎么了？"韩也看着她满脸惊讶的样子，随口问道。

"我那个一星期没上线的徒弟，竟然上线了。"

"你还有徒弟？"韩也虽然明知她指的是"豌豆小公主"，但还是装作什么都不知道。

"对呀。不过上个星期的时候，我还没有达到黄金段位，所以收不了徒弟，后来到了黄金段位，我徒弟却一直不在线。眼下她终于上线了，我得赶紧把她给收了。"于晚晚一边说着一边赶紧点开师徒界面，在"我想收徒"那一栏里输入了"豌豆小公主"这个名字。

让她没想到的是，收徒请求才刚发出去两秒，那边就点了同意，紧接着她的徒弟还发了一段话给她。

"豌豆小公主"："师父，师父，我现在还是青铜段位，你等我升到白银段位之后，带我和我同学一起打排位好不好？"

于晚晚笑眯眯地看着那段话，手指在屏幕上快速地跳动。

"打野小王子"："没问题。"

"豌豆小公主"："太好了，那我先去努力升到白银了。"

"打野小王子"："去吧。"

和"豌豆小公主"聊完，于晚晚便直接下线了。她将手机重新揣回兜里，一抬头就看到韩也正一脸阴晴不定地看着她。

"你怎么了？"于晚晚眨眨眼睛，疑惑地看着他问道，"看起来好像不太开心的样子，是不是快要饿晕了？"

"没有。"韩也回了她一句，目光看向别处，过了半晌才又突然开口问道，"你为什么非要收徒弟？"

"啊？你说那个'豌豆小公主'吗？"于晚晚愣了一下，然后笑眯眯地回答道，"因为上个星期我跟她打了两场，每一场都杀了她十几次，后来我仔细想了想，她操作这么差，应该是第一次玩这个游戏，结果被我杀了十几次，我怕她有心理阴影，再加上这个名字很可爱啊，所以就想带她一起打游戏。"

她说他操作差？她竟然当着他的面，说他操作差？

韩也的脸色又沉了几分，他不屑地看了于晚晚一眼，随口问道："所以你玩了这个游戏多久才好不容易把'李白'玩得这么厉害？"

"没多久呀，我也是上个星期刚玩的。"于晚晚眨巴着一双大眼睛说道，"我上周第一次玩'李白'的时候就拿了三杀哦，是不是超厉害？"

上周？那岂不是跟他是同一时期玩的？凭什么她第一次玩游戏就能追着他击杀他十几次！

于晚晚看韩也的脸色似乎不太好的样子，忍不住开口问道："你怎么了？是不是不太舒服？"

韩也深吸一口气，对她说道："没什么，饿的。"

等到他们吃完晚饭，已经是晚上八点半了。

韩也结完账，然后对于晚晚道："走吧，我送你去地铁站。"

于晚晚受宠若惊地看着他道："我没有听错吗？你竟然要主动送我？"

韩也脸上的表情一下子就变得窘迫起来，他有些恼火地瞪了于晚晚一眼，道："不要我送就算了，我直接回家了。"

"别呀，我也没说不要你送呀，我就是感慨一下嘛。"于晚晚嘿嘿一笑，赶紧推着韩也朝地铁站走去，"哎呀，走吧走吧。"

韩也哼了一声，极其不情愿地被她推走了。

到了地铁站门口，于晚晚冲韩也挥了挥手道："谢谢你送我到这儿，那我先走啦。"

"嗯。"韩也漫不经心地点了点头，眼看着于晚晚准备转身离开，突然开口道，"喂，于晚晚，你的手机号码是多少？"

"啊？"于晚晚愣了一下，回过头来看着他。

"下次万一我有事不在家，你可以打我的电话。"

九月的第四个周末，高三的学生们迎来了开学后的第一次月考。

月考结束后就是国庆假期，虽然高三的学生不会放满七天假，但是能在这紧张的备考时刻有个三四天的假期，对他们来说已经是件值得庆祝的事情了。

周六上午考完了数学和语文之后，韩也班上的同学三三两两地走出了教室，一边对着答案，一边讨论中午吃什么。

坐在韩也身边的沈凉雨看着坐在座位上岿然不动的韩也，忍不住提醒他："也哥，还不走啊？班上的人都走光了。"

"等我写完这道题。"韩也低着头，修长的手指握着钢笔，微皱眉头看着面前的题目，快速地演算出答案。

"不是吧，考试都考完了，你还在做什么题目啊？"沈凉雨凑过去，看了一眼韩也面前的本子，忍不住惊叹道，"也哥，你竟然在做课外习题，这还是我认识的那个也哥吗？"

韩也没有理他，飞快地在本子上写完了答案之后才合上本子，转过头来看着沈凉雨道："怎么了，不行吗？都高三了，这个时候不努力，什么时候努力啊。"

"可你之前不是说，努力和不努力也没什么区别吗？"沈凉雨不解地问道。

"反正也没有区别,那我想努力就努力,想不努力就不努力,你有什么意见吗？"韩也眯了眯眼睛,一双眼眸看着沈凉雨冷冷地问道。

"没意见,没意见……"沈凉雨将脑袋摇得跟拨浪鼓一样。

看来这次也哥的父母给他请的家庭老师非常有用啊！竟然能让八百年不学习的韩也主动做起题目来。

不过话说回来,那个叫于晚晚的小姑娘连蛇都敢直接上手抓了,搞定韩也还不是小事一桩。

沈凉雨想着想着,脑海里就不由自主地浮现出晚晚左右手各拿着一条蛇,脖子上还挂着一条蛇,就这么站在韩也身后,盯着他学习的画面。

沈凉雨忍不住打了个寒战,突然就明白了韩也态度大变,突然爱学习的原因。

"走啊,你想什么呢？"韩也站在教室的过道里,看着出神的沈凉雨,忍不住开口催促道。

"哦,走吧。"沈凉雨瞬间回过神来,赶紧跟上韩也,同时问道,"对了,今天下午咱们还要继续考试,那你下午的补课是要挪去明天吗？"

下午的补课？

韩也微微一怔,这才想起来,他忘了告诉于晚晚他这周要月考的事情。

"不清楚。"韩也沉吟了片刻,然后掏出手机,"我打个电话问一下吧。"

"打电话？你竟然有家庭老师的电话号码？"沈凉雨顿时瞪大了眼睛,如同见到怪物一样看着韩也。

"怎么了？"韩也故作平淡地瞥了他一眼问道。

"没,没什么。"沈凉雨赶紧闭上自己的嘴巴。

他可是清清楚楚地记得,韩也从高一开始就不停地换家庭老师,时间长的能教上韩也一两个月,时间短的可能才持续一个星期。从来没有哪一个老师能够在韩也那里留下自己的联系方式,并且还能让韩也主动打电话的。

韩也又看了沈凉雨一眼,见他不说话了,才按下了拨号键。

电话响了两声之后就被接了起来,紧接着话筒里传来于晚晚清脆悦耳的声音:"喂,韩也。"

"于晚晚。"韩也面无表情地喊了她一声,"我们今天下午要月考,不能补课了。"

"啊?"电话那边的于晚晚明显一愣,"不能补课?"

"嗯。"韩也又补充道,"不过我们明天下午不用考试,你可以明天来给我补课。"

"可是我买了明天回家的火车票呀。"于晚晚有些为难地解释道,"周一不就开始放假了吗?我本来是打算今天下午给你补完课,明天一大早回家的。"

"你要回家?"韩也愣了一下,皱着眉头继续问道,"你家在哪儿?"

"Z市。"

"哦,那你回去吧,这周就不补课了。"韩也说完也不等于晚晚回答,便直接挂了电话。

沈凉雨站在旁边,小心翼翼地看着他,想了想还是忍不住开口喊了他一声:"也哥。"

"干吗?"韩也没好气地转过头来看着沈凉雨。

"那个……"沈凉雨用力地咽了一下口水,迟疑了一下,低声问道,"是不是于晚晚胁迫你把手机号码给她的?不然你怎么会主动给她打电话?"

韩也沉默了片刻,神色有些不自然地"嗯"了一声。

沈凉雨顿时一脸同情的表情看着他道:"我就知道,也哥,我就知道。唉!你爸妈这次给你找的家庭老师也太……"

韩也白了他一眼,沈凉雨立马不说话了。

"吃饭去。"韩也丢下这三个字之后,就直接迈步往前走了。

星期天上午,所有的科目考完,高三的学生们终于开始了为期四天的国庆假期。

与此同时,回到Z市家中的于晚晚正舒服地躺在客厅的沙发上,一边吃着水果,一边跟自己的爸妈聊天。

"大学生活怎么样啊，还适应吗？"于晚晚的妈妈将剥好的栗子塞进女儿的手里，语气里满是关切地问道。

"挺好的，我们舍友也都挺好玩的，等放寒假的时候，我带她们回来玩。"于晚晚一口将栗子塞进嘴里，含糊不清地回答道。

"听说你们沈教授给你介绍了个家庭老师的活儿。"于晚晚的爸爸手里端着中老年人专用保温杯，喝了一口热茶，缓缓说道，"教多大的孩子啊？"

"高三。"

"高三？"于晚晚的爸爸有些怀疑地看着自家女儿，"你能行吗？你自己也才高三刚毕业。"

"就是因为我高三刚毕业，所以我们沈教授才让我去教他啊。"于晚晚坐直了身子，一脸骄傲的表情看着自己的爸爸道，"我可是对所有的科目都记忆犹新呢。"

"你可别误导人家孩子。"于爸爸摇了摇头，又低头喝了一口茶水。

"你这人，怎么说话呢，咱家晚晚好歹也是高考全省第三名，怎么可能误导人家孩子？"于妈妈白了丈夫一眼，不满地说道，"再说了，人家沈教授都觉得咱家晚晚没问题，那肯定就是没问题，用得着你在这儿瞎操心。"

于爸爸被老婆反驳了一句之后，立刻不说话了，转而继续喝茶。

于晚晚赶紧出来打圆场："好了，好了，人家父母对我的要求也不高，只要能辅导那孩子上个二本就行了。"

"只要上二本？那这孩子的成绩得多差啊。"于妈妈瞪大了眼睛，一脸不可置信的表情看着自己女儿。

"唉，门门都不及格的那种。"于晚晚忍不住叹了一口气。

"啧，这孩子……"于妈妈顿时摇了摇头道，"都高三了还门门不及格，以后能有什么出息。要我看啊，让我们家晚晚去辅导他，简直就是浪费时间。"

"妈，你也别这么说啊，他最近学习态度已经好点了。"于晚晚有些无奈地看着自己的母亲，正准备再说点什么的时候，她的手机铃声突然响了起来。

这个时候会是谁打电话给她？

于晚晚有些疑惑地掏出手机来一看，惊讶地发现来电显示竟然是韩也。

"喂，韩也？"她按下了接听键，轻轻地喊了一声。

"于晚晚。"电话里传来韩也的声音，语气听上去心情似乎还不错，"你现在在哪儿呢？"

"我在家啊。"于晚晚下意识地回答道，"昨天不是跟你说，我要回老家的吗？"

"我知道你回老家了。"韩也那边似乎轻笑了一声，接着问道，"我是问你家在哪个小区。"

"啊？"

"啊什么啊？我问你话呢，快点回答。"韩也有些蛮横地说。

"在、在新世纪花园。"于晚晚回答了之后，又忍不住问道，"你要干吗啊？"

下一秒，她便听到话筒里韩也的声音传了过来："师傅，去新世纪花园。"于晚晚听着韩也的话，瞬间瞪大了眼睛。

这什么意思？这家伙现在在 Z 市吗？

"好了，二十分钟之后，请你到新世纪花园的北门来接我。"韩也跟司机师傅说完话之后，又对于晚晚沉声说道，"我马上就到。"

"不是，你什么意思？你现在在 Z 市？"于晚晚震惊地追问道，然而韩也已经挂了电话。

于晚晚盯着自己手机屏幕上显示的"通话已结束"，整个人宛如雕像一般愣在了原地。

"怎么了，晚晚，谁在 Z 市？你同学吗？"于妈妈见自己的女儿挂了电话之后就一动不动地坐着，赶紧关心地问道，"要是你同学的话，喊他来家里玩啊。"

于晚晚动作僵硬地转过头来，茫然地看着自己的妈妈，恍惚地说道："不是，是我补课的那个学生，他来 Z 市了。"

"你补课的学生？"于妈妈皱了皱眉，小声问道，"就是那个每门都不及格的？"

于晚晚点点头道:"本来昨天下午应该给他补课的,但是昨天他们学校月考,他原本打算改成今天补课,结果我今天回家了。"

"啧,这就是你的不对了,既然要给人家补课,就应该补好了再回家,现在还让人家跑到Z市来,你啊……"于妈妈无奈地看了一眼自己的女儿,站起身来朝着厨房边走边说,"既然那孩子来了,就留人家在家里吃个午饭吧,吃完了午饭你们去书房补课。"

"可是……"于晚晚本想再说什么,一时之间竟然不知道该说些什么才好。

"别可是了,老于,你赶紧去菜场买点排骨和鱼回来,中午再加两个菜。"于妈妈对坐在沙发上的于爸爸吼了一声之后,就赶紧进厨房了。

二十分钟后,于晚晚穿着一件白色的宽松长卫衣,天蓝色的牛仔小短裤,踩着一双小白鞋,跑到了小区的北门口。

她刚刚在北门旁边的大树下站定,一辆出租车便停在了她前面。然后,韩也从出租车里钻了出来。

"韩也,这边!"于晚晚朝着韩也挥了挥手,大声喊道。

韩也随手将出租车的车门关上,转头望向于晚晚,接着紧紧地皱起了眉头。

他快步走到于晚晚跟前,语气无奈地说道:"我可以理解你急着想看见我的心情,但是……"

说着,他的声音一下子顿住了,看了一眼于晚晚宽松卫衣下露出来的一双笔直白腿。

"但是什么?"于晚晚疑惑地看着他。

"但是你也不用不穿裤子跑出来迎接我吧!"韩也害羞地扭过头去,脸颊上浮现出一抹浅浅的红晕。

于晚晚一下子便愣住了。下一秒,她直接一巴掌拍在韩也的胳膊上,愤愤地说道:"你才不穿裤子呢,我明明穿了牛仔短裤,只是卫衣太长,挡住了而已!"

韩也一怔,赶紧转移了话题:"你家住在哪一栋?"

"二十七栋，走吧，我带你去。"于晚晚无奈地叹了一口气，领着韩也朝着自己家的方向走去。

到了于晚晚家门口之后，于晚晚刚准备掏钥匙开门，她妈妈就直接将门从里面打开了。

于晚晚吓了一跳，看着自己的妈妈愣了一下，然后才指了指身后的韩也介绍道："妈，这是韩也，是我负责补课的学生。"

"阿姨好。"韩也站在于晚晚身后，穿着白色T恤、黑色运动裤，额前的刘海软软地垂在眉上，一双乌黑深邃的眼眸中闪烁着光芒。

于晚晚的妈妈在看到韩也的瞬间就愣住了，下一秒，她回过神来，满脸笑容地朝着韩也说道："你就是小也啊，快进来，进来吧。"

小也？于晚晚疑惑地看着自己的妈妈，她怎么喊韩也喊得这么亲切？

"谢谢阿姨。"韩也十分有礼貌地应了一声，这才跟在于晚晚的身后进了门。

"老于啊，女儿的学生过来了，你快点来厨房帮我打个下手！"于妈妈朝着客厅方向喊了一声之后，又对韩也笑眯眯地说，"小也啊，你先去客厅坐一会儿，看看电视。"

"好。"韩也点点头，乖乖地跟在于晚晚的身后进了客厅。

原本在客厅里悠闲地看电视喝茶的于爸爸在听到于妈妈的呼唤之后，有些不情愿地往外走，于是迎面碰上了韩也。

两个男人的目光在空中交汇，于爸爸盯着韩也看了一会儿，忍不住微微皱眉，有些不悦地说："晚晚的学生都这么大了？"

"爸，我不是跟你说了，人家上高三吗？"于晚晚哭笑不得地看着自己的爸爸说，"你以为我是去教小学生的啊。"

"哦……"于爸爸若有所思地看着韩也，琢磨了片刻之后，对韩也点了点头，接着朝厨房走去。

那边于爸爸和于妈妈正在厨房里忙着烧饭，这边韩也坐在客厅里，一双眼睛打量着于晚晚的家。

她家的墙上挂着许多合影，几乎都是她从小到大和父母的合照。合照的背景从北京天安门到蒙古大草原，从西湖雷峰塔到西藏布达拉宫，从巴黎埃菲尔铁塔到东京天空树，没有一张是重复的。

"你爸妈经常带着你出去旅游啊？"韩也扫了一圈那些照片之后，转头问于晚晚。

"对啊。"于晚晚随手剥了一根香蕉递给韩也，"每年的寒暑假，我爸妈都会带我出去玩。我爸总说，读万卷书不如行万里路，多出去见识见识，对小姑娘家总是有好处的。"

韩也低头瞥了一眼于晚晚递过来的香蕉，一脸嫌弃地说："我不要吃香蕉。"

"那你要吃什么？"于晚晚收回手中的香蕉，自己咬了一口道，"葡萄你吃吗？我给你洗去？"

"不要，我不爱吃水果。"韩也撇了撇嘴说，"你就光给我吃水果啊？你家没有可乐吗？"

"呵呵，有，你等着，我给你倒去。"于晚晚保持着得体的微笑，用力地咬了一口香蕉，才愤愤地朝着厨房走去。

片刻之后，于晚晚端着一杯白开水走了回来，递给韩也道："喏，喝吧。"

"这是什么？"韩也看着于晚晚手里的那杯水，忍不住皱了皱眉头，"白开水？"

"纯净水。"于晚晚将水杯放到韩也面前的茶几上说，"我家就只有这个，你爱喝不喝。"

韩也盯着她看了一会儿之后，终究还是端起水杯送到自己嘴边喝了一口。

淡而无味。韩也默默地将水杯又放回到了茶几上。

"小也，晚晚，吃饭啦！"就在这个时候，于妈妈推开厨房的门，油烟机的轰鸣声瞬间变得更加清晰。在一片轰鸣声中，一阵阵食物的香气从厨房里飘了出来。

"吃饭了，吃饭了。"于晚晚赶紧将最后一口香蕉吃掉，然后扯了扯韩也的胳膊,"走走走,吃饭去。"

"不就是吃饭吗,你这么激动干吗,跟饿了八百年似的。"韩也一边慢悠悠地起身,一边鄙视于晚晚着急的样子。

"你懂什么,我妈妈烧的菜可好吃了,我在学校待了一个月没吃到她烧的菜,我都快要馋死了。"于晚晚冲他做了个鬼脸,接着飞快地跑到了餐厅,"哇,今天都是我爱吃的菜呀,妈妈,我爱死你了!"

于爸爸立刻不乐意:"你就只爱你妈?"

"爸爸,我也爱死你了!"于晚晚赶紧讨好自己的爸爸。

韩也听着他们一家人的嬉笑声缓步走进餐厅,目光在于晚晚笑容灿烂的脸上停顿了片刻,然后慌乱地挪开了眼睛。

"小也,快,快过来坐。"于妈妈笑眯眯地朝着韩也招了招手,"也不知道你爱吃什么,我就做了一些拿手菜,你看看,合不合你的胃口。"

"谢谢阿姨。"韩也朝着于妈妈浅浅地笑了一下,笑容干净又清爽。

哎呀,这孩子,长得真是太好看了!

吃完饭后,于妈妈便催着于晚晚赶紧去书房给韩也补课,于爸爸则端着自己的茶杯,去了客厅看电视。

于晚晚带着韩也进了书房,她一边翻书一边说:"我爸爸那个人就是这样,他说的话你别往心里去。从小到大他对我要求就很严格,对家里的其他小孩也是这样,所以我那些表弟表妹都挺怕他的。"

"嗯。"韩也托着下巴,眼眸微垂地看着坐在自己身边的于晚晚说,"我知道。"

"你知道?"于晚晚抬起头来,有些疑惑地看着他。

"你爸爸虽然看着挺严厉的,但是其实很关心你。"韩也沉吟了片刻,缓缓地说道,"你妈妈倒是特别宠爱你。"

他微微顿了顿,又继续说道:"其实刚刚,我对你还有那么一点点羡慕。"

"羡慕我?"于晚晚忍不住有些好笑地看着他道,"我有什么好羡慕的?"

"从小到大,你爸妈都陪着你啊,看着你慢慢长大,有人对你严厉,有人对你宠爱，还会为你考试取得好成绩而开心，这些不值得羡慕吗？"韩也眨眨眼睛，平静地说道。

于晚晚微微一怔，她倒是从来都没有想过，自己早已经习以为常的生活会值得别人羡慕，特别是值得向来"不可一世"的韩也羡慕。

她想了想，安慰韩也道："你爸妈也很关心你啊，你看他们为了你的成绩，还给你找了好多家庭老师。"

"呵。"韩也忍不住冷笑一声，"他们才不是关心我，他们只不过是把监督我学习的责任转移到别人身上而已。"

"那也不能这么说吧……"于晚晚正打算继续说点什么的时候，韩也直接打断她的话："不然应该怎么说？从小到大，他们只知道忙自己的工作，从来都没有时间管我。小的时候，他们就把我扔给我爷爷，不闻不问。等到我爷爷去世之后，就把我一个人丢在家里。小学的时候，我曾经一个人在家发烧，浑身发冷，打电话给他们，他们却告诉我自己打120喊救护车。"韩也冷冷笑道，"从那个时候起我就知道，在他们眼里，我过得怎样根本不重要。"

于晚晚听着他的话，一时间竟然不知道该说些什么才好。

她想起自己小时候发烧，妈妈不在家，爸爸背着她去医院，夜里不方便打车，爸爸就用棉袄把她层层包裹严实，然后骑着电动车一路到医院。

这么一对比，感觉韩也似乎确实是有点悲惨。

第4章

这是我弟弟

于晚晚突然觉得自己好像有点能够理解眼前的这个家伙为什么会高傲自大、目中无人了。

在他曾经弱小、需要依赖的时候，没有人给予他温暖和帮助，渐渐地，他用一层又一层坚硬的外壳将自己全副武装起来，不让外人接近，也不让别人碰触，然后慢慢地习惯一次次的失望和一次次的冷漠。

于晚晚眨巴着一双圆溜溜的眼睛盯着韩也看了一会儿，越看越觉得他像一只被人遗弃的小狗。

韩也大概被她看得有些不自在，忍不住轻咳一声，问道："你一直盯着我看干吗？"

"小也！"于晚晚突然开口喊了他一声，紧接着伸手将他抱了个满怀，紧紧拥住。

韩也觉得十分错愕，在被她拥入怀里的那一瞬间，他直接僵住了。

"放心吧，以后姐姐会好好疼你的！"于晚晚用力地抱了他一下，又伸手摸了摸他脑袋上软软的头发，信誓旦旦地说道。

于晚晚明明个子又矮又小，却用尽了全身的力气来抱他，韩也觉得她的怀抱软软的、暖暖的，闻起来还有一股特别香甜的味道。

原来被女孩子抱着是这样的感觉。

韩也的脑海里刚刚冒出这个念头来，白皙俊秀的脸庞便瞬间涨红了。

他的心脏在胸腔里扑通扑通地不停跳动，如同打鼓一样，速度快得几乎要从嗓子眼儿里飞出去。

于晚晚明明只是抱了他一下就松手了，他却觉得仿佛经历了一个世纪。

"你怎么了？"于晚晚见韩也不说话，便伸手在他的眼前晃了晃道，"你的脸怎么又红了？"

韩也回过神来，有些恼怒地看了一眼于晚晚："谁让你抱我的？"

"抱你一下怎么样啊？"于晚晚皱了皱鼻子，"我还不是看你刚刚弱小可怜又无助，所以才抱了你一下。"

"你才弱小可怜又无助。"韩也没好气地说。

于晚晚盯着他看了一会儿，然后忍不住笑了出来："好啦，好啦，我知道你是害羞了，而且现在还恼羞成怒。要不我让你冷静冷静，我们再继续补课？"

"你这个女人，怎么一点都不知道矜持，怎么可以随随便便抱男生！"韩也有些抓狂。

"我在你眼里又不是女人……"于晚晚小声嘟哝。

"那你知道'矜持'怎么写吗？"韩也白了她一眼道。

"矜持什么呀，我这不是把你当成弟弟了嘛。不就抱了你一下，你干吗这么生气啊？大不了下次不抱你就是了。"于晚晚看着韩也如此生气的样子，微微一怔，随口说道。

"谁是你弟弟了，谁要当你弟弟了！"韩也觉得自己已经处于崩溃的边缘了。

"你本来就比我小啊……"于晚晚又一次小声嘟哝。

"我就比你晚出生一个小时而已!"韩也深吸一口气,一脸严肃地看着于晚晚。

"哦。"于晚晚眼看着这个话题进行不下去了,于是赶紧拿起课本朝着韩也尴尬地笑了笑,"咱们还是来补课吧。"

下午阳光灿烂,气温宜人。安静的书房里,只有笔尖划过纸张的沙沙声和他们两个轻微的呼吸声。

韩也低着头,认真地在草稿纸上演算着解题过程,于晚晚就坐在他身边随意地翻着一本小说。

书房外面隐隐约约传来厨房里的洗碗声,还有客厅里的电视声。

就在这一片安详的氛围中,于晚晚的手机铃声突然响了起来。

韩也正在算题目的笔尖微微一顿,抬起头朝着于晚晚看了过去。

于晚晚赶紧放下手中的小说,接起电话。

"喂,乐乐。"于晚晚拿着手机走到书房的阳台,声音里满是欢快。

"晚晚,你放假回来了吗?"潘乐乐跟于晚晚是高中同学,关系好得形影不离,只是高考之后去了不同的城市。

"回来了,上午刚回来的。"于晚晚开心地说道,"丫丫呢,她回来没有。"

"她也回来了,"潘乐乐嘿嘿一笑,对于晚晚说,"现在就坐在我旁边玩游戏呢。"

下一秒,于晚晚便听到李瑾雅的声音从电话那边传了过来:"你在家干吗呢,回来了也不给我们打电话!"

"我这边还有些事情……"于晚晚有些无奈地回头看了一眼正在做题的韩也,轻叹一口气道,"下午出不去,晚上咱们再一起吃饭吧。"

"晚上咱们班有班级聚会啊,你忘了吗?"潘乐乐有些嫌弃地说道,"幸亏刚刚班长打电话提醒我,让我记得喊你,不然你肯定会忘掉。"

于晚晚咬了咬嘴唇,其实她并不是很想去。

"你怎么不说话啦,是不是还介意毕业的时候班长跟你告白的事情呢?"潘乐乐一听电话那边没了声音,便立刻了然于心,"哎呀,你不是已经拒绝他了吗?再说今天咱们班好多人都去呢,你不去不太好吧。放心吧,到时候我跟丫丫帮你打圆场就是了。"

"好吧……"于晚晚无奈地叹了一口气,轻声应了下来。

她跟潘乐乐又聊了一会儿后,便挂了电话回书房。

韩也抬起头来,朝着她挑了挑眉:"打个电话打这么久。"

"要你管。"于晚晚朝着韩也皱了皱鼻子,做了个鬼脸。

"干吗,男朋友打给你的啊?"韩也状似不经意地随口问道。

"瞎说什么呢,我高中同桌啊。"于晚晚朝着韩也翻了个白眼,"她打电话提醒我别忘了晚上的同学聚会。"

"同学聚会?你晚上要出去?"韩也一脸惊愕地看着她。

"对啊。"于晚晚点了点头。

"那我怎么办?"韩也皱着眉质问道。

于晚晚有些发蒙地看着他道:"什么叫你怎么办?"

"你晚上出去参加同学聚会了,那我怎么办啊?"韩也又问了一遍,"难道我要跟你爸爸妈妈在家玩大眼瞪小眼?"

于晚晚瞪大了眼睛:"你什么意思?你今天晚上打算待在我家?"

"不然呢?"韩也一副理所应当的表情看着她道,"难道我上午坐动车过来,晚上再坐动车回去吗?别说我现在买不到车票,就算我买到了车票,回到家里也没有人啊,明天早上难道我还要坐动车回来?"

"你回去就回去呗,什么叫你明天早上还要坐动车回来啊?"于晚晚满眼震惊地看着他。

韩也抿了抿嘴唇,缓缓说道:"我打算这几天都跟着你好好地把之前落下的课程补起来,不然的话,以我现在的水准,是考不上南大的。"

"所……所以呢?"

"所以我打算这几天都住在你家。"韩也表情平静看着于晚晚道,"这样比较方便补课。"

"我什么时候同意你住在我家了!"于晚晚吓得整个人都跳了起来,"再说了，你住在我家这件事情，你爸妈知道吗？他们同意吗？"

闻言，韩也沉默了片刻，然后掏出手机给他妈妈打电话，顺便还按下了免提键。

电话里面嘟嘟响两声之后，韩也妈妈接了电话："喂，小也？"

"妈，"韩也不咸不淡地喊了一声，"我们国庆节放四天假，我打算跟着于晚晚回Z市，让她帮我把之前落下的课程补一补。"

"真的？"韩也妈妈在听到自家儿子的话后，声音里瞬间充满了惊喜，"儿子，你竟然愿意开始好好学习了？！"

"嗯。"韩也继续面无表情地说道，"昨天的月考我应该能考到班上的前二十名，但是这个成绩应该是考不上南大的，而且一个星期只补习周六一天，时间有点短，最好周日也能补一次课。"

"没问题，没问题，妈妈这就打电话给沈教授，让沈教授帮你跟晚晚说一下！"韩也妈妈已经激动得不行了，"儿子，你终于想开了啊！"

"但是现在有个问题。"韩也继续冷静地说道，"为了方便补课，我能不能这几天都住在于晚晚家？"

"啊？这……"韩也妈妈顿时有些迟疑，"能不能住在晚晚家也不是妈妈说了算的啊，这得要晚晚妈妈同意吧？"

"她妈妈已经同意了，现在只要你同意就行。"韩也面不改色地忽悠着自己的妈妈。

"同意，妈妈肯定同意啊！"韩也妈妈想都没想，就直接答应道，"那你这几天在晚晚家里一定要乖啊，对晚晚爸妈要有礼貌知道吗？"

"好的，知道了，没事的话我就挂电话了。"韩也说完就挂了电话。

于晚晚目瞪口呆地看着他，半晌才回过神来："你等等，我妈妈什么时候同意你住在我们家了？"

韩也安静地看了于晚晚片刻，然后站起身来，转身朝着书房外面走去。

"哎，你去哪儿啊？"于晚晚茫然地看着他的身影消失在书房外面。

片刻之后，韩也又回到书房，重新在于晚晚的身边坐下，认真地说道："你妈妈同意我住在你们家了。"

于晚晚顿时从椅子上站了起来:"你跟我妈说什么了?"

"我就说我这几天得留在Z市补课,问了一下阿姨你家附近有没有什么可以住的宾馆。"韩也镇定地靠在椅背上,一双腿直接伸到于晚晚的脚边,声音懒洋洋的,"然后阿姨就说住什么宾馆啊,直接住家里就好了。"

听到韩也的话,于晚晚只觉得整个世界都魔幻了。

"反正现在住在你家的这件事情已经定下来了。"韩也微微一笑,继续得意地说道,"你晚上不能丢下我,自己一个人去参加同学聚会。"

"不然呢,难道我要带你一起去?"于晚晚没好气地说道。

"好。"韩也认真地点了点头。

谁说要带你一起去了!

于晚晚张了张嘴,想要开口骂韩也一顿,却发现自己竟然不知道该从何骂起。

"你确定要跟我一起去?"于晚晚深吸一口气,努力平复了一下自己的情绪,"我那些同学你又不认识,去了也没什么意思啊。"

"我不是认识你嘛。"韩也眨了眨眼睛,突然换上了一副可怜兮兮的表情,"难道你就忍心把我一个人丢在家里?刚刚是谁说以后会好好疼我的,还说把我当成弟弟一样对待,那你带弟弟一起去参加同学聚会,不行吗?"

"你……"于晚晚只觉得自己的心里憋了一口血,快要喷薄而出。

"你刚刚不还说不要当我弟弟的吗?"于晚晚瞪着他那张清秀帅气的脸庞,义正辞严地质问道。

"哦,可是谁让我比你晚出生了一个小时呢?"韩也轻叹一口气,露出一脸忧郁的表情。

为了让韩也打消跟自己一起去参加同学聚会的念头,于晚晚特地给他布置了超多的题目,并且告诉他,只有在下午五点半之前做完所有的题目,才可以跟着她一起去参加同学聚会。

然而于晚晚没有想到的是，之前一提到做题目就推三阻四的韩也盯着桌子上的那堆试卷看了几秒之后，便一言不发地埋头做了起来。

于晚晚看着他低头认真做题目的样子，忍不住轻轻地叹了一口气。

这家伙是真的打算跟自己一起去参加同学聚会啊。

眼看着快到五点半了，韩也的那一大摞试卷还有一半没有完成。

于晚晚正在心里盘算着该怎么委婉地告诉韩也，不让他跟自己一起去参加同学聚会，韩也却突然抬起头来，一双乌黑深邃的眼睛直直地看着她。

他的睫毛很长很翘，清澈的眼睛里倒映出她娇小的身影。他就这么一言不发地看着她，眼神里隐隐带着委屈、不甘，眼眶甚至还有一点微微地泛红。

于晚晚愣了一下，被他这样的眼神看得于心不忍起来，心里忍不住开始念叨：算了，不就是同学聚会吗，带他一起去也没什么的。再说不认识那些人的是他，又不是自己，她干吗要担心他会不会尴尬生疏呢？实在不行的话，就当作自己真的带了弟弟过去吧。

想到这些，于晚晚无奈地开口道："好了，别写了，跟我一起去参加同学聚会吧，等晚上回来再继续做题。"

"真的？"韩也有些不确定地问道。

"真的。"于晚晚用力地点点头。

"很好，那走吧。"韩也直接扔下笔站起身来，朝着书房外面走去，"快走，快走，我肚子饿死了。"

于晚晚一脸发蒙地看着他，再定睛一看，他的眼睛里哪还有什么微微泛红的痕迹。

"走啊，还愣在那儿干吗？"韩也走到书房门口，一回头见于晚晚还坐着没有动弹，便干脆双手抱胸，斜倚在门口，朝着她扬了扬下巴。

于晚晚站起身来，默默地走到韩也身边，圆溜溜的眼睛盯着他看了一会儿，声音中带着一丝不确定："我刚才是不是上你的当了？"

"上我的什么当了？"韩也一脸惊讶地看着她，眉毛微微挑起，表情显得特别的无辜。

其实他刚才一句话都没有说，是她自己看走了眼，竟然觉得那一瞬间的他委屈得快要哭出来了。

果然，恻隐之心不能随便乱动。

于晚晚长叹一口气，摇摇头道："算了，没什么，咱们走吧。"

于晚晚家离他们同学聚会的地方并不是很远，走路大概只需要十分钟。

秋天的傍晚，凉风习习。太阳处于地平线的边缘，将落未落，天边被夕阳染成了一片橘红色。

于晚晚和韩也一前一后，沿着人行道慢悠悠地朝前走着。

眼看着聚会的酒店近在眼前了，于晚晚的身后突然响起了一个熟悉的声音："晚晚，晚晚！"

于晚晚回过头去，一眼就看到了自己的两个好朋友——潘乐乐和李瑾雅正站在马路对面，朝着自己挥手。

"乐乐！丫丫！"于晚晚立刻兴奋地跳起来，也朝着她俩挥了挥手。

晚晚，乐乐，丫丫？

完，了，呀。

韩也听着她们互喊对方的昵称，忍不住扑哧一声笑了出来。

"你笑什么？"于晚晚听到他的笑声，转过头来，一脸疑惑地看着他。

"咳，没什么。"韩也轻咳一声，努力收敛起脸上的笑容，朝于晚晚眨了眨眼睛，"你没有发现你们三个的昵称，连起来是'完了呀'吗？"

于晚晚微微一怔，她倒是从来都没发现她们三个的昵称还有这个谐音。

就在她准备开口反驳韩也的时候，潘乐乐和李瑾雅已经过了马路，跑到了他们两个的面前。

潘乐乐一脸兴奋地看着站在于晚晚身边的韩也，问道："哇，这个大帅哥是谁呀？是你的男朋友吗？"

李瑾雅也朝着于晚晚促狭地眨眨眼："晚晚，你不仗义哦，什么时候背着我们偷偷地交了男朋友？"

于晚晚顿时哭笑不得："什么呀，你们两个别乱说，这是我弟弟。"

韩也闻言低下了头，悄悄地瞥了于晚晚一眼，抿了抿嘴唇，没有说话。

"你弟弟？"潘乐乐自然是不相信她的话，"骗谁呢，咱们认识这么多年，我怎么不知道你还有个弟弟？"

"真的是我弟弟，远房表弟。"于晚晚一脸严肃且认真地看着潘乐乐，"他是南京人，国庆放假来我家玩的，顺便让我给他补习一下功课。"

"不是你男朋友？"李瑾雅又确认了一遍。

"不是。"于晚晚十分肯定地回答道。

"哇，那介绍给我和丫丫吧！"李瑾雅的眼睛里瞬间闪烁出无数光芒，"你弟弟好帅啊！俗话说得好，肥水不流外人田，我跟丫丫就勉强帮你解决你弟弟的人生大事吧。"

"别瞎闹了，人家现在上高三，正是最紧张的时候。再说了，你俩比他大好不好。"于晚晚直接朝着她翻了个白眼。

"那又怎么了，现在就流行姐弟恋啊。"李瑾雅看着韩也，两眼放光，"弟弟这么帅，肯定有好多小女生喜欢他呀。弟弟，你喜欢什么类型的女生啊？"

韩也看了看于晚晚的朋友，又看了于晚晚一眼，认真地说道："我就喜欢我表姐这样的。"

"小伙子，好眼光！"潘乐乐朝着韩也竖起了大拇指，"我们家晚晚当年可是我们高中的校花啊，成绩又好，长得又美，追她的男生都能从教室门口排到学校大门外去。"

"原来有这么多人追你啊？"韩也意味深长地看了于晚晚一眼。

于晚晚顿时一脸哭笑不得的表情看着他说道："你别听她瞎说，上高中的时候大家都忙着学习，哪有什么人追我啊。"

"没追你，但暗恋你的男生也差不多可以排到校门外了。"李瑾雅补充了一句，又看着韩也说道，"不过弟弟，你反正是没有希望了，你跟晚晚是亲戚，不能在一起的。"

"哦，但是我们并没有血缘关系啊。"韩也不咸不淡地补充了一句。他那平淡的语气就好像在说"今天天气真好"一样。

然而就是这么简简单单的一句话,却直接将潘乐乐和李瑾雅炸开了锅。

"等等,你说什么,你跟晚晚没有血缘关系?"

"那你们两个岂不是可以光明正大地在一起了?"

"弟弟,你有希望了啊!你要努力啊!"

韩也听着于晚晚的两个朋友七嘴八舌的讨论,竟然十分配合地点点头道:"嗯,我在努力地考南大呢。"

"哇!有出息!等你考上了南大,你跟晚晚不就可以光明正大地在一起了嘛!"

"恭喜,恭喜!晚晚,不错哦!"

潘乐乐和李瑾雅一边赞叹地看着韩也,一边朝着于晚晚挤眉弄眼。

"行了,行了,你们别听他瞎说了,他跟你们开玩笑呢。"于晚晚有些无奈地看了一眼韩也,对自己的两个死党解释道。

"我,我觉得你们两个是真的挺配的!"潘乐乐突然收起了脸上的笑容,拍拍于晚晚的肩膀,"看来这次班长是彻底没有希望了。"

"我也觉得,我对班长报以十二万分的同情。"李瑾雅也拍拍于晚晚的另一个肩膀,一脸遗憾地说道。

于晚晚迷茫地看着她们说:"你们在说什么呢?"

潘乐乐和李瑾雅对视了一眼,同时摇了摇头道:"没什么,走吧走吧,咱们快要迟到了。"

"啊?"于晚晚还没反应过来,就被她们两个人推着往前走了。

韩也微微一笑,优哉游哉地跟在她们身后。

到达他们聚会的酒店包间门口时,潘乐乐和李瑾雅先是相视一笑,接着推开包间门朝着里面嚷嚷道:"晚晚来了!"

屋里的同学们在听到她俩的喊声之后,同时回过头来看向门口。

一个穿着白衬衫、扎着领带的高个子男生捧起手中的玫瑰花,有些紧张地站起身来。

"班长,于晚晚来了!还不赶紧表白去!"

"哦哦哦，班长表白喽！"

在场的男生们立刻开始起哄。

那个白衬衫男生在一片起哄声中，红着脸走到于晚晚跟前。

"晚晚，我……"他刚刚开口喊了一声于晚晚的名字，就看到了站在她身后的韩也。

然后，他整个人便愣住了。

于晚晚竟然是跟一个男生一起来的？他们是什么关系？难道上大学之后，她交男朋友了？可是他从来都没有听到过这个消息啊。

韩也一声不吭地站在于晚晚身后，瞥了一眼站在于晚晚对面的男生。

衬衫、领带、玫瑰花，准备得还挺充分的嘛。

就在班长愣在原地的时候，坐在包厢里的那些同学也看到了站在于晚晚身后的韩也。

时间静止了几秒之后，有人开口大声地问道："晚晚，你身后的是谁呀，男朋友？"

"不是，他是我……"于晚晚有些哭笑不得，正准备解释的时候，韩也直接伸手搂住她的肩膀，朝着坐在包厢里的众人微微一笑道："不是，目前还不是。"

有人吹了一个响哨，语气里满是促狭："哟，目前还不是，那就是以后可能是咯？"

"以后的事情，以后再说吧。"韩也不慌不忙地丢下这句话，揽着于晚晚，绕过班长朝着屋里走去。

等到他们两个坐下之后，韩也回头看了一眼依然站在包间门口的班长，对于晚晚说道："晚晚，你们班长怎么不动了？"

于晚晚白了韩也一眼，有些尴尬地对班长说："那个……班长，大家都到了吧？"

"啊，都到了。"班长终于回过神来，一脸沮丧地看着于晚晚，手里捧着的玫瑰花看起来都没有刚才艳丽了，他努力地扯动嘴角笑了一下，"既然……"

大家都到齐了,那咱们就开始吧。"

班上的同学你看看我,我看看你,默默地举起杯子互相碰了一下,算是正式开始同学聚会了。好在这尴尬的气氛只维持了一会儿就渐渐恢复正常了。

毕竟大家高中毕业没多久,彼此还没有变得生疏,三两句玩笑之后,气氛就变得热络起来。

终究还是有人忍不住拿班长和于晚晚开玩笑道:"班长,你那玫瑰花不是准备送给于晚晚的吗,怎么到现在还捧在你手上啊?"

班长有些尴尬地看了那人一眼,迟疑了一下,捧着玫瑰花递到于晚晚面前道:"这个……是送给你的。"

"我……"于晚晚有些为难地看了一眼那捧玫瑰花,只觉得自己接也不是,不接也不是。

就在她左右为难之际,韩也从她身后伸出手来,淡定地接下了那束玫瑰,然后朝着班长淡淡一笑:"谢谢,这花跟晚晚挺配的,我先帮她拿着吧。"

班长抬头幽怨地看了韩也一眼,勉强挤出一个笑容来,转过身去,继续落寞地吃饭。

虽然班长不说话了,其他的同学却开始八卦起来,他们逮住于晚晚,七嘴八舌地盘问。

"晚晚,你跟你男朋友是怎么认识的呀?"

"你们是一个学校、一个系的吗?"

"你们什么时候开始谈恋爱的呀,是他追的你吗?"

"你男朋友这么帅,是不是有很多女生追他呀,你是怎么脱颖而出的?"

问题的角度越来越刁钻,于晚晚一开始还能假装自己什么都没听见,但时间一久,她终究还是败下阵来。

她有些无奈地看着身边的同学,哭笑不得地解释道:"好了,好了,你们别瞎猜了,他不是我男朋友,是我弟弟。"

"你弟弟?"那帮同学瞬间震惊地看着她。

原本还在颓废的班长在听到她的这句话之后,立刻竖起了耳朵,转过头惊喜地看向于晚晚。

"嗯,没有血缘关系的弟弟。"韩也微微一笑,补充了一句。

热闹的包厢里,一下子便安静下来。

班长刚刚燃起希望的眼神,瞬间又黯淡了下去。

于晚晚忍不住伸手撑住自己的额头。这家伙,又来了。

"所以你们千万不要对我姐姐有什么非分之想。"韩也一边说着,一边伸出胳膊勾住于晚晚的脖子,得意地说道,"我姐姐是我的。"

"哇!"女生们立刻双手捧脸,一脸羡慕地看着于晚晚和韩也,两眼发光,拼命点头表示赞同,"我们懂,我们懂,情郎弟弟也是弟弟!"

于晚晚忍不住在心里咆哮,但她脸上还是保持着得体的微笑,只在桌子底下狠狠地踩了韩也一脚,然后对其他人解释道:"你们别听他瞎说,他就喜欢开这种玩笑,他真的是我弟弟,现在还在上高三,国庆这几天都住在我家的。"

"咦,还在上高三吗?不是跟你一个大学吗?"那帮刚刚还眼神闪闪发光的女生们一下子便冷静下来,看着韩也说道,"弟弟,高三可是人生中最重要的时刻,你要加油,努力学习啊!有什么不懂的就问你姐姐。你姐姐可是我们高中三年占据年级排行榜第一名的超级学霸啊。"

韩也脸上得意的表情一下子就消失了。他微微蹙了蹙眉,收回勾着于晚晚脖子的手,漫不经心地应了一声。

"晚晚,你弟弟成绩怎么样呀,是不是跟你一样是个学霸?"有女生好奇地问于晚晚,"他明年也要考南大吗?"

"他的成绩……还行吧……"于晚晚模棱两可地点点头,随口应了一声,"反正是以南大为目标在努力。"

"你这么厉害,有你辅导他,他肯定也能考上南大的。"于晚晚的同学们顿时对韩也赞叹不已。

韩也抿了抿嘴唇,没有说话。

一顿饭吃下来,于晚晚感觉自己十分疲惫。她要一边应付那帮同学的好奇心,一边应付班长对她的特殊关怀,还要应付韩也对班长莫名的敌意。

好不容易结束了聚会,告别了同学,于晚晚这才长长地松了一口气。

她跟韩也沿着蜿蜒的马路慢慢走回家,只是这一路上,原本还愿意跟她聊几句的韩也竟然一句话都没有说。

于晚晚走到半路的时候才发现韩也的不对劲。

这家伙今天晚上竟然格外地安静,一声不吭的样子一点都不像是他的作风。

于晚晚想了想,伸手扯了扯韩也的袖子,小声问道:"你怎么了,怎么不说话?"

"没什么。"韩也低头瞥了她一眼,声音冷冷地答道。

明月在漆黑的夜空里散发着柔和的光芒,马路两边的路灯在他的身上洒下一层昏黄的光晕,将他的影子拉得好长好长。

一阵夜风吹过,于晚晚忍不住哆嗦了两下,她伸手抱着自己的胳膊,疑惑地看着韩也,问道:"真的没什么吗?那你干吗一路都不理我?"

韩也听到她的话,目光冷淡地看了她一眼,转身继续往前走。于晚晚微微一怔,快步跟上了他。

韩也走了两步又回过头来,问道:"你喜欢你们班长?"

"怎么可能。"于晚晚一脸震惊地看着他道,"你从哪儿看出来我喜欢他了?"

"那你干吗要告诉他们,我是你弟弟?"韩也站在于晚晚面前,一脸不满地看着她道,"让你们班长误会我是你男朋友,不是很好吗?这样他不就对你死心了?"

"可你本来就不是我男朋友啊……"于晚晚有些不解地看着韩也无理取闹,"干吗要让别人误会呢?"

"不让别人误会?"韩也挑了挑眉,"还是说,你十分享受别人追求你的感觉?"

"你在瞎说什么呢?"于晚晚忍不住皱起了眉头,心中有些不悦。

"你要是不喜欢你们班长，就直接拒绝他，让他误会我是你男朋友也好，直接告诉他你们两个不可能也好，不是都可以让他死心吗？"韩也面无表情地看着她，"可你既不拒绝，也不让他误会，你是想给他一点希望，好让他继续追求你吗？"

闻言，于晚晚顿时火冒三丈："你什么意思？我拒绝他的时候你又不在场，你怎么就知道我没有拒绝他？再说了，今天这么多同学在，我总要给人留点面子吧，他又没有做错什么，我有必要那么不留情面吗？而且这是我跟他之间的事情，关你什么事啊！"

"呵。"韩也冷笑了一声，直接转身就走，"不关我的事就不关我的事，你就当我多管闲事吧。"

于晚晚愣在原地，眼看着韩也气冲冲地走掉了，只觉得这一切发生得莫名其妙。

这家伙在发什么脾气呢？非要跟着她一起来参加同学聚会的是他，来了以后不高兴的也是他。现在的小朋友性格都这么别扭吗？

于晚晚无奈地叹了一口气，默默地跟在韩也后面。

一路上，韩也的目光自始至终都没有落在于晚晚身上。他不说话，于晚晚便也干脆不说话。两个人就这么赌气地谁也不理谁。

这样僵持的气氛，一直维持到了两人回到家。

于妈妈听到两人回家的动静，回头笑眯眯地看着他们道："晚晚，小也，回来啦，同学聚会怎么样啊？"

"还好啦。"于晚晚勉强露出一个微笑，"才刚毕业三个月，大家也没什么改变。"

"是吗？那小也呢，去参加晚晚的同学聚会，会不会觉得有些局促啊？"于妈妈又笑眯眯地看着韩也问道。

"没有，她同学都挺好的。"一路上都没有说话的韩也终于开口了，他朝着于妈妈微微一笑，"今天还有同学给她送玫瑰花呢。"

"还有人送玫瑰花给你？"于妈妈一脸惊讶看向于晚晚，上下左右地打量了她一番，然后问道，"花呢？"

韩也这么一提醒，于晚晚顿时想起来，她走的时候好像把花忘在酒店了。

"花……"于晚晚有些尴尬地笑了一下，"我给忘了。"

于妈妈对她也很无语："你看看你这记性，这都能忘。对了，是谁送花给你的啊，又是你们班长啊？"

"嗯……"于晚晚无奈地应了一声。

"唉，你们班长什么都好，就是这个性格啊，有点死心眼。你说说，你都拒绝他多少次了，他怎么还是不死心呢。"于妈妈忍不住摇了摇头道，"感情这个东西啊，讲究的是个感觉，要有眼缘。你看他不对眼，他怎么努力都没用的。"

韩也听着于妈妈的话，忍不住凑过去问道："阿姨，你也知道晚晚班长喜欢她？"

"我当然知道啊！想当初，那孩子天天早上在我们家楼下等晚晚，又是送牛奶又是送点心的，好在他也就坚持了大半个月，在我们家晚晚明确跟他说了不喜欢他之后，他就放弃了。"于妈妈开始回忆当初的情形。

"后来他们班长又努力了几次，但是我感觉应该没什么用，毕竟他也不是晚晚喜欢的类型。"于妈妈一脸无所谓的表情，"没希望的。"

于晚晚听见自己妈妈的话，忍不住开口道："妈，你跟韩也说这个干吗？"

"这不是正好聊到了，就随便说说嘛。"于妈妈一脸无辜的表情。

韩也看了看于晚晚，又看了看于妈妈，秀气的眉毛挑了挑，状似不经意地开口问道："不是她喜欢的类型？"

"嗯。"于妈妈点了点头。

"那她喜欢什么类型的？"韩也紧跟着开口问道。

"这个啊……"于妈妈一只手抱在胸前，另一只手戳着自己的下巴，努力回想了一下，"我记得以前晚晚好像跟我说过，她喜欢成绩比自己好，能力比自己强，各方面都比自己优秀，能让她崇拜仰望的人吧。唉，女孩子嘛，找男朋友肯定要找比自己厉害的啊，这要求不算高。"

韩也在听到于妈妈的这句话之后,脸上浅浅的笑意渐渐僵住了。

成绩比她好?能力比她强?各方面都比她优秀?

她的成绩都已经是全校第一、全省第三了,还让人有超越的空间吗?她都能面不改色心不跳地徒手抓蛇了,光这一点,试问有几个男生能做得到?就连打游戏,她玩的都是难度最高的打野位,还玩得那么厉害,上哪儿去找比她还厉害的男生?

最重要的是,他任何一点都比不上她,都没有她优秀。

韩也沉默了两秒之后,转身朝着书房走去。

"哦,对了,小也,书房里面有一张沙发床,我已经帮你铺好了。这几天你就委屈一下,睡在书房吧。"于妈妈赶紧跟在韩也身后,对他说,"还有睡衣,我帮你找了一套晚晚爸爸的,是干净的,还没有穿过。以后你要是经常来我们家的话,就穿这套吧,还有……"

于晚晚看着自己的妈妈跟在韩也身后喋喋不休地进了书房,忍不住撇了撇嘴,她妈妈对韩也真是热情得过分了。于晚晚懒得再理会韩也一晚上的抽风,伸了个懒腰,也转身回自己房间。结果她刚拿好换洗衣服准备去洗澡,于妈妈便走了进来。

于妈妈一脸神秘兮兮的表情对她道:"小也这孩子真是努力啊。刚一进书房,他就在书桌前坐了下来,说是要把出门之前没有写完的题目都做完,这孩子我觉得挺不错的,有上进心,是个好孩子。"

上进心?

于晚晚忍不住翻了个白眼,要是让她妈妈知道他之前说的那些"豪言壮语",不知道她妈妈还会不会这么评价他。

"好了,好了,你赶紧去洗澡,洗好了去好好辅导一下小也,一定要保证他考上南大啊!"于妈妈见于晚晚站在原地不动弹,便又开口催促道,"还傻站着干吗,去啊。"

"我为什么要保证他考上南大啊?"于晚晚一脸震惊地看着自己的妈妈,"就他这水准,想考上南大,那得多少菩萨保佑啊。"

"不考上南大，怎么过你爸爸那一关？"于妈妈直接给了于晚晚一个白眼，"你爸那个脾气，你还不知道？硬件条件过不了，软件条件再好也没用。"

"什么硬件软件啊，妈，我怎么不知道你还学过计算机呢？"于晚晚只觉得哭笑不得。

"硬件条件就是学历、人品，软件条件就是家世、长相。"于妈妈干脆直接推着于晚晚出了卧室，边朝着卫生间走边说，"你爸爸负责审核硬件条件，我负责审核软件条件。反正小也这孩子，在我这儿已经过关了，就差你爸那关了，这就要你陪着小也一起努力了。"

"妈，你到底在说什么呢？"于晚晚感觉自己的妈妈已经疯了。

"没什么，没什么，快去洗澡，别磨蹭了。"于妈妈一把将于晚晚推进卫生间，顺手关上门，"洗快点啊！"

于晚晚瞪着被自己亲妈亲手关上的卫生间大门，长长地叹了一口气。

洗完澡之后，于晚晚换上干净的睡衣去了书房。她一推开书房的门，就看到韩也正埋头认真地写做着题目。

听到开门声，韩也抬起头朝着于晚晚看了过来。

她一头乌黑的长发凌乱地散落在背后，看起来还有些微微的濡湿，氤氲的水汽更加衬托得她肌肤白里透红，吹弹可破。她穿着一身浅蓝色的长袖长裤睡衣，衣摆上印着两只可爱的小白猫，看起来有些稚气未脱。书房里暖橘色的灯光落进她漆黑而清澈的眼底，仿佛照映出了点点星芒。

然而韩也只是抬头看了她一眼，之后便又继续低下头去写作业。不过他的余光瞥到她朝着自己一步步走来，伸手拉开他身边的椅子，在他旁边坐了下来。

在她坐下的一瞬间，一阵甜甜的洗发水清香将他整个包裹起来。那一缕缕香气仿佛无数看不见的丝线，轻而易举地缠绕攀附在他身上。

韩也突然觉得自己的思绪根本没有办法集中，他的眼睛明明看着面前的试卷，可是注意力却不受控制地被于晚晚的一举一动所吸引。

于晚晚坐下来之后也没有说话，只是目光朝着韩也面前的试卷看去，一条一条地检查他有没有做对。

书房内安静了几分钟之后,韩也突然抬起头来,一脸冷漠地道:"你能出去吗?"

"啊?"于晚晚满眼不解地看着他。

"我说,你能出去吗?"韩也面无表情地看着于晚晚,将刚才的话重复了一遍。

"为什么?"于晚晚茫然地看着他,她坐在这儿怎么了?她本来就是过来看看他作业写得怎么样的,怎么还让她出去呢?

"我不想看见你。"韩也挪开目光,一字一顿地说道。

于晚晚不知道自己到底是哪里惹到这位少爷了,从酒店一直到回家,他就没有给她好脸色看过。

想到这里,于晚晚也是气不打一处来:"凭什么啊,这是我家的书房,我想在这儿坐着就在这儿坐着,想在这儿躺着就在这儿躺着,关你什么事?!"

韩也听着于晚晚说话,只觉得心里一阵阵焦躁。他转着手里的圆珠笔,转了几次,笔就往桌面上掉了几次,最后他干脆将圆珠笔啪的一声扔到桌子上,然后转头盯着于晚晚说道:"但是现在,这间书房是我今天晚上要睡觉的地方,我困了,想睡觉了,请问你可以出去了吗?还是你要看着我脱衣服睡觉?"

"你……"于晚晚怒目圆睁地看着韩也。

她站起身来,狠狠地瞪了韩也一眼,然后头也不回地走了出去,顺带着砰的一声关上了门。

眼看着于晚晚从书房内出去了,韩也紧绷的身体终于放松了下来。

只是她明明都已经不在书房内了,他却仿佛还能闻到她身上散发出来的那一阵阵淡淡的清香。那甜甜的香味如同轻柔飘洒的羽毛一般,有一下没一下地撩拨着他的心。

好烦!

韩也盯着眼前的试卷看了一会儿之后,忍不住烦躁地将那些试卷推得离自己远了一些。

他双手交叉枕在脑后，靠在椅子上发了一会儿呆，然后缓缓地站起身来，走到阳台上打开了窗户。

夜空一片漆黑，只有零星几颗散落的星星散发出微弱的光芒。

一阵阵带来淡淡的青草香气的夜风吹过，吹散了室内于晚晚留下的痕迹。

小区内的路灯一直延伸到很远很远的地方，对面楼房的窗户里，透着暖暖的橘黄色灯光。

就在这一片安静美好的夜色中，韩也突然听到了从隔壁传来的于晚晚打电话的声音。

"气死我了，那家伙今天晚上也不知道吃错了什么药，一路上对我都没有好脸色，就好像我欠了他几百万一样！

"更过分的是，我刚刚进书房想看看他作业写得怎么样了，他竟然叫我出去！

"有没有搞错！那是我家的书房，我进去怎么了？我凭什么不能进去？他凭什么让我出去！

"我都快要气炸了，恨不得现在就过去揍他一顿！

"冷静，怎么冷静？你说我现在要不要去接一盆冷水泼到他的头上去，让他先冷静冷静？"

韩也听着于晚晚的声音，忍不住微微皱了皱眉，这个于晚晚打电话的时候说话怎么这么粗俗。

"还有，我跟你说，我现在……"于晚晚一边说着一边走到了阳台的窗户前，打算继续跟自己的室友控诉。

只是她的脚步刚刚迈进阳台，眼角的余光就瞥到隔壁阳台上似乎有一个人的身影正站在那里。

于晚晚转过头去，一双圆溜溜的眼睛在看到韩也那张清秀帅气的脸庞后瞬间瞪得像两个铜铃。

她目瞪口呆地看着韩也，准备继续骂韩也的话一下子都卡在了嗓子里。

"喂，鱼丸，鱼丸你怎么不说话了？喂，你能听到我说话吗？"

她的手机里传来唐又晴的声音，一下子就将她拉回了现实。

"那个，没什么，我还有点事情，我先挂电话了啊。"于晚晚回过神来，赶紧朝着电话那边的唐又晴说了一句之后，就挂断了电话。

韩也站在书房的阳台上，隔着玻璃微微蹙眉看着于晚晚。

于晚晚有些尴尬地冲他笑了笑，握着手机朝着他挥了挥手道："那个，你不是在写试卷吗，怎么会在阳台上？"

"试卷写累了，就到阳台上来透透气，休息一下。"韩也平静地说道。

"那你……站在这里多久了？"于晚晚只觉得心里咯噔一下，完了，完了，她刚才骂他的话，该不会全部被他听到了吧？

"也没多久。"韩也似笑非笑地对她说道，"大概就从你说我吃错药开始站在这儿的。"

听到他的话，于晚晚整张脸瞬间变得煞白，她勉强扯着嘴角笑了笑，结结巴巴地问道："那你……都听到了？"

"听到什么？"韩也朝着她挑了挑眉，"哦，你的意思是说，我听到你说要揍我一顿还是往我头上泼盆冷水？我大概就听到这么几句吧，前面的就不知道了。"

呵呵，你还想听前面的？你要是真的听见了，估计会气得吐血吧。

于晚晚僵在原地几秒之后，迅速调整好情绪，她随手将手机揣进自己睡衣的兜里，然后朝着韩也露出一个淡定的笑容道："听见就听见吧，我这个人也不喜欢背地里说别人的坏话，反正你只要知道我现在，此时此刻，对你很不爽就行了。"

"哦。"韩也面无表情地看着她，轻声应了一声。

于晚晚瞪着大眼睛，盯着他看了好一会儿，不说话。

韩也也默默地看着她，不说话。

他们两个人就这么面对面隔着阳台上的玻璃窗，站着沉默了一会儿。

于晚晚突然开口道："我室友说，你今天晚上之所以会表现得这么不正常，是因为你吃醋了,你觉得这个说法成立吗?"

韩也心里顿时一阵慌乱,但他脸上依旧保持着一副镇定的表情:"你室友想多了,我为什么要吃醋。"

"我也是这么觉得的。"于晚晚灿烂一笑道,"所以,我觉得你就是单纯的吃错了药!"

她说完这句话便直接转身回了自己的房间,顺带着又砰的一声,关上了自己房间内的阳台隔断门。

韩也有些尴尬地站在原地,伸手摸了摸自己的鼻子,心想这家伙的火气好像不小啊。

他在阳台上又站了一会儿,发现隔壁没动静了,这才转身回去继续做试卷。

第二天,于晚晚直接一觉睡到了中午。

等到她伸着懒腰起床,打算去书房检查一下韩也的作业情况时,却发现书房里竟然一个人都没有,就连书桌上都收拾得干干净净的,连张试卷都没留下。

于晚晚疑惑地走到客厅,问正在拖地的妈妈:"妈,韩也呢,人怎么不在书房?"

"你说小也啊。"于妈妈直起身子,一只手撑着拖把,一脸可惜地说道,"他今天一大早就坐动车回南京了,说是家里有急事,他得回去一趟。他把那些试卷啊练习册什么的都带走了,说回家再继续做题目。"

"跑了?"于晚晚听着自己妈妈的话,一下子愣住了。

她不就是说了他几句,顺带着骂了他几句吗?这人怎么能一声不吭地就跑了呢。

"什么跑了啊,你这说的什么话,人家小也回家是有事情的好不好。"于妈妈瞪了于晚晚一眼,没好气地说道,"人家走之前客客气气的,吃完早饭还帮我把碗都洗了呢。不是我说,这年头,像他这么帅、脾气又好又愿意做家务的小伙子不多了。"

于晚晚忍不住翻了个白眼。

算了，算了，他回家就回家吧，省得她还要费尽心思地想今天该怎么面对他。于晚晚伸手抓了抓自己睡乱的头发，转身又回了房间。

她拿出手机给韩也发了条短信道："你回南京了？试卷要记得做完啊，有什么不会的，可以打电话问我。"

片刻之后，她的手机轻轻震动了一下，韩也淡淡地回了三个字："知道了。"

于晚晚盯着屏幕上的那三个字眨眨眼睛，随手将手机扔回了床上。

唉！这位大爷的脾气看起来好像还是没变好呢。

然而已经回到南京家里的韩也，在发完"知道了"三个字后，却一直皱着眉头盯着自己的手机。

怎么回事，她怎么不回他信息了？这种时候，她难道不是应该问一下，他为什么会回南京吗？她难道就不问一下他有没有到家吗？

韩也看着自己没有一点动静的手机，甚至怀疑自己是不是停机了。他刚准备查询一下自己还有没有话费的时候，手机里就进来一条广告信息。看着那条广告信息，他越想越气，干脆将手机关机扔到了一边。

直到写完作业，韩也才抬头看了一眼时间，已经快要下午五点了，于晚晚应该回他的信息了吧？

这么一想，他伸手拿过已经关机一整个下午的手机，按下了开机键。手机打开之后，果然显示有几个未接来电和几条未读短信。

韩也满意地笑了笑，慢条斯理地点开未接来电看了一眼，两个来自沈凉雨的电话，还有一个是来自他妈妈的。

他皱了皱眉，顺手又点开短信，里面有三条广告信息，还有她妈妈发的信息："儿子，电话怎么关机了？"

除此之外，再也没有其他信息了。

韩也唇角边的笑容渐渐消失。

一整个下午！整整一个下午！于晚晚竟然连条短信都没有发给他，她也不问问他作业做得怎么样了！

韩也越想越觉得郁闷，忍不住又开始烦躁起来。

就在他准备发信息给于晚晚的时候，他的动作突然停了下来。

等一下，他为什么要这么在意于晚晚有没有发信息给自己？他干吗要这么在乎她？他俩不过是家庭老师和学生的关系，她没有回自己信息也是正常的。那他为什么要主动给她发信息？

韩也只觉得自己心底有一个想法在蠢蠢欲动，但他飞快地将那个想法按了下去。他丢下手机，转头盯着窗外看了一会儿之后，又拿起手机找到沈凉雨的号码拨了出去："喂，出来，陪我打球去。"

高三短暂的四天国庆假期很快就过去了。

十月五日，高三的学生们重新回到学校里，继续艰辛的高三生活。

因为刚刚放过几天假，回到学校里的学生们明显还没有收心，一个个纪律涣散。课堂上，打呵欠的、打瞌睡的……应有尽有。

下午临近放学，韩也的班主任进了教室。

他走到讲台上，目光扫了一眼教室里蠢蠢欲动打算往外冲的学生们，用力拍拍讲台，大声吼道："都坐好了，你们以为现在还在放假吗？"

班主任这么一吼，教室里立刻安静了下来。

"这一次的月考，咱们班的成绩很差！"班主任伸手抬了抬眼镜，一脸严肃地对学生们说道，"以往咱们班的年级排名都是在第四名，紧紧挨在三个重点班后面，这一次竟然掉到了第六名！一下子掉了两名，你们脑袋里面都在想什么呢！"

班上的学生们听着班主任的话，一个个低下头，连大气都不敢出。

"就你们这样的态度，怎么考重点大学？"班主任继续拍着桌子吼道，"大部分同学的成绩还在原地踏步，甚至出现了倒退！这对高三学生来说，简直是不可思议的事情！这次考试，咱们班就只有一个人进步比较大！"

班主任的声音顿了顿，继续说道："那就是韩也同学。"

他的话音刚落，班上的同学们立刻转过头去，一个个的将目光投向了韩也。

韩也坐在自己的位子上,在听到班主任的这句话时,抬起头来,面无表情地看向他。

"韩也同学之前的成绩一直在全班倒数三名之内徘徊,但是这一次,他考出了全班第二十一名的好成绩,一下子就进步了二十多名。看看你们,对比一下人家韩也,你们惭愧不惭愧?"班主任将讲台敲得砰砰响,唾沫横飞地吼道。

韩也却忍不住紧紧地皱起了眉头。

全班第二十一名?他离第二十名就差了一名!

"你们都好好反思一下自己吧!人家韩也想好好学习就能好好学习,成绩一下子就上去了,你们再看看你们!"班主任大概终于骂够了,端起茶杯喝了一口水,润了润嗓子,继续说道,"后天,我们高三年级将召开一次家长会,就本次月考的成绩跟家长们汇报一下。"

"啊——"教室里顿时响起一片哀号声。

"家长会之后是高三冲刺动员大会,每一位家长都要和学生一起参加。我已经在家长群里通知过各位家长了,你们回去再转述一下。"紧接着班主任又说道,"现在开始发本次月考的成绩条,喊到名字的上来拿一下。"

沈凉雨趁着班主任发成绩条的工夫,转过头来,一脸震惊的神情看着韩也,压低声音惊呼道:"也哥,想不到啊,你竟然考了全班第二十一名,你这成绩进步得也太神速了吧!你爸妈要是知道了,不得高兴坏了?"

"知道了又怎么样?"韩也一只手撑着自己的下巴,转头看着教室的窗户外面,"反正他们也不会来参加家长会的。"

"唉,你爸妈工作也太忙了,你都高三了,他们也不说把工作放一放来陪陪你。"沈凉雨听着他的话,忍不住叹了一口气,"不过我倒是挺羡慕你的,也哥。你不知道,我妈因为我上高三了,特地跟公司请了半年的假,说是要在家看着我学习。我现在每天就跟坐牢一样,被看得死死的,连喘口气的功夫都没有。"

"呵。"韩也瞥了他一眼,懒得搭理他。

沈凉雨尴尬地摸了摸鼻子,突然感觉自己这样说好像有一点炫耀的成分。

与此同时,正躺在家里沙发上看电视的于晚晚的手机铃声突然响了起来。

她掏出手机看了一眼来电显示,是韩也妈妈打来的电话,于是赶紧按下了接听键:"喂,阿姨。"

"晚晚啊,我是小也的妈妈。"韩也妈妈的声音里满是喜悦,"我是特地打电话来感谢你的。"

"感谢我?"于晚晚一头雾水,"感谢我什么?"

"感谢你辅导小也的功课啊!"韩也妈妈说话语气里都带着笑意,"今天他们老师打电话给我了,说小也在这次的月考中取得了全班第二十一名的好成绩。晚晚,多亏了你啊,要不是你,小也的成绩不可能进步得这么神速。"

全班第二十一名?

于晚晚差点没忍住笑出来。她想到自己当初的那个承诺,本来还有一点点不安,这下子好了,他考了第二十一名,她几乎能想象到韩也在知道成绩时懊悔的样子。

"之前我们也给小也请了好几个家庭老师,但是小也的成绩都没有什么起色,可晚晚你一来,他的成绩立马就上去了。不愧是南大的高才生啊!"韩也妈妈还在电话里一个劲儿地夸于晚晚。

于晚晚有些不好意思地说道:"没有,没有,我没有那么大功劳的,主要还是韩也最近学习比较努力。"

"那也是多亏了你啊!"韩也妈妈笑着说完了这句话之后,突然话锋一转,"对了,晚晚,听说你国庆回家了,什么时候回南京啊?"

"我啊?"于晚晚微微一怔,随口回答道,"我明天就回去了。我买的是六号的车票,七号应该是返程高峰,我就不跟那些人一起挤了。"

"六号就回南京了啊,那正好,阿姨有件事情想拜托你。"韩也妈妈一听于晚晚六号就回去了,顿时高兴得不得了。

"阿姨,您有什么事情尽管说,我能帮忙的一定帮忙。"于晚晚十分认真地说。

"是这样的,后天小也的学校要开家长会,要求每一位家长都要参加。"韩也妈妈的语气有些迟疑,"但是我跟他爸爸的工作性质你是知道的,这假实在是请不下来,所以我想着,要不你替我们去参加一下家长会?"

"我?"闻言,于晚晚愣了一下,"我去有点奇怪吧?韩也应该还有叔叔伯伯之类的亲戚吧。"

"有是有,可是小也这孩子你也是知道的,连我们的话都不听,就更别说他的叔叔伯伯了。我琢磨了一下,觉得他也就最听你的话,所以不得已才想请你帮忙。"韩也妈妈有些不好意思地说,"拜托了,晚晚,只要去一下就行了。这孩子难得成绩有点起色,要是家长会没有一个人去的话,我怕他成绩又要掉下来了。"

于晚晚咬了咬嘴唇,迟疑了片刻之后,最终还是心软了:"那好吧。"

"太好了!谢谢你啊,晚晚!"韩也妈妈兴高采烈地跟她又寒暄了几句之后才挂了电话。

十月七日,高一高二的学生都还在继续他们的国庆假期,而高三的学生们已经开学三天了。

因为上午九点要在高三各班级里召开家长会,所以八点五十分的时候,班主任便让班上的同学们自己去操场上活动,等到家长会结束之后再回到教室,和家长们一起去体育馆参加高三冲刺动员大会。

沈凉雨和韩也两个人跟在班上的同学后面,慢慢悠悠地走出教室。其他班的学生们也跟他们一样被赶去操场上,所以这会儿走廊上到处都是人。

韩也看着人挤人的走廊有些头疼,他的脚步微微顿了顿,皱着眉头对沈凉雨道:"咱们过会儿再下去吧,我不喜欢这么多人。"

"啊?"沈凉雨回头看了韩也一眼,又看看人满为患的走廊,点点头道,"行,咱俩等他们都走得差不多了再下去。"

于是,韩也停住脚步,站在自己班的教室后门口不动了。

两三分钟后,原本人挤人的走廊渐渐空了下来,偶尔有两三个家长从楼梯上来，探着脑袋寻找自家孩子的教室。

"走吧，也哥，他们都下去了，已经有家长过来了。"沈凉雨用胳膊肘轻轻地顶了一下韩也，催促他道，"不然班主任又要说我们了。"

"他说就说呗，反正我家又没有家长来参加。"韩也无所谓地说了一句，但还是迈开脚步朝着楼梯走了过去。

"唉，你爸妈也真是……"沈凉雨叹了一口气，一时间竟然不知道该说些什么好了。

他们两个下楼梯的时候，已经有不少家长在往上爬楼梯了。

沈凉雨朝着远处看了一眼，然后赶紧推了推韩也道："也哥，快走，我看见我妈了。"

"哪儿啊……"韩也顺着他的目光朝着前面看了一眼，却只看到了一堆中年男人。

"就在那儿啊，快走，快走！"沈凉雨随手指了一下，便扯着韩也的胳膊朝着操场跑去，"哎呀，你别看了，再看我妈就要到跟前了。"

"哦。"韩也随便应了一声，正准备跟着沈凉雨离开的时候，眼角的余光却突然瞥到一个娇小的身影。

那身影看着似乎有点眼熟。

韩也皱了皱眉，停下脚步朝着人群仔细看去。

然而那一片灰压压的人群里，哪有什么娇小的身影。

呵，他该不会是吃错药了吧，竟然以为于晚晚会来给他开家长会？韩也有些自嘲地笑了一下。

"也哥，你还站在那儿干吗呢？"已经走远的沈凉雨，回过头来朝着韩也大声喊道，"反正你爸妈又不来，你在找谁呢？"

"来了。"韩也表情淡漠地应了一声，转身朝着操场走去。

人群里，于晚晚一脸茫然地看着四周，随手抓了个大叔问道："叔叔，请问高三（四）班在哪边啊？"

第 5 章

这是我家长

"你问我?"那大叔一脸不可思议的表情看着于晚晚道,"我还想问你呢,你不是高三的学生吗?"

"我不是,我是来开家长会的。"于晚晚有些尴尬地解释道。

"这个……"大叔伸手抹了一把额头上的汗水道,"不好意思啊,大妹子,你这长得也太年轻了,想不到你小孩都上高三了。"

"呵呵。"于晚晚又尴尬地笑了笑,一时间竟然不知道该怎么接话。

好在今天是高三的家长会,于晚晚跟着人群往学校里面走,终于找到了高三的那栋教学楼。

操场上,沈凉雨百无聊赖地挂在单杠上,一边晃荡着身体,一边朝着韩也说道:"也哥,我感觉你最近好像不太对劲。"

"怎么不对劲了?"韩也靠在单杠旁边的大树上,随口问道。

"就是感觉你好像有点心神不宁的样子。"沈凉雨想了想,说,"也哥,你是不是有什么心事?"

"我有吗？"韩也眯了眯眼睛，反问道。

"有，绝对有。"沈凉雨十分肯定地说，"我发现你最近有事没事就爱看手机，怎么，你在等谁的电话吗？"

"不是。"韩也想都没想就直接否认了。

"那你干吗老看手机啊？"沈凉雨撇撇嘴，一脸疑惑地问道。

"我……"韩也想了想，随便编了一个理由，"我在等我爸妈的短信，本来以为这次他们会来参加家长会的。"

沈凉雨听着他的话，叹息道："唉，你爸妈也真是……"

韩也跟沈凉雨两个人就这么站在单双杠的活动场地，有一搭没一搭地聊着。大约一个小时后，沈凉雨低头看了一眼时间，开口说道："走吧，家长会快要结束了，咱们该回教室领家长去体育馆了。"

"我又没有家长来。"韩也撇了撇嘴说道，"我直接去体育馆了。"

"别啊，也哥，你好歹陪我一起过去啊。"沈凉雨赶紧一把拽住韩也的袖子，"有你在，我妈就不会一直唠叨我了。"

韩也皱了皱眉，虽然不太情愿，但还是被沈凉雨拖着朝教室走去。

教室门口的走廊里已经站了许多学生，只是教室门还没开，他们班主任似乎还在里面跟家长讲着什么。韩也跟沈凉雨站在离人群稍远一点的地方。

"班主任也太能讲了，这都一个多小时了，他还在里面讲什么呢？"沈凉雨有些无奈地看着他们班紧闭的大门抱怨道。

"还能讲什么，肯定是说你们学习退步的事情。"韩也趴在走廊的栏杆上说道。

"我去看一眼我妈坐在哪儿。"沈凉雨说完便猫着腰朝着教室的窗户边上走了过去。

片刻之后，沈凉雨一脸见到鬼的表情跑回韩也身边道："也哥，你猜我看到谁了！"

"谁？"韩也转过头来看着沈凉雨道，"该不会是你爸跟你妈一起来了吧？"

"不是！"沈凉雨机械地摇摇头，一双眼睛直直地盯着韩也道，"也哥，你家竟然有人来给你开家长会了！"

韩也微微一怔，下一秒，他直起了身子朝着沈凉雨问道："谁？"

"我看见……"

沈凉雨正准备开口，他们班的教室门突然被打开了，班主任站在门口对走廊里的学生大声说道："来来来，你们进去带你们的家长去体育馆开动员大会了，动作快一点，不要磨蹭。"

那些站在走廊里的学生立刻动了起来，一个个地朝着教室里面走去。

沈凉雨张了张嘴，只丢下一句"你自己去看就知道了"给韩也，然后转身就跑了。

韩也站在原地微微蹙眉，心中却是满满的疑惑。

难道他爸妈突然请到了假，来开家长会了？

教室里面的学生和家长正缓缓地往外走。

韩也琢磨了片刻之后，慢慢悠悠地逆着人群朝着自己教室走去。就在他快要走到教室门口时，一个正站在教室里东张西望的娇小身影，让他停住了脚步。

不远处的那个人，一头乌黑的长发柔顺地垂在身后，白皙粉嫩的脸颊上，一双黑漆漆、圆溜溜的大眼睛正朝着教室外面的走廊张望。她穿着一件鹅黄色的娃娃衫，配了一条浅蓝色的牛仔短裤，乍一眼看去，像是个迷路的小朋友。

她怎么会出现在自己班的教室里？

韩也在看到于晚晚的那一瞬间，说不清楚心里到底是怎样的感觉，五味杂陈。

就在他迟疑着要不要走上前的时候，于晚晚一眼看到了站在教室门口的他，她开心地朝着他挥了挥手，一路小跑到他跟前，仰起脑袋来看着他喊了一声："韩也！"

"你怎么在这儿？"韩也皱了皱眉，一脸嫌弃地看着于晚晚问道。

"我来给你开家长会啊。"于晚晚笑眯眯地看着韩也，接着踮起脚来伸手拍拍他的脑袋道,"不错哦,刚刚你们班主任还表扬你了呢!"

"我的意思是,你怎么会来给我开家长会?"韩也看着她脸上灿烂的笑容,面无表情地问道。

"你妈妈打电话让我来的嘛。"于晚晚看着韩也一脸不爽的样子,无奈地摊了摊手道,"受人之托忠人之事,我就来了呗。"

说着,于晚晚干脆直接拽着他的胳膊朝教室外走:"哎呀,走啦走啦,其他家长都去体育馆了,咱们也快去吧。"

"不是,我……"

韩也张了张嘴,正准备说点什么的时候,就听到身后传来气急败坏的吼声:"前面那两个学生,给我站住,一男一女在走廊里面拉拉扯扯,成何体统!"

于晚晚还没回过神来,一道身影已经飞快地走到了他们面前。

那人穿着一件深蓝色的POLO衫,衣摆一丝不苟地塞进裤腰里,他梳着三七分的背头,鼻梁上架着一副茶褐色的眼镜,双手背在身后,看起来一脸的严肃。

韩也在看到眼前的那个人时,微微怔了一下,然后低声喊了一句:"陈主任好。"

陈主任是他们学校的教导主任,主抓校风校纪。此人火眼金睛、眼光毒辣,隔着两百米远的距离都能看出前面的两个学生是不是关系暧昧。据说这些年来,在他手上被通报批评的学生加起来可以绕金陵一中三圈。

陈主任在于晚晚和韩也面前站定,看到于晚晚的手依然扯着韩也的胳膊,一双眉头忍不住紧紧皱起。

韩也长得又高又帅,从高一到高三都有不少女生暗恋他,好在这家伙除了学习差之外,没有什么其他毛病,对那些暗恋他的女生也一直视而不见。所以对陈主任来说,在其他老师眼里都是差学生的韩也,反而在校风校纪方面是个好学生。

眼下看这个情形,估计又是哪个年级的小女生看上了韩也,想要强行表白吧。

陈主任皱着眉头,轻咳一声,声音严厉地朝着于晚晚道:"还不放手,大白天的,在走廊上跟一个男生拉拉扯扯,成何体统!"

于晚晚一怔,拽着韩也胳膊的手下意识地松开了。

"说吧,哪个班级的?叫什么名字?"陈主任朝着于晚晚扬了扬下巴道,"看你有点面生,应该不是我们学校的学生吧?"

"嗯!"于晚晚点点头道,"我确实不是你们学校的。"

"那就是隔壁中学的?"陈主任盯着于晚晚,上下打量了她一圈,"是初中部的吗?现在的初中生真是越来越无法无天了,都敢跑到高中部来骚扰学长了。"

"我不是……"于晚晚张了张嘴,正准备解释,陈主任却直接打断了她的话:"跟我去一趟办公室,打电话给你的班主任或者家长,让他们来一趟。"

"啊?"于晚晚扯了扯嘴角,一脸无语地看着这个教导主任。

一直站在旁边没有说话的韩也却突然开口道:"陈主任,我们还要开高考冲刺动员大会……"

陈主任微微一怔,随即便朝着韩也挥了挥手道:"行吧,你去吧,刚才我都看见了,是这个女生非要拽着你的,跟你无关,你就不用来办公室了。"

"嗯。"韩也点点头,应了一声,却没有一点要离开的意思。

陈主任有些疑惑地看着他道:"不是说了你可以走了吗,还愣在这儿干吗?"

"我得带我的家长一起去啊。"韩也无奈地看着陈主任,伸手指了指于晚晚道。

陈主任一脸不可思议地看着他和于晚晚。

"这是你家长?"陈主任眯了眯眼睛,伸手推了推架在鼻梁上的眼镜,开口问道。

"这个……算是吧……"韩也转头看了一眼于晚晚,迟疑着回答道。

"是就是,不是就不是,什么叫算是吧。"陈主任瞪了他一眼,语气严厉地说道。

"那就是吧。"韩也无奈地回答道。

陈主任盯着韩也看了一会儿,又看看站在他身边的于晚晚,双手交叉抱在胸前道:"本来还觉得你们可能没什么问题,现在听你这么一说,突然又觉得你们两个有点问题了,走吧,跟我去办公室解释清楚。"

"不是,我跟他有什么问题啊?"于晚晚听着陈主任的话,终于忍不住开口还击,"我本来就是过来给他开家长会的,我就是他的家长啊,我跟他哪里有问题了?!我刚才拽他是因为他走得太慢,别的家长都走光了,就剩我们俩了。这位老师,你不能看见一个男生跟一个女生站在一起就以为他们两个人可能是情侣啊,他们也可能是兄妹、是姐弟、是母子、是父女啊!"

"那你们说,你们俩是母子还是父女啊?"陈主任看着于晚晚,表情严肃地说道,"都高三了,来给孩子开家长会的不是爸爸就是妈妈,你是他妈妈还是他奶奶,来给他开家长会啊?"

"我是他姐姐啊!"于晚晚听着陈主任嘲讽的语气,有些生气地说道。

"小姑娘,你真当我这个教导主任是白当的?"陈主任顿时有些好笑地看着于晚晚道,"别的学生我不敢保证,但是我们学校这几个风云人物的家庭情况我还是知道得一清二楚的。韩也这小子是家里的独生子,爸妈平时工作忙,根本就没空管他,别说是家长会了,就是开学报到都是他自己一个人来的。高中这三年,他爸妈根本就没有出现过,他哪儿来的姐姐给他开家长会啊?

"好,就算是他爸妈没空来,请了亲戚来帮忙开家长会,那也应该找舅舅伯伯或者姑姑姨妈之类的人来吧,难道还会请表姐、堂姐来开家长会?你逗我玩儿呢。"陈主任目光炯炯地盯着于晚晚,头头是道地给她分析了一通。

"那我……本来就是来给他开家长会的啊……"于晚晚听着陈主任的分析,自己都忍不住觉得有些心虚。

说实话,刚刚她在班上坐在一群中年叔叔阿姨里,真的显得特别突兀。

"看看,心虚了吧?"陈主任得意地朝着于晚晚扬了扬下巴道,"行了,跟我到办公室走一趟吧。"

"可是……"

就在于晚晚准备继续和陈主任争论的时候,韩也班主任的身影突然出现在楼道口。看到韩也他们的身影,他飞快地跑到韩也跟前,一脸焦急地说道:"你怎么还在这儿啊,咱们班的同学都已经到体育馆了,动员大会马上就要开始了,你怎么还不去?!"

"我……"韩也张了张嘴,刚准备开口回答,陈主任就一把拽过他们班主任的胳膊:"来来来,你来得正好,我刚刚抓到你们班的韩也跟这个女生在走廊里拉拉扯扯的,问他们吧,他们还什么都不说,我正准备带他俩回办公室呢。"

韩也的班主任转头看了一眼于晚晚,哭笑不得地对陈主任道:"回什么办公室啊,人家小姑娘是韩也的妈妈特地找来给他开家长会的,这会儿动员大会都快开始了,再不过去就来不及了。"

"什么?"陈主任在听到这句话之后,整个人都愣住了。

他一脸不可思议地看着韩也的班主任,又低头看了看站在自己身边的于晚晚,说话都结巴了:"她……她真是来开家长会的?"

"不然呢,韩也妈妈特地打电话跟我说了。"韩也的班主任一提到于晚晚,立刻一副自豪的神色道,"陈主任,你可别小看这个小姑娘,人家可是南大的高才生啊,去年高考全省第三名,就比第二名少了一分。她最近在给韩也当家庭老师,这才短短一个月的时间,韩也的成绩就从班上的倒数变成了正数二十一名。你说说,这小姑娘多厉害!"

陈主任听着韩也班主任的话,脸上顿时露出极其复杂的神色。

"哎呀,好了,好了,我不跟你说了,那边动员大会马上就要开始了,我还得赶紧带他们过去呢。陈主任,回头再聊啊。"韩也的班主任在说完这句话之后,就带着他俩风风火火地走了。

空旷的走廊里,只剩下陈主任一个人,五味杂陈地站在原地。

韩也他们赶到体育馆的时候,动员大会正好开始。好在韩也班级的位置在相对靠后一点的地方,所以他们那么晚进来也没有引起什么骚动。

只是他们班以及隔壁班的女生们，在看到韩也跟于晚晚一起走进来的时候，一个个都瞪大了眼睛，然而碍于家长们都在身边，她们也不敢私下里讨论什么。

韩也和于晚晚直接在他们班最后面的位置上坐了下来，听着前面主席台上校长慷慨激昂的演讲。

校长的演讲内容都是些陈词滥调，韩也听了一会儿就觉得有些无聊了。他转过头去，发现坐在自己身边的于晚晚正聚精会神地听着校长的演讲。

她的身子坐得笔直，双手放在膝盖上，目不转睛地盯着校长，看起来倒像是个认真听课的小学生。

韩也盯着她看了一会儿之后，将头转了回去，又沉默了片刻，突然开口低低地喊了她一声："于晚晚。"

"嗯？"于晚晚转过头来，满眼疑惑地看着他。

"你……"韩也迟疑了一下，终究还是忍不住问道，"你为什么不回我信息。"

"啊？"于晚晚在听到他的这句话之后微微一怔，随即从自己的口袋里掏出手机来，打开短信列表看了一眼。

最后一条的短信记录是韩也发给她的"我知道了"，后面就没有任何新短信了。

于晚晚有些疑惑地朝着韩也挥了挥自己的手机，小声道："没有啊，这几天你没有发新信息给我啊。"

韩也沉默了片刻，目光落在于晚晚的手机屏幕上，那上面的最后一条短信明明是他发过去的。于晚晚看着他的眼睛里写满了问号。

韩也转过头去，单手握拳放在嘴边尴尬地咳了一声，然后说道："我的意思是……你为什么不回我那条短信。"

"唉？"于晚晚一愣，低头又看了一眼韩也最后发给自己的那条信息，接着忍不住叹了口气。

大哥，你这云淡风轻的一句"我知道了"，你想让我怎么回啊？

韩也大概也从她脸上的表情看出了她内心的想法,脸颊微微泛红,他挪开目光,低声说道:"没事,我就随便问一下,你这样不回别人的信息很没礼貌,你知道吗?"

闻言,于晚晚差点憋过气去。她张了张嘴,半响才深吸一口气,面带微笑地说道:"好的,我知道了。"

"嗯。"韩也淡然地点了点头。

于晚晚只觉得自己欲哭无泪。

主席台上,校长还在慷慨激昂地讲着高考对未来人生的影响,韩也却忍不住开始走神。

他想着这次的月考只考了全班第二十一名的成绩,原本想要捉弄于晚晚的计划看来是要泡汤了。

他又想着明天就是周六,又到了补课的日子,也不知道他妈妈有没有告诉于晚晚,让她周日也顺便给他补一节课。

他还想着过会儿动员大会结束之后,是跟沈凉雨一起吃饭呢,还是跟于晚晚一起吃饭呢?下午还要继续上课,真烦啊……

就在他胡思乱想的时候,校长终于结束了漫长的讲话,当他以一句"祝所有的高三学生明年都能够取得理想的成绩,拥有一个远大的前程"作为结束语之后,整个体育馆内响起了雷鸣般的掌声。

韩也回过神来,跟着其他人象征性地鼓了鼓掌,接着便看到周围的人三三两两地站了起来,准备散场。

于晚晚也站了起来,排队等着从出口出去。可是她一低头,就看到韩也纹丝不动地坐在椅子上,一点也没有要离开的意思。于是她开口问道:"走啊,你还坐在这儿干吗?"

韩也抬头,看了一眼于晚晚,声音淡淡道:"急什么,那么多人呢,等他们都走光了,咱们再走也不迟。"

于晚晚想了想,觉得他说得有道理,便又重新在他身边坐了下来。

眼看着那些同学和家长慢慢地挪动着出了体育馆,韩也漫不经心地开口问道:"你中午吃什么?"

"我?"于晚晚回过头来,看了他一眼道,"我随便啊,现在才十一点多,我可以回学校后再吃午饭,也可以在外面吃。要是在外面吃的话,我下午还可以逛逛街。"

"嗯……"韩也沉思了片刻说道,"你要是下午出去逛街的话,顺便帮我带个笔记本吧。"

"好啊。"于晚晚点点头,直接应了一声,"你想要什么样子的?"

"随便,只要不是粉色的就行。"韩也十分随意地说道。

"那紫色的行吗?"于晚晚眨眨眼睛,忍不住想要逗他一下。

韩也没好气地看着她道:"你觉得行吗?"

"哎呀,我就是跟你开个玩笑嘛,你这么严肃干吗?"于晚晚朝着他做了个鬼脸,"好啦,好啦,我知道了,帮你带个笔记本,明天下午去你家补课的时候拿给你吧。"

"好。"韩也点点头,安静了片刻,又开口道,"为了感谢你帮我买笔记本,我请你吃个午饭吧。"

于晚晚抬起头来,一双圆溜溜的大眼睛直直地看着他。

韩也有些心虚地转过头去,声音里带着一丝不自然道:"你别想太多,我就是想找个人陪我吃午饭而已。"

"不是。"于晚晚突然伸出手来,搭在韩也的肩膀上,一脸严肃地看着他,"你突然对我这么好,我有点不太习惯,你不会在请我吃的午饭里放老鼠屎吧?"

韩也忍不住翻了个白眼:"我请你在外面吃,要是能吃到老鼠屎的话,那也是商家的问题,不是我的问题。"

"哦。"于晚晚点点头,又问道,"那我能自己决定去哪儿吃吗?"

"可以。"韩也扯了扯嘴角,声音淡淡道。

"那你能顺便再请我吃个冰激凌吗?"于晚晚眼巴巴地看着韩也,满脸期待地说道,"不贵的,就是麦当劳新出的那个粉色冰激凌。"

"可以……"韩也无奈地看着她,"我看起来像是小气到连一个冰激凌都和你计较的人吗?"

"不。"于晚晚摇了摇头道,"但我觉得你是会在冰激凌里放蟑螂的人。"

韩也顿时涨红了脸,他抿了抿嘴,一双幽深的眼眸盯着于晚晚看了半天,最终败下阵来:"之前是我做得不对,我向你道歉,以后保证不会再那样捉弄你了。"

"真的?"于晚晚狐疑地看着他。

"真的。"韩也郑重其事地点了点头。

"好吧,原谅你了。"于晚晚一脸满足地对他说道,下一秒,她又开心得手舞足蹈,"终于可以吃那个粉色的冰激凌了,那个广告已经出来好久了。"

她笑起来的样子很好看,露出一排洁白的牙齿,一双眼睛弯弯的,就跟天上的月牙儿一样。

她的身后是零零散散、不停走动的人群,可是时间却好像在这一刻静止了。

韩也只觉得自己的眼前仿佛有耀眼的阳光倾洒下来,他明明坐在体育馆里,却仿佛看到了全世界的花都在这一瞬间绽放。

他盯着她的笑脸看了好一会儿,才缓缓地挪开目光,声音低低地"嗯"了一声。

"咱们走吧,已经没什么人了。"于晚晚见体育馆里的人都走得差不多了,伸手扯了扯韩也的袖子催促道。

"好。"韩也站起身来跟在于晚晚的身后,朝着体育馆外面走去。

快要到体育馆门口的时候,韩也的手机在口袋里轻轻地震动了一下。他掏出手机来看了一眼,是沈凉雨发来的信息。

"也哥,我妈走了,咱们中午吃什么?"

韩也沉思了片刻,手指在手机屏幕上飞快地点了点,回了他一条信息:"你自己去吃饭吧,我中午有事。"

发完这条信息,将手机塞回了口袋里,他便再也不理会沈凉雨了。

于晚晚在他前面一边走着,一边回过头来问他:"你中午想吃什么?咱们去哪儿吃?"

"随便啊,你不是说你要决定去哪儿吃吗?"韩也双手插在口袋里,一脸坏笑地看着她说道。

"嗯……"于晚晚认真地思考了一会儿,说道,"那咱们去吃麦当劳吧,我想吃汉堡,还想吃薯条,这样可以顺便吃我的冰激凌!"

"我看你是因为想吃冰激凌,所以才顺便吃汉堡、薯条吧?"韩也挑了挑眉,反问道。

"哎呀,既然知道了,那就不要说出来嘛。你这样一说,我多没面子啊。"于晚晚做了个鬼脸,脸上的笑容更加灿烂了。

韩也有些无奈地笑了笑。

离学校不远的地方就有一家麦当劳。他们过去的时候正好是中午的用餐时间,店里面的人很多,一眼看去,连一个空位都没有。

于晚晚目光飞快地在店内扫了一圈,接着迅速奔向角落里的一个空位子坐下,然后开心地对韩也招手道:"我占到座位了,你快去点餐。"

韩也看着她俨然一副小学生抢到玩具的得意模样,忍不住开口说道:"有时候,我真的怀疑你到底是不是和我同龄。"

"不是。"于晚晚嘿嘿一笑,"我比你大一个小时。"

韩也轻叹一口气,问道:"你要吃什么?"

"原味板烧鸡腿堡、薯条,还有我的粉色冰激凌,有这三样就 OK 了!"于晚晚语速飞快地对韩也点单。

"好。在这儿等我。"韩也点点头,转身去点单。

过了一会儿,韩也端着满满一餐盘的食物走了回来。

于晚晚坐在位子上,满眼惊讶地看着他,赶紧站起身来,帮他接过餐盘,随口问道:"你怎么买了这么多?"

韩也在于晚晚对面的位子上坐下,将手中的粉色冰激凌递到她面前,对她说道:"我觉得以你的饭量来说,一个汉堡应该是不够的。"

于晚晚微微一怔,随即便想起上次韩也请自己吃烤肉时,他们两个人面对满满一桌烤肉血拼到底的情形。虽然那是自己真正的饭量，但她毕竟是女孩子，不太好意思开口要三个汉堡。

于晚晚有些尴尬地笑了笑，接过韩也手中的粉色冰激凌，送到嘴边舔了一口，立马转移话题："嗯嗯，好好吃哦！"

她粉红色的小舌头在樱花粉的冰激凌上缓缓滑过，舌尖勾起一小块奶油状的冰激凌，接着微微抿起红润的嘴唇，闭上眼睛，露出可爱的笑容，看起来一脸幸福满足的样子。

韩也盯着她看了一会儿之后，只觉得自己的心跳似乎突然不受控制地漏了一拍。

他赶紧移开视线，沉声说道："有那么好吃吗？"

"超——级好吃！"于晚晚兴奋地看着韩也，"是水蜜桃味的哦，你要不要尝一尝？"

她一边说着一边将手中冰激凌没有被自己舔过的那一半送到韩也面前。

韩也看了一眼递到自己面前的冰激凌，下意识地咽了一下口水，接着脸颊微红地转过头去，故作平静地说道，"不用了，我不喜欢吃冰激凌。"

"啊？好可惜……"于晚晚有些失望地说道，"真的很好吃啊，你不是很喜欢吃甜食吗，又是可乐又是芝士蛋糕，还是说你只喜欢吃可乐味的东西？"

"没有，我就是……不爱吃冰激凌而已。"韩也看着她继续舔冰激凌的模样，脸上的红晕越来越明显。

"好吧。"于晚晚无奈地耸了耸肩，自顾自地认真吃起冰激凌来。

韩也坐在她对面，就这么默默地看着她吃冰激凌。

窗外暖融融的阳光透过落地玻璃窗洒落在他们两个人的身上，光影的明暗衔接之间，就像是一幅安静唯美的油画。

她看起来好像真的很喜欢这个冰激凌，吃的时候简直可以用两眼放光来形容，红润的嘴唇边蹭上了粉色的冰激凌，看起来就像是长了胡子一样。

韩也忍不住笑了一下，下一秒，他白皙修长的手指已经伸到了于晚晚的嘴边,轻轻地刮了一下她蹭到嘴角上的冰激凌,然后放到自己的嘴里尝了一下。

嗯,果然很好吃,淡淡的水蜜桃甜味混合着清新甜美的茶香,带着一丝清甜和一丝冰凉沁入心底。

于晚晚被韩也的动作惊吓到,震惊地看着韩也,吃冰激凌的动作也一下子僵住了。

韩也舔完了自己指尖上刮下的冰激凌之后,才反应过来自己刚才做了什么。他瞬间从脸颊红到了脖子根,如同火山喷发一般。

"我……"他张了张嘴,神色有些尴尬地看着于晚晚,想要跟她解释点什么,却发现自己根本无从解释。

他们两个人就这么面对面,互相瞪了对方半天。

最终,还是于晚晚打破了两个人之间的尴尬。她默默地将手中的冰激凌伸到韩也面前,同情地看着他说道:"喏,你要是实在想吃的话,就给你咬一口吧。我知道这冰激凌是粉色的,你不好意思拿着吃,但让你这么一个爱吃甜食的人眼睁睁地看着我吃,实在是太残酷了。"

"不是,我……"韩也红着脸,想要开口否认,却发现所有解释的话都卡在了嗓子里。

他该怎么说?难道要告诉她,他其实是看她吃得满嘴冰激凌、一脸满足的样子,莫名地觉得很可爱,然后身体就不受控制地自动行动了?

"吃吧,吃吧,别不好意思。"于晚晚又将手中的冰激凌朝着韩也面前伸了伸,但见他依然红着脸没有任何要接过去的意思,她迟疑了一下,然后恍然大悟道,"哦,你是不是嫌弃这个冰激凌被我吃过了啊?那我去给你再买一个吧。"

"不用了,我……"韩也话还没说完,于晚晚已经朝着收银台走了过去。

片刻之后,于晚晚拿着一个完好无损的冰激凌回到了韩也面前。她将新买的冰激凌递给韩也:"喏,给你的。"

韩也无奈地伸手接过冰激凌,又默默地看了于晚晚一眼。

"吃吧,很好吃的!"于晚晚笑眯眯地说道。

韩也迟疑了一下,低头轻轻地咬了一口手中的冰激凌。

很凉,有一点点甜。

可是不知道为什么,他再吃这个冰激凌的时候,却没有刚刚那种甜到心底的感觉。

"怎么样,很好吃吧?"于晚晚用希望得到认同的表情看着韩也问道。

韩也抿了抿嘴角,一脸嫌弃地说道:"不好吃。"

"哪里不好吃了,明明就很好吃!"于晚晚三下五除二地吃掉自己手里的冰激凌,然后朝着韩也扬了扬下巴,"你要是不吃的话就给我吃,不要浪费!"

韩也迟疑了一下,终究还是将手中的冰激凌递给了于晚晚。

于晚晚接过韩也手中的冰激凌,对他做了个鬼脸,继续开心地吃了起来。

韩也微怔地看着她,迟疑地提醒道:"那个……冰激凌刚刚被我咬了一口。"

"嗯?"于晚晚眨了眨眼睛,正在吃冰激凌的动作微微一顿,接着露出一个灿烂的笑容,"没事,我不嫌弃你,再说又不是第一次了。"

一听到于晚晚这么说,韩也的脑海里立刻浮现出上次他喝她奶茶的画面。

眼看着韩也不说话了,于晚晚忍不住取笑他:"你怎么又脸红了,你这么容易脸红,感觉都不像我认识的那个韩也了。"

"别瞎说。"韩也微微低头,随手拿起一根薯条放到嘴里,声音竭力保持平稳,"我只是觉得这边太阳晒得有些热而已。"

"真的?"于晚晚挑了挑眉,有些不相信。

"吃你的汉堡吧。"韩也直接将她点的汉堡推到她的面前,"听说人年纪一大就容易胡思乱想,我本来还不相信,现在看到你这样,终于信了。"

听到这话,于晚晚脸上的笑容瞬间又凝固了。

果然容易脸红害羞的韩也是她的错觉。

吃过午饭,韩也下午还要继续回学校上课,于晚晚则直接从他们学校门口的地铁站坐地铁去逛商业街了。

时间一转眼就到了周六,韩也发现自己以前对时间完全不在意,但是现在莫名地开始有点喜欢周六了。一想到下午可以看到于晚晚,他的心底就忍不住有些期待。

也不知道她会给自己带一个什么样的笔记本,只希望她不要买个什么卡通封面的本子。

韩也一边想着这些杂七杂八的事情,一边推着自行车往学校外面走。

"也哥,也哥。"沈凉雨走在韩也身边,看着他一副心不在焉的样子,忍不住提高了嗓音喊了他几声,"也哥,你发什么呆呢!我都喊你好几声了!"

"干吗?"韩也回过头来,淡淡地看了沈凉雨一眼。

"下午打球去啊?"沈凉雨用期待的眼神地看着韩也,"上次隔壁班被咱们重挫之后还不死心,非要再来一场。也哥,咱们兄弟再联手一次,打他们个满地找牙!"

"不行。"韩也想都没想就直接回绝了他,"我下午要补课。"

"不是吧,你……"沈凉雨正准备再说点什么的时候,韩也的手机铃声突然响了起来。

他低头看了一眼手机屏幕上的来电显示,是于晚晚的电话。

韩也立刻朝着沈凉雨比了一个噤声的手势,然后接起电话,假装漫不经心地"喂"了一声。

沈凉雨停下脚步,直直地盯着韩也,眼睁睁地看着他脸上的表情从欣喜变成了疑惑,从温柔变成了不解,接着就听到他皱着眉头朝着电话那边问道:"你下午有比赛?什么比赛?"

"嗯,也不是什么特别的比赛啦,就是我们辅导员临时通知让我去参加一下的,应该走个过场就行的那种吧。"于晚晚在电话那边支支吾吾地对韩也解释道,"所以今天下午不能帮你补课了,要不挪到明天上午吧,这样明天一天都帮你补课。"

韩也一双眉毛紧紧皱起,沉默了片刻之后,语气平淡地说道:"随便你。"

"那就这么说定啦，明天早上见！"于晚晚在得到韩也的回答之后，立刻欢快地说了一句。

"哦。"韩也应了一声，挂掉了电话。

沈凉雨小心翼翼地看着韩也脸上的神色，迟疑了一下，终究还是咽了一下口水，小声问道："那个，也哥？"

韩也将手机重新揣回兜里，抬起头来，面无表情地看着沈凉雨说："下午不用补课了，去打球吧。"

"好嘞！我这就跟兄弟们说！"沈凉雨顿时开心地掏出手机，翻开通讯录就开始打电话约人。

下午的篮球比赛，对韩也隔壁班的同学来说，简直就是一场噩梦。

虽然他们平时也打不过韩也，但是今天不知道为什么，韩也就跟从修罗场归来的修罗一样，把他们打得毫无还手之力。

中场休息的时候，他们班和韩也班的比分是七比五十三。

韩也拿着一罐可乐坐在篮球场边的地面上，额头上已是汗如雨下。

沈凉雨蹲在他旁边，一边用手不停地给他扇风，一边跟他说道："也哥，咱们跟他们随便打打，让他们知道咱们的厉害就行了，你干吗这么拼命？照你这样的打法，等下半场结束了，他们可能还没突破两位数。"

"不是你让我打得他们满地找牙吗？"韩也仰头喝了一大口可乐，瞥了一眼沈凉雨，气喘吁吁地问道。

"话是这么说，可按照你这个打法，以后估计就没人敢跟咱们班打篮球了啊。"沈凉雨咂吧咂吧嘴，唉声叹气地说道。

韩也直接白了他一眼，懒得理他。

另外几个队员也在这个时候跑了过来，围着韩也问道："也哥，也哥，哥几个能不能问你一个问题？"

韩也抬起头来，看着那几个队员，随口道："什么问题？"

"昨天来给你开家长会的那个女孩子，"其中一个队员凑到韩也身边，好奇地问道，"跟你到底是什么关系啊？他们有人说她是你姐姐，还有人说她是你女朋友……"

"呸！别瞎说！也哥怎么可能跟那个女的是男女朋友关系！"韩也还没开口回答，蹲在他身边的沈凉雨抢先回答道，"你们根本就对她的力量一无所知！"

其他几个队员满眼问号地看着沈凉雨道："你认识？"

"我岂止是认识啊，"沈凉雨一回想到于晚晚徒手抓蛇的画面，就忍不住打起了寒战，"我对她都有心理阴影了。"

"真的假的，那个女孩子看起来很可爱啊！"围在韩也身边的队员们难以置信地看着沈凉雨。

其中一个高高瘦瘦的男生小声说道："对啊，她看起来真的好可爱，是我喜欢的类型哎。如果不是也哥的女朋友的话，那能不能把她介绍给我啊？"

韩也的身子在听到他的这句话时微微僵了一下，随即便面不改色地继续喝了一口可乐，对他说道："你确定吗？她可是一个敢徒手抓蟑螂、徒手抓蛇的人。"

那帮男生忍不住一脸震惊地感慨道："真的假的，那女孩子敢徒手抓蛇？"

"真的！"沈凉雨一脸凝重地看着他们，"你们可千万别被她的外表给欺骗了，她就只是看起来可爱而已！其实超级可怕的！不信你们问也哥！她是也哥的家庭老师，也哥之前的成绩什么样你们也是知道的，结果她才来了一个月，也哥的成绩就嗖地一下直接冲到了第二十一名！"

那帮男生在听到沈凉雨的话之后，瞬间惊呆了。

"你们根本就不知道也哥遭受了怎样的非人对待！"沈凉雨继续义愤填膺地对着他们倾诉，"为了让我也哥好好学习，她一手抓一条蛇就那么站在也哥身后，阴森森地盯着他学习！还有上次也哥跟咱们一起打球没有去补课，她还威胁恐吓也哥给她电话号码！也哥这么放荡不羁、桀骜不驯的人，在她手上被虐待得跟小鸡一样！"

"咳咳咳……"正在喝可乐的韩也在听到沈凉雨的话后，把口中的可乐直接喷了出来。

其他男生立刻转过头去看向韩也,一脸同情地说道:"也哥,看不出来啊,怪不得刚才你在场上那么勇猛,原来是憋了一个月的情绪终于得到了释放啊!"

"想不到那么可爱的女孩子,竟然是这样的人……"刚刚那个想认识于晚晚的高瘦男生长叹一口气,"这简直是现实里的美杜莎啊!"

韩也听着他的话,忍不住皱起眉头,握着易拉罐的大手用力地捏了捏,沉声说道:"不要乱说。"

"开个玩笑。"那男生眼看着韩也脸上的表情变得不悦起来,赶紧笑着打哈哈。

"下半场比赛快开始了,咱们回场上去吧。"沈凉雨转头看了一眼场边的计时器,站起身来,朝着他们道。

"好。"众人应了一声,立刻从韩也身边散开了。

沈凉雨往前走了两步,回头看了一眼依然坐在场边没有动弹的韩也,忍不住喊了他一声:"也哥?"

韩也抬起头来,眼神阴冷而锐利地瞥了沈凉雨一眼,声音缓缓地说道:"管好你的嘴,不要瞎说,于晚晚什么时候一手拿一条蛇站在我背后了?"

沈凉雨微微一怔,有些尴尬地伸手挠了挠自己的后脑勺,委屈地说道:"我只是一不小心把心里想的给说出来了而已。"

韩也瞪了沈凉雨一眼,随手将可乐放在场边,站起身来,朝着篮球场上走了过去。

比赛最终以十八比九十七的超大差距比分结束,沈凉雨看着隔壁班同学垂头丧气的样子,只觉得心中无比舒畅。

"也哥,晚上一起出去吃饭,庆祝一下啊!"沈凉雨手里抱着自己的外套,兴冲冲地跟在韩也身后,开心地问道。

"不去,晚上我要回家做题目。"韩也想都没想就回绝了他。

"不是吧,也哥,这都不像你了啊。你那么努力干吗呀,要考清华还是北大啊？"沈凉雨一脸惊讶的表情。

"都不是。"韩也的声音微微顿了顿，朝着沈凉雨一字一顿地说，"我要考南大。"

"南大？"沈凉雨微微一怔，随即便反应过来，"那不是于晚晚的学校吗？也哥你……"

他盯着韩也看了好一会儿之后，突然压低了声音朝着他问道："也哥，你该不会是喜欢上于晚晚了吧？"

韩也在听到他的这句话之后，心脏猛地一跳，脸上却是一副云淡风轻的样子，镇定地看着他说道："你想多了吧，我只是不想离家太远而已。"

"可是……"沈凉雨张了张嘴，还想继续说点什么的时候，韩也已经直接穿上外套，朝着他挥了挥手，丢下一句"拜拜"就走了。

在回去的路上，韩也一边慢慢悠悠地骑着自行车，一边看着天边的晚霞。

初秋的微风轻轻地吹拂在脸上，带来丝丝凉爽的感觉。他回想着刚刚沈凉雨跟自己说的那些话，心中忍不住不停地问自己，难道他真的喜欢上于晚晚了？

应该不至于吧，她比自己大啊，虽然就只大了一个小时，但他们根本就不是一个年级的啊。

可是如果他没有喜欢上于晚晚，那为什么最近他总是会不由自主地想起她呢？

韩也骑着车，眼角的余光掠过路边的一家家店面。突然，他停下车，目光被一家店所吸引。

那是一家小小的礼品店。店门上挂着一只粉色的圆乎乎的小章鱼，小章鱼的八只脚张牙舞爪地张开，一双眼睛炯炯有神地盯着路人。

不知道为什么，他就是觉得这只张牙舞爪、又丑又有一种难以形容的可爱的小章鱼，竟然跟于晚晚很像，而且她好像很喜欢粉色。

"小帅哥，看上什么了？可以给你优惠哦。"店里的老板娘在看到店门口的韩也之后，走了出来，笑眯眯地拿下那只小章鱼说道，"这个章鱼丸子是今天刚到的,小帅哥眼光真好,看看,多可爱。"

章鱼丸子?鱼丸?于晚晚?

韩也眨了眨眼睛,盯着眼前的那只小章鱼,鬼使神差地开口问道:"就这个吧,多少钱?"

书房里,韩也好不容易将所有的试卷都做完之后,长长地松了一口气。他抬起头,目光落在放在桌面上的那只粉色章鱼丸子身上,迟疑了片刻,还是伸手将它拿了过来。

粉嘟嘟的小章鱼捏在手心里感觉软绵绵的。韩也看着那只小章鱼,忍不住想到了下午去参加比赛的于晚晚,也不知道她的比赛怎么样了,他犹豫着要不要打个电话问问情况。

片刻的纠结之后,韩也终于拿出手机来,给于晚晚拨了电话。

电话响了好多声,那边却没有人接。

韩也微微皱眉,挂掉,然后重新打过去。

听筒里传来一声又一声单调的嘟嘟声,韩也默默地在心里数着:一、二、三、四、五……

漫长的等待之后,那边终于接起了电话:"喂?"

韩也在听到这个陌生的女声之后,一下子愣住了。他又特地看了一眼自己的屏幕,确定是于晚晚的手机后,开口问道:"你是谁?"

"啊,你找鱼丸吧?"电话那边的唐又晴解释道,"她正在洗澡呢,等她洗好了,我让她打给你啊。"

鱼丸?

韩也在听到这两个字的时候微微怔了一下,他低头看了一眼自己另一只手上的章鱼丸子,那粉色的章鱼脸竟然跟于晚晚圆乎乎的脸蛋有几分相似。

原来她的外号真的叫"鱼丸"啊。

韩也情不自禁地笑了起来,心情大好地朝着电话那边道:"好吧,谢谢了。"

"不客气,不客气。"唐又晴说完这句话正准备挂电话,突然像是反应过来了什么一样,惊喜地喊道,"等等,你是韩也?"

"啊？"韩也有些疑惑地应了一声。

"你就是鱼丸补课的那个高三学生吗？"唐又晴激动地问道。

"是啊……"

"哇，你的声音还挺好听的嘛。听说你长得也很帅，小伙子，什么时候有空请我们宿舍的人一起吃饭呀！让我们也见一下真人！"唐又晴连珠炮似的说完这句话之后，又像是想起了什么，对韩也噼里啪啦地说道，"对了，小伙子，听说你国庆节的时候还跑到鱼丸家里去了，你是不是暗恋我们家鱼丸啊？"

"我……"韩也一张俊秀帅气的脸庞瞬间变得通红。

"嘿嘿嘿，那你可要努力考上南大哦，我们家鱼丸在南大等着你。哦，对了，姐姐们也在南大等着你！好了，好了，不说了，鱼丸要出来了，我挂电话了。"唐又晴仓促地说完最后一句话之后，便挂了电话。

韩也茫然地看着手中已经被挂掉的电话，不知所措。

谁说他暗恋于晚晚了！怎么可能！他明明是去Z市找她，让她给自己补课的！而且他不过在于晚晚家住了一天就走了！这些女人简直无知得可怕！

不过，韩也回想起唐又晴刚刚的那句"听说你长得也很帅"。那意思就是说，于晚晚跟她宿舍的室友夸他长得帅了？

韩也只觉得自己的心里就像是平静的湖面上突然泛起了无数微小的气泡，每一个气泡里面都写着欢欣、雀跃。

就在他想得出神的时候，手机铃声突然响了起来。

韩也低头看了一眼屏幕上不断闪烁的"于晚晚"三个字，赶紧收起唇角边浅浅的笑意，语气冷淡地接起了电话："喂？"

"韩也，你刚刚打电话给我了？"电话那边传来于晚晚熟悉的声音。

"嗯。"韩也漫不经心地应了一声。

"找我有什么事吗？"于晚晚问道。

"也没什么事情。"韩也平静地对于晚晚说道，"就是想提醒你，明天早上不要忘了过来给我补课。"

听见这句话,电话那边的于晚晚直接笑了出来。她的声音里满是促狭:"怎么突然爱上补课了?"

韩也沉默了片刻之后,底气不足地回答:"怎么可能?"

"好啦,我知道了,明天早上九点,保证准时到你家,可以了吗?"于晚晚笑着说道。

"这还差不多。"韩也迟疑了一下,又忍不住开口问道,"你下午的比赛怎么样了?"

"哦,那个啊,挺好的,小菜一碟嘛。"于晚晚自信满满地说道。

"哦。"韩也随口应了一声。

"不过……"于晚晚顿了顿才继续说,"以后每周六下午我都得去参加比赛,所以之后周六的补课时间可能要挪到周日上午去了。"

韩也听到她的话,忍不住微微皱眉。

以后的每个周六都要比赛?这是什么比赛啊,要比这么久。原本他可以每周见于晚晚两天的,这么一来,他岂不是一周就只能看见她一天了?

"喂,喂,韩也,你在听吗?"于晚晚见他半天没有回应自己,还以为是电话信号不好,她朝着话筒那边又喊了几声之后,终于听到韩也沉闷的声音说道:"你参加的是什么比赛啊?"

"没什么啦,就是小比赛……"于晚晚支支吾吾地说道,"只是比赛周期有点长,大概要持续两个月的样子。"

"这么久?"韩也的眉头越皱越紧,那这两个月里他岂不是每周只能看到她一天了?

"我也没办法呀。"于晚晚想了想说道,"比赛举办方就是这样定的时间,但是周日我肯定会帮你把周六的课都补齐的,你放心吧。"

"知道了。"韩也说完这三个字之后,突然不说话了。

片刻的沉默之后,于晚晚小声问道:"那,还有别的事吗?"

"没了。"韩也看着桌面上的那只小章鱼玩偶,微微眯了眯眼睛,然后直接伸出两根指头来,夹住小章鱼胖乎乎的脸蛋用力地捏了捏,"我还要写作业,先挂电话了,再见。"

说完这句话之后,他便挂断了电话。

于晚晚看着自己的手机屏幕,这家伙真是一点绅士风度都没有,一般情况下不是应该让女生先挂电话,然后男生再挂电话的吗?不过一想到他那个目中无人的脾气,于晚晚顿时又觉得这很符合他的风格了。

唐又晴一边玩着游戏一边抬头看了于晚晚一眼,说道:"鱼丸,你不打算告诉韩也你去参加的是什么比赛吗?"

"嗯?"于晚晚有些疑惑地看着她道,"为什么要告诉他啊?"

"就是,我们鱼丸在那小子的眼里已经很彪悍了,再告诉他鱼丸去参加了什么比赛,那他的人生岂不是要一片灰暗了?"薛薇薇转过身来朝着唐又晴道,"不要给人家这么大的压力嘛!"

"嗯,说得有道理。"唐又晴点点头道,"不然他肯定会觉得鱼丸遥不可及的!"

于晚晚一脸哭笑不得地看着自己的两个室友:"你们两个在说什么呢?"

"没什么,没什么,哎呀,赶紧上线啊,咱们去打排位赛!"唐又晴朝着于晚晚催促道,"我这可是黄金上铂金的晋级赛,鱼丸,你要带我飞啊!"

"可是呆凡不在啊。"于晚晚一脸无奈地对唐又晴说,"就咱俩和傻薇排位吗?万一匹配到两个很弱的队友怎么办。"

"那……"唐又晴想了想道,"你喊上你徒弟吧,你徒弟不是才白银段位吗,带上他,咱们匹配到的对手,段位应该也会低一点。"

"我看看她在不在吧。"于晚晚轻轻地叹了一口气,"我这个徒弟,好像都一个星期没有上线了。"她一边说着一边登录游戏。

挂了电话的韩也只觉得心中烦闷无比,作业已经全部写完了,试卷也做完了,左右也是没事做,不如去打两局游戏发泄一下。

然而让他没想到的是,他刚刚登录游戏就接收到了"打野小王子"的排位邀请。

于晚晚这家伙竟然跑去打游戏了?

韩也看着屏幕上的邀请信息,迟疑了两秒,终究还是点了同意。

一进入房间,韩也就看到五排模式里面已经有三个人了。房主就是"打野小王子",另外还有两个人,一个叫"晴天必须打伞",另一个叫"威猛又雄壮"。

他进去之后,房间里的人立刻便说话了。

"威猛又雄壮":"还差一个人呀,怎么办?"

"晴天必须打伞":"要不随便拉个路人?"

"打野小王子":"徒弟你有认识的黄金段位的人吗?我们还差一个人。"

"豌豆小公主":"我问一下。"

韩也看着自己的手机屏幕迟疑了好一会儿,终究还是给沈凉雨发了条微信:"上线,排位。"

他的这条微信发出去之后没多久,沈凉雨便飞快地登录游戏并发来了讯息:"也哥!我来了!"

韩也忍不住翻了个白眼,直接点下了邀请按钮。

五排的房间里,最后一个位置上立刻出现了沈凉雨的游戏昵称:"雨天从不打伞"。

"豌豆小公主":"这是我朋友,他是黄金段位。"

"雨天从不打伞":"哇,是上次那个'李白'大神带我们飞啊!大神你好,大神我好崇拜你!"

"威猛又雄壮":"咦,'小公主',你朋友的昵称跟我朋友的昵称是情侣号哎!"

薛薇薇这么一提醒,于晚晚和唐又晴便立刻发现了,"晴天必须打伞"和"雨天从不打伞"看起来很像是情侣名。

"雨天从不打伞":"果然是这样,'晴天'是个小姐姐吗,要不要一起组队?"

唐又晴看着手机屏幕上的那行字,一颗硕大的汗水缓缓滑过额头。

"晴天必须打伞":"想要和我组队,怎么着也得有我们家'李白'大神这样的技术吧？"

"雨天从不打伞"："小姐姐，我也很厉害的，带你飞绝对妥妥的。"

"豌豆小公主"："可以开始了吗？"

于晚晚看着屏幕上众人的对话，忍不住笑了一下，直接按下了"开始匹配"的按钮。

匹配到对手之后，于晚晚毫无悬念地选了"李白"，韩也盯着手机屏幕犹豫了一会儿，终究还是选择了虽然没有玩几次，但已算是最熟练的"小乔"。

"晴天必须打伞"选了"孙尚香"，"雨天从不打伞"选了"刘备"，"威猛又雄壮"则选择了威猛雄壮的"程咬金"。

游戏开始之后，于晚晚便操纵着"李白"朝着对方的野区直奔而去。而韩也操纵着"小乔"，朝着中路走去。五分钟后，沈凉雨看着韩也0∶6的战绩，伸手擦了一把自己额头上的汗水，点开聊天界面，飞快地打了一行字。

"雨天从不打伞"："乔妹，求你了！打法保守一点好吗？"

紧接着，屏幕下方又出现了一行字。

"晴天必须打伞"："啊啊啊啊，中路我求求你不要再送人头了！我这可是晋级赛啊！"

于晚晚看了一眼"小乔"的战绩，手指飞快地输入："没关系，'乔妹'你随便玩，输了算我的。"

韩也看着于晚晚打出来的那行字，不知道为什么突然生出了一种被保护的感觉。

他还没来得及细细品味这感觉是怎么回事的时候，于晚晚的"李白"已经直接完成"五杀"了。

大概是黄金段位对于晚晚来说实在是太容易了，只过了九分钟，他们便直接推了对方的高地，打掉了对方的水晶。

当屏幕上亮起大大的"胜利"两个字时，韩也忍不住皱了皱眉。

他感觉游戏还没正式开始呢，怎么就已经结束了？

后面的几场排位赛也是于晚晚用"李白"直接带领全队走向胜利。一眨眼的工夫，众人便一口气上了五颗星星。

韩也从白银段位升到了黄金段位，沈凉雨从黄金段位升到了铂金段位。

"打野小王子"："不玩了，不玩了，我要去睡觉啦，明天还有事情呢！"

"雨天从不打伞"："大神，你明天晚上有空吗？咱们几个继续组队玩游戏啊！"

"打野小王子"："明天晚上应该有时间吧，到时候再说。"

"雨天从不打伞"："那大神，咱们能加一下QQ好友吗？好吗？好吗？"

唐又晴转过头来，冲于晚晚眨了眨眼睛道："你徒弟的好朋友跟你要QQ，要是被他发现你是个女生就不好了。"

"为什么？"于晚晚有些不解地看着她。

"本来玩游戏的女生就不是很多，玩得好的就更少了。"唐又晴想了想，对于晚晚说，"更何况你还是玩的打野位，玩打野厉害的女生，那简直就是动物界的大熊猫！被他发现了的话，说不定就要死缠烂打地追求你了！"

"那怎么办？！"于晚晚心里一慌，问道，"万一游戏里还有其他人要加我好友怎么办？"

"简单！把你手机拿过来！"唐又晴朝着于晚晚伸出手，接过她的手机，然后直接点开QQ的界面，一番操作之后将手机还给于晚晚，扬扬得意地说道，"好了，去放心地加好友吧！"

于晚晚低头看了一眼，唐又晴竟然直接把她的QQ头像和资料全部改成了男生！

加了于晚晚的QQ，又和她约定了明天晚上的上线时间之后，沈凉雨终于心满意足地下线了。

韩也看着房间内的五个位置只剩下四个人，正准备也跟着下线的时候，于晚晚突然问道："徒弟，你要加师父的QQ好友吗？"

于晚晚要加他？

韩也微微一怔，迟疑了一下，终究还是打了两个字出去："稍等。"

他打完这两个字便赶紧切出了游戏界面，打开自己的QQ，迅速将头像、资料全部改成女生，这才回到房间里，将自己的QQ号发给了于晚晚。

片刻之后，一个叫"国服第一李白"的男生申请加他为好友。

韩也皱了皱眉，正准备点拒绝按钮的时候，突然想起来于晚晚在游戏里最常用的英雄就是"李白"，所以她把自己的QQ性别给改成了男生？

这就有点尴尬了。

韩也伸手扶了扶自己的额头，深深地吸了一口气，莫名地感觉自己和于晚晚好像拿错了剧本。

星期天早上，八点五十分。

于晚晚提前十分钟到达韩也家门口，伸手按响了门铃。

然而门铃响了好久也没有人来开门，她有些疑惑地看了一眼时间，心说是这个点没错啊。

昨天晚上这家伙还特地打电话叮嘱她一定要在今天早上九点准时过来给他补课，怎么这会儿她人来了，却没人开门了呢？

于晚晚打开手机通讯录，找到韩也的号码，直接拨了出去。

好在电话响了一会儿之后，便被接了起来。

"喂？"韩也带着浓重睡意又有点沙哑的声音从话筒里传了出来。

"韩也。"于晚晚在听到他的声音之后微微一怔，心想这家伙该不会还没有起床吧，"我在你家门口。"

"什么？"电话那边的韩也在听到于晚晚的这句话之后，瞬间清醒了过来。他将手机屏幕放在眼前，眯着眼睛看了一眼时间，发现已经八点五十三分了，他竟然睡过头了。

这都要怪手机游戏，要不是因为他想要努力提高一下自己的水平，后来又一个人打了十几场匹配，他也不至于睡过头。

"我这就来给你开门！"韩也说完立马翻身下地，穿上拖鞋，朝着自家大门奔了过去。

吱呀一声，门被从里面打开。

于晚晚看着眼前穿着睡衣、头发凌乱、明显还没有睡醒的韩也，扯了扯嘴角，随口问道："你还在睡觉？你昨天晚上几点睡的？"

"也没多晚。"韩也扯了扯头发，张大嘴巴长长地打了一个哈欠，侧身让于晚晚进门，"你先去书房吧，我去洗漱一下，马上就过来。"

于晚晚看着睡眼惺忪的韩也，迟疑了一下，还是转身朝着厨房走了过去。

等到韩也洗漱完毕，走出卫生间的时候，一阵香喷喷的味道从厨房里飘了出来。

那一阵阵香气提醒了他还在饿肚子的事实，也让他不由自主地朝着厨房走了过去。

厨房里，于晚晚娇小的身影站在灶台前面，腰上系着米色格子的围裙，左手拿锅，右手拿铲，正在认真地煎鸡蛋。

灿烂的阳光透过厨房的玻璃窗洒落在她的身上，给她的周身镀上了一层浅浅的金色，她头顶的细小碎发透着光影，看起来软绵绵的。

韩也斜倚在厨房门口，盯着于晚晚的背影看了一会儿，只觉得心底有一处柔软的地方仿佛也被阳光照耀着，那种感觉暖暖的、软软的，让人感觉快要融化。

"你洗漱好了？"于晚晚关上煤气灶，一转头就看到韩也站在厨房门口，她朝他露出一个灿烂的微笑说道，"你家已经连泡面都没有了，我帮你煎了两个蛋，你先趁热吃吧，要是不够的话，就再点个外卖。"

第 6 章

嘴硬一时爽

于晚晚的话一下子让韩也回过神来。

他刚刚竟然盯着她看得出神了?

为了掩饰自己的尴尬,韩也假装轻咳两声,走进厨房,看着放在桌子上的煎蛋,扬了扬下巴说:"我不爱吃荷包蛋。"

于晚晚惊讶地看着他,正准备给他拿筷子的手一下子顿住了。

厨房里一片安静,韩也乌黑深邃的眼眸和于晚晚圆溜溜的眼睛对视了一会儿之后,他不自在地挪开目光,依旧嘴硬地说道:"荷包蛋有什么好吃的,我更爱吃白煮蛋。"

于晚晚眨眨眼睛,微微一笑,努力压下心中想要揍他一顿的冲动,和颜悦色地将手中的筷子递给韩也道:"你先尝尝嘛,我煎的鸡蛋可好吃了。"

她都这么轻声细语地跟自己说话了,他要是还拒绝的话,就太没有绅士风度了吧?

韩也想了想,伸手接过于晚晚递过来的筷子,一脸不情愿地说:"既然如此，那我就勉为其难地给你个面子吧。"

"好的。"于晚晚笑得眯起了眼睛，貌似开心地看着韩也。

然而此时此刻，在她的内心里早已经拽着韩也的胳膊，将他抡了十个过肩摔了。

韩也捏着两根筷子，夹起荷包蛋，送到嘴边咬了一口。

咦？竟然真的好好吃啊。

爽滑的蛋白混合着软软糯糯的蛋黄，一口咬下去，有一股淡淡的清香瞬间充盈着整个口腔。

以前他妈妈煎的鸡蛋都是蛋白焦黑，蛋黄又老又硬，一口下去能把他噎死。

可是于晚晚做的荷包蛋却白白嫩嫩的，蛋黄就像是奶黄包里的流沙一样，入口即化。

韩也在片刻的微怔之后，飞快地将盘子里的两个荷包蛋全部吃光了。

于晚晚坐在他对面的椅子上，眼睁睁地看着他上一秒还一脸嫌弃的表情，下一秒就狼吞虎咽地吃完了两个煎蛋，一时间惊讶得张大了嘴。

韩也吃完之后，抬起头来，看着于晚晚一脸震惊的表情，清秀帅气的脸颊上不由自主地浮现出两抹淡淡的红晕。

他轻咳一声，淡定地看着于晚晚说："味道还可以。"

于晚晚目瞪口呆地点了点头。

"也不算特别好吃。"韩也放下筷子，目光直视着于晚晚，唇瓣微微动了动，一副欲言又止的表情，片刻之后，终究还是忍不住开口问道，"还有吗？"

"啊？"于晚晚一脸迷茫地看着他。

"我说还有吗？我没吃饱。"韩也满脸不自在地看着于晚晚，轻声问道。

又是片刻的安静之后，于晚晚忍不住低下头，扑哧一声笑了出来。

"喂，你笑什么？"韩也脸上的红晕一下子变得更加明显，"我可不是因为你做的荷包蛋好吃才问你还有没有的，我就是单纯的没有吃饱！没吃饱，你懂吗？！"

"嗯嗯，我懂！"于晚晚强忍着笑意，站起身来，拿过他面前的盘子，重新走到灶台跟前，动作熟练地开火、倒油，然后促狭地问道，"还要来几个？"

韩也幽怨地盯着她，片刻之后，才动了动嘴唇说："再来两个。"

"好。"于晚晚愉快地应了一声，转身去冰箱里拿鸡蛋了。

又是两个荷包蛋外加一杯热牛奶下肚之后，韩也觉得自己整个人终于活了过来。

于晚晚随手将桌子收拾干净了，然后看了一眼时间说道："哎呀，都九点半了，赶紧去补课。"

"哦——知道了。"韩也拖长了声音应了一句，然后慢慢悠悠地跟在于晚晚身后，朝着书房走了过去。

等到他们两个人在书桌跟前坐下来之后，韩也转头看了一眼正在翻书包的于晚晚，状似不经意地开口问道："我让你帮我买的笔记本，你带过来了吗？"

"啊？"于晚晚闻言抬起头来，一脸迷茫的表情看着他。

两秒之后，她像是想起了什么一般，一拍脑袋，对韩也说道："哎呀，糟了，我把给你买的笔记本忘在宿舍里了。"

"你……"韩也的脸色一下子就沉了下来，他瞪了于晚晚一眼，声音里满是嫌弃，"你这是什么记性。"

"哈哈，逗你的，怎么可能忘掉啊。"于晚晚看着韩也的表情，忍不住开心地笑了出来，她伸手从自己的书包里拿出一个封面上印着璀璨星空的笔记本，递给韩也，"喏，这个是送给你的，好看吗？"

韩也看向她手中的那个笔记本。

笔记本的封面是深蓝色的，上面印着璀璨闪烁的星星，星空下有一条周身散发着微弱光芒的透明鲸鱼。

他伸手接过笔记本，笔记本封面的质感很好，拿在手里感觉也很厚实，一看就是可以用很久的那种。

"怎么样，喜欢吗？"于晚晚见韩也一直不说话，便开口问道。

"嗯……还行吧。"韩也其实刚看到这个笔记本的时候，目光就被它给吸引了，现在再这么仔细一看，更是觉得喜欢得不行，可是在于晚晚面前，他始终保持着那副爱搭不理的样子，不说喜欢，也不说不喜欢。

"好啦，好啦，我知道你的还行就是非常满意的意思。"于晚晚以一脸"我早就知道你肯定会喜欢"的表情看着韩也，朝着他笑了笑，打开手中的辅导书，一边看着里面的内容，一边继续说，"咱们今天复习一下高二的内容吧。"

这一次韩也难得地没有开口反驳她。

他看着眼前认真准备补课的于晚晚，又看了一眼被自己放在桌子另一角的那只粉色小章鱼玩偶，迟疑了片刻之后，终究还是伸手拿起那只粉色小章鱼递到于晚晚面前，不咸不淡地说道："这个，送给你吧。"

"嗯？"于晚晚微微一怔，接过那只软乎乎的小章鱼看了一眼。那只章鱼丸子粉嘟嘟的，圆溜溜的，好可爱！

她用手掐了掐小章鱼红扑扑的脸蛋，惊喜地抬起头来看着韩也问道："这个是送给我的？"

"嗯。"韩也脸颊微红，神色间有些羞涩地扬了扬下巴说，"就当作感谢你帮我带笔记本。"

"谢谢！"于晚晚抱着那只小章鱼，一张白皙粉嫩的小脸瞬间笑开了花。她又低头捏了捏小章鱼嘟出来的嘴巴，乐不可支，对韩也说道："好丑，不过好可爱啊，你怎么会想到要送这个给我呢？"

韩也看着她开心的样子，只觉得心里十分舒爽，于是下一秒，他的话不经大脑就脱口而出："因为觉得它长得跟你很像。"

于晚晚脸上的笑容一下子僵住，她僵硬地抬起头来，朝着韩也晃了晃手中那个小章鱼，难以置信地说道："你什么意思？你说我长得像章鱼？"

韩也一愣，下意识地否认道："不是，我的意思是你和它一样可爱，不是，它和你一样可爱，也不是，那个店主说它叫章鱼丸子，你，你的外号不是叫鱼丸吗？"

于晚晚看着他语无伦次的样子，一个没忍住又扑哧一声笑了出来："你怎么知道我的外号叫鱼丸？"

韩也沉默了片刻之后，说道："猜的。"

"好吧。"于晚晚又笑了一下道，"不过之前你都已经请我吃过饭了，所以我给你带个笔记本也没什么的，现在你再送我一个小章鱼，那我岂不是又欠着你了。"

"那你要不要再送我点什么？"韩也眨了眨眼睛，眼眸里绽放出一丝狡黠的光芒，"这样不就互不相欠了吗？"

"嗯……"于晚晚皱着眉头，认真思索了片刻之后，忽然灵光一闪，对韩也说，"啊，对了，我还真有东西要送你！"

韩也微微挑了挑眉毛，说："什么东西？"

"我拿给你！"于晚晚一边说着，一边低头在自己的书包里翻了起来。

片刻之后，她从书包里掏出一摞《五年高考三年模拟》推到韩也面前道："来，这是我私人送你的，今年新出的高考模拟卷，加油哦！"

韩也看着摊在书桌上的那一摞试卷，忍不住扯了扯嘴角。

她就送自己这种东西？

"不用了，谢谢，你还是欠着我吧。"韩也想都没想就直接将那摞试卷重新推到于晚晚面前，然后对她说，"这模拟卷还是你自己留着用吧。"

"你确定要我自己留着用？"于晚晚一脸戏谑地看着他说，"那好吧，我就自己留着给我补课的学生用吧，那咱们今天先来做个英语高考模拟卷吧。"

韩也："我能收回我送的小章鱼吗？"

上午的试卷做完了之后，韩也只觉得自己脑袋昏昏沉沉，看什么都好像上面印满了英文字母。

于晚晚低头看了一眼时间，心说已经十二点了，这个时间该去吃午饭了，毕竟下午还要继续补课。

"好了，上午的题目先做到这儿吧。"她将韩也写完的试卷放好，抬起头来，笑眯眯地朝着他说，"咱们可以休息一下吃午饭了，你中午想吃什么？"

"我想吃什么都可以吗？"韩也看着于晚晚，眨了眨眼睛，突然一脸坏笑地问道。

"嗯,"于晚晚点头应道,"反正你决定。"

"哦,"韩也慢慢悠悠地坐直了身子,一只手撑着下巴,歪着脑袋,似笑非笑地看着于晚晚道,"那我想吃你。"

"吃我?"于晚晚茫然地看着韩也,一双黑漆漆的眼睛眨了两下之后,突然恍然大悟道,"你中午想吃鱼丸?"

韩也脸上的坏笑在听到她的这句话之后,瞬间便僵住了。

"可以啊,不过外面好像很少有餐厅会烧鱼丸的啊。"于晚晚皱起眉头,掏出手机飞快地搜索了一下,"不是很少有,就是没有。我看你家楼下有个菜场,要不干脆中午我们自己买点菜回来烧吧?"

"你还会烧菜?"韩也听着她的话,忍不住挑了挑眉毛,不可思议地看着她。

"很简单的!"于晚晚将手机重新放回口袋里,站起身来,直接将韩也从座位上拽了起来,一脸兴奋地说道,"走走走,我们出去买菜吧!"

"喂,可是……"韩也还没反应过来就已经被于晚晚拽着出了门。

韩也家的小区出门右转三百米就有一个菜场。

买完菜回到韩也家,于晚晚撸起袖子,先将所有的菜洗得干干净净,分门别类地放好之后,一转头就看到韩也正斜倚在厨房的门边上看着她。

"真的不用我帮忙吗?"见到于晚晚回头,韩也双手抱胸,朝着她挑了挑眉说道,"你一个人可以吗?"

"可以的,完全没有问题!"于晚晚自信满满地说了一句,接着便开始到处找起自己的手机来。

"你在找什么?"韩也见她跟无头苍蝇一样在厨房里到处乱转,便有心问了一句。

"我找手机啊。"于晚晚头也没抬,说道。

"手机?"韩也皱了皱眉,目光朝着厨房的台面上扫了一圈之后问道,"你要手机干吗?"

"查一下菜谱。"于晚晚有些不好意思地抬起头来看着韩也说,"我先看看怎么做。"

查菜谱?

韩也朝着她挑了挑眉,眼睛里满满的都是狐疑:"你不是说你会做菜吗?"

大概是他怀疑的眼神太过明显,于晚晚尴尬地笑了一下道:"这个……以前在家都是我妈妈做饭的嘛,我最多也就是打打下手,帮她拿个酱油、递个铲子什么的,第一次自己做饭,还是先看一眼菜谱才能安心啊。"

韩也轻叹一口气,从口袋里掏出自己的手机来,递给她道:"先用我的手机看吧。"

"嘿嘿。"于晚晚不好意思地笑了一下,接过他的手机,点开屏幕看着他道,"密码是?"

"990119。"韩也回答道,"就是我的生日。"

"哦,那咱俩的手机密码是一样的。"于晚晚一边输入他的密码,一边笑眯眯地说,"主要还是因为我们是同年同月同日生的,对吧?"

"呵。"韩也扯着嘴角,干笑了一声。

一提到他和于晚晚是同年同月同日生,他就会想到自己比她晚出生一个小时的事实。

"你在这儿看菜谱吧,我去客厅帮你找手机,我记得你刚才进门的时候把手机扔在门口的鞋柜上了。"韩也丢下这么一句话之后,便直接转身朝着客厅走了过去。

走到大门口,他果然在玄关的鞋柜上看到了她套着粉色手机壳的手机。

韩也拿起手机,正准备回厨房的时候,手机屏幕突然亮了一下,一条QQ信息弹了出来。

等风也等你:"晚晚?你怎么把QQ头像换了,性别也改成男的了啊?"

晚晚?韩也在看到这个称呼时,瞬间眯了眯眼睛。这个"等风也等你"到底是谁啊?竟然喊于晚晚喊得这么亲热!

韩也握着于晚晚的手机,迟疑着要不要点开这条信息看一眼。毕竟这家伙的手机密码跟自己的一样,只要他输入一下密码,就能看到她跟那个人的聊天记录了。

不过这样做,是不是不太好?

韩也站在原地,心里十分矛盾。

就在他纠结的时候,于晚晚的手机屏幕上又弹出一堆消息。

等风也等你:"晚晚?是不是吃午饭去了?"

"上次听阿姨说,你去参加比赛了,我觉得以你的实力肯定能进入总决赛。

"现在是十月份,总决赛在十二月的话,说不定我可以去给你加油哦!

"好了,我先去忙了,你有空再回复我吧,乖。"

乖?乖什么?这人到底是谁啊,竟然还让于晚晚乖?

韩也拿着于晚晚的手机,没有输入密码,就这么一条一条地看完了QQ自动弹出来的消息。

"韩也,你找到我的手机了吗?"厨房里,于晚晚探出脑袋来,朝着站在客厅里的韩也大声喊道。

"哦,找到了。"韩也瞬间回过神来,他攥着手机,不慌不忙地走到厨房门口,将它递给于晚晚,"你把它放在门口的鞋柜上了。"

"谢谢啦!"于晚晚笑眯眯地接过手机,揣进自己的兜里。

"对了,我刚才拿手机的时候,看到你有QQ消息。"韩也迟疑了一下,双手抱胸,斜倚在厨房的门框上,一脸平静地对于晚晚说,"我不是故意要看的,只是它自己正好弹出来了。"

"嗯?有QQ消息?"于晚晚微微一怔,随即赶紧将手中拿着的韩也的手机放下,然后掏出自己的手机,指纹解锁后看了一眼。

韩也眼看着于晚晚在看到那些QQ消息的时候嘴巴都笑得合不拢,一双小手飞快地在屏幕上点击着回复信息,心中顿时感到一阵不悦。

但他依然面不改色地问道:"这人是谁啊,好像跟你很熟的样子?"

"哦,是我哥哥。"于晚晚一边回信息,一边回答道,"他在外地上大学呢。"

原来是哥哥啊。

韩也顿时松了一口气,虽然他也不知道自己为什么要松一口气,但就是感觉心里莫名地舒畅了不少。

于晚晚回完了消息之后,抬起头来,笑眯眯地看着韩也道:"我们俩从小一起长大的,他就住在我家对面。我跟你说,他可厉害了,是比我还要厉害的那种学霸,他现在在清华上大四,明年就要毕业了。"

住在家对面的哥哥?

韩也在听到这句话之后,眉毛忍不住又紧紧地皱了起来,他迟疑了几秒之后终究还是开口问道:"那他,是你亲哥哥吗?"

"当然不是啦。"于晚晚有些好笑地看着他道,"就是邻居家的哥哥啦,不过我从小喊他哥哥喊习惯了,感觉跟亲哥哥也差不多了吧。"

不是亲哥哥,还从小一起长大,那就是青梅竹马了?是个清华大学的学霸,年纪还正好比她大个三四岁,各方面都比她厉害。难道他就是于爸爸于妈妈口中那个理想的男朋友?

"那他……"韩也只觉得自己的心里又有一股不舒服的感觉升了起来,他轻咳了两声,装作不经意地问道,"那他长得帅不帅?"

"嗯?"于晚晚微微怔了一下,随手将自己的手机重新揣进兜里,想了想,认真回答道,"这个嘛,我觉得还好啦,但是我以前的同学、朋友什么的都觉得他长得可帅了。不过我们俩从小一起长大,他小时候穿开裆裤、流鼻涕的样子我都见过,所以可能,你懂的……"

"哦。"韩也在听到她的回答之后,再次松了一口气。

青梅竹马不可怕,可怕的就是她暗恋自己的青梅竹马。

"好了,好了,别傻站在那儿了,快点过来帮我烧菜啊。"于晚晚见韩也一直站在厨房门口,干脆朝着他挥了挥铲子,"对了,你再帮我看一下,等到锅里的汤开锅之后,加入少许盐、少许鸡精……这个少许是多少呢?"

"你刚刚不是去查了吗?"韩也也有些无奈地看着她,挑了挑眉毛,懒洋洋地走进厨房。

大概是他眼睛里的质疑表现得太过明显，于晚晚有些不自然地笑了一下说:"那个，我对于数字比较敏感，它要是让我放多少克盐、多少克鸡精的话，我还能明白，但是少许、适量这种词就……"

韩也无可奈何地看着她，不知道为什么，心里突然升起一股不祥的预感，这家伙该不会只会煮泡面和煎鸡蛋吧?

于晚晚抬头看着他，脸上满满的都是尴尬的笑容。

知道于晚晚是指望不上了，韩也只得认命。在于晚晚的监督下，由他将其他准备要烧的菜全部给做完了。

于晚晚站在旁边，满脸兴奋地看着韩也将一盘盘烧好的菜端出厨房，开心地说:"太厉害了，韩也，干脆以后都由你来烧菜好了。"

"那你呢?"韩也转过头来，一脸嫌弃地看着她。

"我负责煮饭!"于晚晚一脸骄傲地说，"我煮的米饭可香了!"

韩也沉默了两秒之后，终究还是忍不住开口泼了盆凉水:"米饭煮得香不是电饭锅的功劳吗?"

于晚晚道:"要不咱们还是换个话题吧。"

等到饭菜都端上桌了以后，于晚晚开心地拿出手机给这满桌丰盛的饭菜拍了个照，然后小声感慨道:"哇，这么多菜，好有成就感。这可是我第一次烧菜呢，感觉还是很成功的嘛。"

站在一边的韩也用奇怪的表情看着她。

这位同学请等一下，这满桌的饭菜难道不是他烧出来的吗?你明明就只在旁边递了个铲子而已啊!

不过看着于晚晚那满脸兴奋的样子，韩也犹豫了一下，最终还是没有狠心拆穿她。

吃饭的时候，韩也一边伸筷子搛着盘子里的菜，一边状似不经意地问道:"对了，你邻居家的那个哥哥，听起来好像很厉害的样子啊。"

"是呀!"于晚晚吃得一张小嘴都鼓了起来，她点点头，含糊不清地说,"从小到大，他各方面都很厉害，我爸老拿我跟他比，他就是那个传说中的别人家的孩子。"

"哦。"韩也听着她的话，只觉得自己的一颗心凉了半截，但他还是坚持问道，"那他……就没有什么不擅长的事情吗？"

"不擅长的事情啊？"于晚晚皱着眉头，一只小手托着下巴，仔细思考了半天才开口说，"要说他有什么不擅长的事情，那可能就是烧菜？"

"烧菜？"韩也那双有些黯淡的眼眸在听到这句话之后，瞬间一亮。

"对啊，他烧的菜可难吃了！"于晚晚十分肯定地点了点头，"不过我妈妈说人家是男孩子，其他各方面又都这么优秀，以后找个会烧饭的老婆就行了，这算不上什么缺点。"

找个会烧饭的老婆？韩也忍不住挑了挑眉毛。那不是正好你不会烧饭吗？

"那你呢？你也不会烧菜，以后你要找一个会烧菜的老公吗？"韩也努力让自己的声音听起来平稳一点，不紧不慢地问道。

"要的，要的，肯定要的，总不能两个人都不会烧菜吧。"于晚晚点头如小鸡啄米，笑吟吟地说，"不过这种事情吧，可遇不可求，实在不行就找个保姆天天烧饭也不是什么难事。"

韩也脸上的表情凝固了，眼底里闪过的光芒瞬间又黯淡下去。

片刻之后，他深吸一口气，终于问出了自己从刚刚开始就一直想问的那个问题："那你觉得，是你邻居家的哥哥帅，还是我帅？"

于晚晚在听到他的这个问题之后，愣了一下，然后看着韩也不好意思地笑了笑道："你们两个根本不是一个类型的，不太好对比吧。"

"不是一个类型的？"韩也有些疑惑地看着她。

"对啊，我哥哥就是那种斯斯文文的，笑起来很温暖的男生。"于晚晚眨眨眼睛，十分认真地看着韩也道，"但是你呢，就是那种酷酷的，不太爱说话，有点冷漠有点孤傲的男生，这样不太好对比嘛。这就好像你问人家是冬天的暖气更好，还是夏天的空调更好……"

暖气和空调？

韩也对于晚晚这个十分微妙的比喻有些无奈。

"但是我个人呢，还是偏向于你更帅一点！"于晚晚想了半天之后，终于一脸认真地说道，"毕竟我第一次见你的时候，还被你迷住了。"

"真的？"韩也听到她的回答，只觉得自己的心里有一股小小的喜悦正在慢慢地升腾，他的唇角不受控制地微微上扬，幽深的眼眸淡淡地瞥了于晚晚一眼，声音里带着一丝愉悦，"是不是第一次见面就对我一见钟情？"

"呵呵。"于晚晚对他露出一个尴尬又不失礼貌的微笑之后，直接搛了一筷子菜到他的碗里，"快吃饭吧，你看你饿得都出现幻觉了。"

韩也只能识趣地继续低头吃饭。

吃过午饭，于晚晚自告奋勇将所有碗筷都洗干净，做完这一切之后，便拽着韩也继续补课了。

又是一下午昏昏沉沉的补课结束之后，于晚晚两眼放光地看着韩也道："小也，晚上在家吃饭吗？"

韩也被她这声"小也"喊得心神荡漾，正准备开口应下来的时候，残存的理智将他拉回了现实，他一脸嫌弃地看着于晚晚说："又想让我给你烧菜？"

于晚晚朝着他嘿嘿一笑，一双眼睛笑成了月牙儿。

"想让我给你烧菜也行，你亲我一口。"韩也一双眼睛转了转，突然凑近了于晚晚，用手点了点自己的脸颊，一脸坏笑地对她说。

于晚晚微微一怔，直接一巴掌将他的帅脸推了回去："那咱们还是出去吃吧。"

韩也说："不要这么小气嘛，亲一下你又不会少块肉，你不是把我当作你的弟弟吗？弟弟给你烧饭，你就不能奖励弟弟一个吻？"

"我要是亲你一口真的能少块肉，我就亲你了！"于晚晚没好气地白了他一眼，"还省得我减肥了呢。"

"你都这样了，还减什么肥啊。"韩也下意识地扫了一眼于晚晚，小声嘀咕，"看着跟小学生已经没什么区别了。"

"你说什么？"于晚晚没有听清楚韩也最后说的那句话，于是便抬起头来，疑惑地看着他。

"没什么,我说你这样正好,完全不需要减肥,很完美。"韩也瞬间改口道。

"哦。"于晚晚点点头,然后笑眯眯地说,"反正我也就是随口说说,毕竟减肥是女孩子为之奋斗终生的事业呀。"

算了,还是出去吃饭吧。

韩也扯了扯嘴角,站起身来,拽着于晚晚的胳膊直接出门:"走吧走吧,出去吃饭,我都快要饿死了。"

十月的傍晚,天气有些微凉,天边一轮落日将云彩染成了暖暖的橘红色。

于晚晚跟在韩也的身后,一边朝着商业街的方向走,一边四下里张望着。

路过地铁站入口的时候,于晚晚突然伸手扯了扯韩也的袖子道:"小也,你要不要喝水?"

"嗯?"韩也转头,顺着她的目光朝着地铁站门口的自动售货机看了过去,问道,"你要喝什么,我去买。"

"嗯,矿泉水。"于晚晚想了想道,"随便哪个牌子的都行。"

"你的人生只喝矿泉水,不会觉得无聊吗?"韩也无奈地说,"要不要尝试一下可乐?"

"不用了,托你的福,我对可乐已经产生了心理阴影。"于晚晚哭笑不得地看着韩也,"我真的只要一瓶矿泉水就可以了。"

"好吧,那你站在这儿等我一下,我去买。"韩也点点头,丢下这句话便朝着马路对面的自动售货机走了过去。

于晚晚站在原地,乖乖地看着韩也的背影。

马路上车水马龙,一盏盏路灯也适时地亮了起来,昏黄的灯光洒在他高高瘦瘦的身影上,给他的周身镀上了一层浅黄的光晕。

就在于晚晚看得出神的时候,一个轻浮的声音在她耳边响了起来:"嗨,美女,一个人啊?"

于晚晚转过头去,发现自己身边不知道什么时候站了两个男生。那两个男生穿得还挺新潮,发型就像是从动漫里面走出来的一样,只是长相实在不敢恭维。他俩一前一后地将于晚晚围住，七嘴八舌地说："美女，看你长得这么漂亮又有气质，正好我们店里有免费的形象设计，给你设计一下，一定会让你更加出彩的。"

"来来来，我们店就在附近，美女来看一下。正好我们总监今天在店里，让他帮你看一看，换个新发型，不满意绝对不收钱！"

于晚晚一脸警惕地看着他们。这两个人的说话速度之快，竟然让她完全插不上嘴，到最后她不得不打断那两个人的话说："不是，我在这里等人的，发型设计就算了吧，我完全没有兴趣……"

"美女你长得这么好看，怎么能对形象设计不感兴趣呢？我们保证不会占用你太多时间，来吧，来吧，机会难得啊！"

那两个人眼看着说不动于晚晚，便干脆直接上手，想要将于晚晚拽走。

马路对面的韩也刚买好饮料和矿泉水，一转头就看到于晚晚一脸惊恐地被两个男生围在中间，那两个男生还正准备去拉她的手。那一瞬间，他只觉得自己的脑海里唯一闪过的念头就是要保护于晚晚。于是他二话不说，便朝着于晚晚的方向拔腿跑去。

"干吗呢？！"就在那两个人的手快要碰到于晚晚的时候，一声怒吼从于晚晚的身后传了过来。

那两个人一激灵，下意识地回头看去，就看到一个身高一米八几的大男生皱着眉头，一副凶神恶煞的样子飞快地朝着他们这个方向跑了过来。

韩也跑到于晚晚身边，一把拽住她的手腕，将她拉到自己的身后，眼眸中闪烁着凶狠的光芒，瞪着那两个青年凶巴巴地说道："你们要干吗？拉她干吗？"

那两个男生的个子也就一米七出头，再加上身板有点瘦弱，此刻韩也往他们面前一站，影子正好将他们完全笼罩。韩也的气势凶猛，吓得他俩直哆嗦："不、不是，这位大哥，你不要误会。我们就是看这位美女的气、气质很好，想邀请她去我们店里换个发型而已。"

"换什么发型，她这个发型这么好看，有什么好换的！"韩也用力地瞪了那两个男生一眼，拽着于晚晚的手腕便直接往前走，"走了，别理他们。"

于晚晚眨了眨眼睛，还没反应过来，人就已经被韩也拽走了。

直到离那两个男生远了一点之后，韩也才将另一只手里一直拿着的矿泉水塞给于晚晚，语气也缓和了一些："给你，你的水。"

"谢谢！"于晚晚接过他递过来的矿泉水，笑眯眯地道了声谢。

韩也白了她一眼，没理她，转过头去自顾自地喝可乐。

于晚晚看着他脸上的表情，迟疑了一下，小声问道："怎么了，你看起来好像不太高兴的样子。"

"你是不是傻啊？"韩也没好气地转过头来，一双幽深的眼眸微微垂下，看着站在自己身边的于晚晚说，"那两个人一看就是推销的骗子，你不要理他们就好了，干吗还站在原地跟他们废话。"

"我没有跟他们废话啊。"于晚晚看着他说，"我拒绝他们了，我也没想到他们会直接上来拉我走；不过你不用担心，他们两个人绝对不是我的对手！"

"还不是你的对手，就你这小学生的身板，被他们拽住了，还能挣脱啊？"韩也白了她一眼，"要不是我及时赶到，搞不好你已经被他们拽去做什么两万八千八的发型套餐了！"

"什么两万八千八的套餐啊，你别乱说。"于晚晚一脸哭笑不得的表情看着韩也说，"你还不知道吧，我其实是……"

她的话还没有说完，放在口袋里的手机便响了起来。

"等下啊，我先接个电话。"于晚晚有些不好意思地朝着韩也笑了一下，伸手从口袋里掏出自己的手机来，看了一眼来电显示，然后直接按下了接听键，"喂，二晴，找我干吗？"

韩也站在于晚晚身边，看着她时而展颜大笑时而微微蹙眉的样子，只觉得她的一颦一笑都牵动着自己的心。

他这是怎么了？

韩也微微抿了抿嘴，嘴唇紧紧地绷成一条直线。

是从什么时候开始，他竟然这么在意于晚晚的举动了？

就在韩也胡思乱想的时候，于晚晚挂了电话，抬起头来看着他说："快走，咱们赶紧吃饭，吃完了我还要回去带她们打排位赛。"

打排位赛？

韩也朝着她挑了挑眉，声音中带着一丝戏谑道："想不到你还是个网瘾少女啊。"

"你才是网瘾少女呢。"于晚晚朝着他做了个鬼脸，干脆扯着他的袖子边往前走边说，"我也不是天天打游戏啊，就只有周末的时候才会带着她们玩几把。好啦，走吧走吧，吃饭去，我们站在这儿干吗啊？"

"明明是你自己走着走着停下来开始打电话的，你还问我站在这儿干吗？"韩也露出一脸嫌弃的表情，"好了。别废话了，赶紧吃饭去。"

"哦！"于晚晚撇了撇嘴，用力地应了一声，跟在韩也身后朝着商业街走去。

因为是星期天，再加上他们出门的时间已经有些晚了，所以此时每家餐厅门口都排着长长的队伍。

于晚晚看着那些长队，有些头疼地朝着韩也问道："你该不会又要去排队吧？"

韩也微微挑眉，坦然地看着她说："不然呢，不要排队的餐厅肯定难吃啊，你不知道吗？"

于晚晚轻轻地叹了一口气："算了，先拿个号吧，我要去一趟洗手间。"

"行吧，我陪你去。"韩也点点头，直接跟在于晚晚身后。

于晚晚一脸哭笑不得的表情看着他道："我去洗手间你跟着干吗？你在这儿等排队叫号就行了啊。"

"不行。"韩也一脸严肃地看着她说道，"这里推销的人可多了，万一你去洗手间的路上被人拖去买了两万八千八的商品怎么办？我得看着你。"

大哥，你这被害妄想症有点严重啊？

于晚晚的目光直直地盯着他看了一会儿之后，终于败下阵来道："好吧，好吧，你要跟着就跟着吧。"

到了洗手间门口，于晚晚直接进了女生的那一边，韩也就在外面站着等她。

只是他刚站了没多久，旁边两个穿着短裙的女生就一直看着他窃窃私语。过了一会儿，其中一个女生终于鼓起勇气走到韩也面前，有些不好意思地对他说："那个，我能打扰你一下吗？"

韩也粗粗地瞥了她一眼，想都没想便声音冷冷地回答道："不能。"

那女生被他冷冷的语气弄得很尴尬，但她还是硬着头皮继续说："就几分钟……"

"对不起，不办卡，不扫码，不健身。"韩也面无表情地说道。

那女生被韩也弄得一时间说不出话来，半晌，她才一副快要哭出来的表情看着韩也说："不是，其实我就是想认识你一下，然后能不能加一下你的微信？"

"加微信？"韩也瞥了她一眼，余光正好瞥到于晚晚甩着双手从洗手间里走了出来，于是他便迈步走到于晚晚身边，修长的胳膊十分亲密地搭在她纤细的肩膀上，将她朝着自己怀里一搂，一脸懒洋洋地看着那个女生说："这个就要问我女朋友同不同意了。"

"啊？"于晚晚抬起头来，迷惑地看着韩也。

她刚从洗手间里出来，还没弄清楚外面发生了什么，就被韩也一把搂进了怀里。

搂进怀里就算了，他竟然还说自己是他的女朋友？

不过好在于晚晚的脑子动得快，她那双聪明的大眼睛飞快地瞄了一下眼前的情景，立刻便心领神会地顺手搂住韩也的腰，声音软软糯糯地朝着他问道："宝宝，同意什么啊？"

她纤细柔软的小手，隔着他薄薄的 T 恤碰触到他腰的一瞬间，韩也整个人便僵住了。

明明隔着一层衣服，他却能感受到她指腹的柔软和温度，而她碰触到自己的那个地方似乎也正有一股浅浅的麻痹感，顺着皮肤缓缓地向四周扩散。

"宝宝，宝宝？"眼看着韩也抿着嘴唇，皱着眉头站在那里不说话，于晚晚忍不住用手指轻轻地按了按他的腰。

然而韩也好像触电一般，瞬间松开搂着于晚晚肩膀的胳膊，朝后退了一步。

于晚晚疑惑地看着他。

"那个……"韩也那张白皙帅气的脸上瞬间布满了红晕，他看着眼前的于晚晚，整理了一下自己的情绪，红着脸说道，"哦，那个女生要加我微信，我让她问问你，看你同不同意。"

"哦，那当然不能同意啦。"于晚晚朝着韩也迈了一步，一双软软的小手搂住他的胳膊，笑眯眯地看着那个女生说，"不好意思哦，我男朋友不可以加其他女生的微信。"

"好，好的，我知道了。不好意思，打扰了。"那女生一脸尴尬地看着眼前拼命秀"恩爱"的两个人，赶紧转身拽着自己的朋友飞快地走了。

见那个女生离开，于晚晚松开韩也的胳膊，朝着他调皮地眨了眨眼睛道："怎么样，我的演技还可以吧？"

韩也脸颊微红，声音里带着一丝慌乱："你离我这么近干吗？！"

于晚晚愣了一下，抬头看了一眼韩也红得跟猴子屁股一样的脸颊，又低头看了看两个人之间的距离，一脸好笑地看着他说："刚刚明明是你先搂我肩膀的啊，我还不是为了配合你，才和你靠得近了一些。"

韩也听着她的话，一时间竟然不知道该怎样反驳。

半响之后，于晚晚伸手又戳了戳他的胳膊道："好啦，好啦，你别脸红了，下次我保证离你远一点，可以了吧？那咱们可以去吃饭了吗？"

"谁脸红了，你才脸红了。"韩也没好气地白了她一眼说，"我这明明是走路热出来的！"

"好的，好的，你说了算，只要你开心就好。"于晚晚十分敷衍地点了点头，接着直接绕到他身后，双手推着他的后背往前走，"走吧，去看看有没有排到我们的号呢,我都快要饿死了。"

韩也红着脸,任由于晚晚推着往前走,没有说话。

第二天是周一,一晚上没怎么睡好的韩也早上五点半就黑着眼眶起床了,他简单洗漱了一下便直接骑车去学校了。

到学校的时候才六点十分,学校的大门口冷冷清清的,几乎没什么人。

教学楼里也静悄悄的,韩也路过其他班的时候,偶尔会看见几个学生正在教室里认真地看书做题目。这些应该都是在学校住宿的住校生,每天来得最早走得最晚的就是他们了。

韩也走到自己班级教室门口。

他们班的教室门半掩着,从后门的门缝里看去,教室里面似乎一个人都没有。

他伸手推开教室的后门,刚一走进去,就看到自己的座位上已经坐了一个人。

那人在听到门开的声音之后,回过头来,朝着后门看了一眼,接着便满脸震惊地说:"也哥,你今天怎么这么早来学校?"

韩也打了个哈欠,走到自己的座位跟前,随手将书包扔在了课桌上:"你不也来得这么早。"

"我每天都来得这么早啊!"沈凉雨眼看着韩也在自己身边坐了下来,立刻凑上前去,认认真真地打量了他一番,"也哥,看你的样子,好像昨天晚上没有睡好啊。"

"嗯。"韩也睡眼惺忪地坐在座位上,一只大手撑着自己的下巴,声音迷迷糊糊地对沈凉雨说,"昨晚有点失眠。"

都怪于晚晚昨天晚上离自己那么近。离得近就算了,她竟然还伸手搂住了他的腰。他腰上被她搂到的那块地方,到现在一想起来,还有些微微地发麻。

"为什么啊,也哥,你有什么心事吗?"沈凉雨好奇地看着他说,"要不要说出来,兄弟给你开导开导?"

韩也斜眼看了一眼沈凉雨，笑了一声道："就你？算了吧。"

"怎么了？"沈凉雨一拍桌子，拿起自己面前的那本杂志朝着韩也晃了晃道，"也哥你不能看不起我啊！我可是一个天天认真钻研《心理医生》杂志的男子啊！开导别人这种事情，我最拿手了！"

"《心理医生》？"韩也扯了扯嘴角，一脸怀疑地拿过沈凉雨手中的那本杂志，随便翻到一页，然后念出来，"'解密十二星座面对情绪低谷时的自我调节方案''如何看穿一个人的伪装''小心这些人说话其实是话里有话''如何判断一个男生是不是动了心'……"

韩也抬起头来，朝着沈凉雨翻了个白眼："这些都是什么啊？你从哪里看出来这跟心理学有联系了？"

"什么心理学啊！我这是《心理医生》好吗？再高深莫测的学问也要找个通俗接地气的表现形式啊，不然我直接买本心理学的书不就好了。"沈凉雨赶紧从韩也的手里抢回自己的那本杂志，随手翻开一页道，"也哥，你不要不相信，这上面有些测试还是很准的，不相信咱们来试一试。"

他的声音顿了顿，低头看了一眼杂志上的内容，然后自信满满地说道："来来来，咱们就来看看这个如何判断一个男生是不是动了心。"

韩也扯了扯嘴角，满眼无语地看着他。

沈凉雨将杂志举在自己的面前，清了清嗓子，然后认真地读给韩也听："恋爱是一件很美好的事情，但是现在还有很多男生因为没有恋爱经验，所以有时候自己都坠入爱河了，还傻傻不知道，那么男生喜欢上一个女生之后，会有哪些表现呢？"

他读完这段话之后，看了一眼韩也。某人正撑着下巴坐在位子上，一副昏昏欲睡的样子。

"也哥，你有没有听我说话啊？"沈凉雨伸手推了推韩也的胳膊，不乐意地说道。

"听着呢，听着呢，你继续吧……"韩也张开嘴，长长地打了一个哈欠，心不在焉地说。

沈凉雨沉默了两秒之后，继续读给他听："以下五点，如果你身上都有的话，那么恭喜你，你进入恋爱的状态了。

"第一点，强烈地想保护一个女生。不管这个女生柔弱也好，坚强也好，只要男生喜欢上一个女生，那么他对这个女生就充满了保护欲，不忍心看她受到任何伤害。"

保护一个女生？

韩也在听到这句话的时候，微微怔了一下。不知道为什么，他的脑海里下意识地闪过昨天晚上于晚晚在地铁站门口被那两个青年围住的情形。那个时候，他好像想都没想就直接朝着她冲了过去，想要保护她。

"第二点，控制不住地提到这个女生……"

沈凉雨的这句话还没说完，韩也便直接打断了他的话道："这一点我可没有，我从来都没有跟任何人提过她。"

"啊？"沈凉雨莫名其妙地看着韩也道，"她？她是谁啊？"

韩也微微一怔，随即便转过头去，看着窗外说："没什么，我随口瞎说的，你继续读下一点吧。"

"哦。"沈凉雨有些狐疑地看了他一眼，继续往下念道，"第三点，患得患失。"

"患得患失？"韩也转过头来看着他问道，"什么意思？"

"就是说，男生嘛，虽然大部分时候是坚强的，但偶尔也是脆弱的。尤其在感情方面，很多男生对自己不自信，容易产生患得患失的心态，他们害怕被女生抛弃，甚至害怕向心爱的女生表达爱意。"

沈凉雨念着念着抬起头来，看着韩也说："这条很好理解嘛，就是你会特别在意那个女生，比如你给她发了信息，她没有回你，你就会不停地看手机，看她是不是忘了回你。或者是你们约好了一起去做什么，到了时间点她没来，你就会很不安，不停地想她会不会不来了呢。大概就是这样的吧。"

是这样的吗？韩也听着沈凉雨的话，忍不住微微皱起眉头。

他怎么记得之前他跟沈凉雨一起去打篮球爽约于晚晚的时候，心里就一直很不安,还有上次他自己回南京,于晚晚不回他消息的时候,他感觉也很不爽呢?

难道……

韩也的眉头越皱越紧,他有些慌乱地问道:"还有呢?"

"还有,"沈凉雨赶紧低头看向自己的杂志,"第四点,刻意跟这个女生唱反调。如果哪一天,你都不知道为什么自己就喜欢跟那个女生唱反调,但是自己心里又不讨厌这个女生,那么恭喜你,你肯定是喜欢上这个女生了。喜欢一个人的时候,自己也会很矛盾,想要对方注意你,但是又会故意装作不在意,这样就产生了矛盾,而且刻意去为难一个女生,要的就是吸引她的注意力。"

有吗?

他好像有的时候确实是这样的,心里明明想让于晚晚过来,嘴上却问她干吗要来;心里明明觉得她煮得东西很好吃,嘴上却说味道一般般;心里明明想让她离自己近一点,嘴上却总是嫌弃她不矜持。

韩也想着想着,忍不住用手撑着自己的额头,完了,完了,自己该不会是真的喜欢于晚晚吧?

"也哥,你怎么了?"沈凉雨看着韩也的表情,忍不住关心地问道,"是不是觉得不舒服?你要不要趴桌上休息一会儿?"

"没事。"韩也抬起头来,调整了一下自己的情绪,故作镇定地说,"你继续读吧,后面还有什么?"

"哦。"沈凉雨迟疑着看了他一眼,继续读道:"第五点,很容易吃醋。别说男生不爱吃醋,其实男生吃起醋来,醋劲比女生都大。女生吃醋的方式是让自己保持沉默,生闷气,而男生则是想尽各种办法,让女生不自在,或者用各种行为告诉女生,以后不要那样做了。"

吃醋吗?

韩也突然回想起国庆节时和于晚晚一起参加同学聚会的事情。

当初在同学聚会上,他看到于晚晚的班长给她送玫瑰花,心里就莫名其妙地感觉不爽，之后还各种找于晚晚的茬，最后更是气得第二天就直接回了南京。

还有昨天中午做饭的时候，看到于晚晚和她那个青梅竹马的哥哥在手机里聊天的时候，他也感觉很不爽。

这么一想，他难道是真的为了于晚晚而吃醋了？

就在韩也沉浸于自己的思考中时，沈凉雨突然加重了语气朝着他说："还有！最后，也是最最最重要的一点！"

韩也心中一惊，抬起头来看着沈凉雨道："什么？"

"当你在做这个测验时，每读到一条，脑海里都会想起一个人的时候，恭喜你！你已经百分百地爱上她了！"沈凉雨大声地念完最后一句之后，一脸坏笑地凑到韩也跟前，用胳膊轻轻地顶了顶他说，"怎么样，也哥，刚刚做这个测验的时候，你的脑海里是不是已经浮现出了一个人的影子？"

韩也的心里顿时咯噔一下，他下意识地朝后躲了躲，用一脸嫌弃的表情看着沈凉雨道："别胡说，我什么人都没有想。"

"真的？"沈凉雨眯了眯眼睛，一脸坏笑地看着他说，"可是也哥，你脸红了哦！你脸一红，就说明你心里有鬼，咱俩这么多年的朋友了，你心里在想什么，我虽然不能猜个百分百，但是七八成还是可以的。"

他的声音顿了顿，继续道："再说了，刚刚我念第二条的时候，你可是条件反射一样说自己从来没有跟别人提过她，嘿嘿嘿，那个她是谁啊？"

"没有谁。"韩也强作镇定地从自己的书包里拿出书本，"你想多了，好了，别废话了，你作业写完了吗？"

"也哥，你心虚了哦！"沈凉雨用肩膀轻轻地撞了一下韩也，"你不说的话，那我就来猜一猜咯，你刚刚心里想的是不是——"

他故意拉长了声音，一双眼睛仔细观察着韩也脸上的表情。

韩也面不改色地转过头来，一双乌黑深邃的眼眸平静地看着他。

"是不是隔壁班的那个班花？"沈凉雨眨了眨眼睛问道。

韩也在听到他说这句话时，瞬间松了一口气道："怎么可能，我连她叫什么名字都不记得。"

"哦,那就不是隔壁班的班花了。"沈凉雨一只手摩挲着自己的下巴,皱着眉头认真地思考了一下,然后继续问道,"那是不是高一的那个学妹?"

"呵,你说的到底是谁啊?"韩也扯了扯嘴角,朝着沈凉雨冷笑一声,满眼鄙夷地看着他。

"啊!我知道了!"沈凉雨突然一拍手,一脸坏笑地看着韩也道,"你喜欢的那个人,是于!晚!晚!"

韩也心中一惊,说话都有些结结巴巴了:"瞎、瞎说什么呢,我怎么可能喜欢她。"

第 7 章

好像喜欢她

"也哥,你脸红了哦。"沈凉雨歪着脑袋,一脸坏笑地看着他。

"不仅脸红了,连耳朵都红了哦!"沈凉雨看见韩也慌乱的状态,嘴角的笑意更加明显了。

韩也转过头去,目光看着教室外面,一颗心在胸腔里飞快地跳着,声音强作沉稳道:"我这是热的。"

"真的?"沈凉雨嘿嘿一笑,突然伸手握住了韩也的手。

"你干吗?"韩也一双秀气的眉毛紧紧皱起,一脸嫌弃地将自己的手抽了回来,"你摸我手干吗?"

"也哥,你的手凉冰冰的,哪里热了,你明明就是因为我提到了'于晚晚'这三个字才脸红的!"沈凉雨扬扬得意地看着他说,"也哥,我跟你说,我这么多年《心理医生》可不是白看的,虽然不能跟真正的心理医生相提并论,但也八九不离十了。像你这种小小的情感问题,我还是能一眼看穿的。"

"滚。"韩也直接白了他一眼,懒得理他。

"也哥,你这就是因为被看穿了心事,所以恼羞成怒了。"沈凉雨唾吧唾吧嘴道,"别这样,也哥,有喜欢的人了是个值得庆祝的事情啊!虽然我不知道你为什么会看上于晚晚,她简直太可怕了!一个敢徒手抓蛇的女生,你到底看上她什么了,难道看上了她的勇气?然而在我的心里,能看上于晚晚的你更有勇气啊!要不我为你清唱一首《勇气》吧!"

沈凉雨说着说着,竟然真的开始五音不全地唱起了梁静茹的《勇气》。

韩也深吸一口气,努力压下自己心中想要打人的冲动,只是阴沉着一张帅脸,朝着沈凉雨声音冰冷地说:"你给我闭嘴!"

他的话音刚落,沈凉雨的歌声立刻便停止了。

韩也用力地瞪了他一眼,转过头去不再理他,只是默默地从自己的书包里拿出之前老师布置的作业来。

上晚自习的时候,沈凉雨惊奇地发现,韩也竟然没有出现。

这不正常,自从半个月前韩也突然醒悟,开始奋发图强,他每天晚自习都会默默地坐在座位上,拼命地埋头写试卷。今天晚自习都已经开始二十分钟了,怎么人还没来呢?

沈凉雨犹豫了一下,给韩也发了一条微信询问:"也哥,你上哪儿去了?晚自习都开始二十分钟了,你咋还没来?"

片刻之后,韩也回复道:"今天有点肚子疼,我请假回家了。"

他竟然肚子疼回家了?沈凉雨目瞪口呆地看着自己的手机屏幕。明明今天下午的时候看韩也还挺正常的,放学之后还一起在操场上打球来着,怎么说肚子疼就肚子疼了?

与此同时,坐在地铁上的韩也在回复完了沈凉雨的微信之后,便将手机重新揣进了兜里。

"下一站,南大仙林校区,有需要下车的乘客,请从地铁前进方向左侧门下车。"地铁里的播报声适时地响起,韩也将肩膀上的书包带朝上拉了拉,双手插兜,站起身来。

出了地铁站,再过个马路往前走一段,就是南京大学仙林校区的南门。

韩也跟在一群回学校的南大学生后面，晃悠晃悠地进了校门，然而他刚刚进了南门没多久，一阵冷风吹过，整个人一下子就清醒过来。他看着眼前笔直的道路和道路两旁的路灯，忍不住伸手扶住了自己的额头。

他这是在干吗啊，怎么跟魔怔了一样，翘了晚自习跑到南大来了？

都怪沈凉雨早上给他做的那个测试，害得他琢磨了一整天自己到底是不是真的喜欢于晚晚。

结果琢磨着琢磨着，自己就直接跑到南大来了。

韩也站在南大校园的道路上，抬头看了一眼天上的星星。

他和她现在站在同一个校园里，他脚下的路是她昨天回学校时走过的那条路，他头上的那片星空也是她站在宿舍阳台上能够看到的同一片星空。

一阵晚风吹过，他觉得就连这一阵阵的凉风里都带着于晚晚身上那特有的清甜气息。

算了，来都来了，那不如就四处参观一下吧。

韩也在心里拼命地告诉自己：你才不是为了于晚晚过来的，你其实就是想看看南大好不好。毕竟明年你就要高考了，高考以后终归是要填志愿的，要是南大看起来还不错的话，那就填个南大的志愿吧。

他就这么在南大的校园里漫无目的地走着，走着走着，竟然走到了学生公寓那一片区域。

眼前的一栋栋高楼，灯影绰绰，时不时地有学生三两成群，说说笑笑地走进公寓楼。

韩也在一棵大树下站定了脚步，看着远处那明亮的灯火，不知道为什么，心里突然感觉到一阵平静。

那一团团橘黄色的灯光中，应该有一个是属于于晚晚她们宿舍的吧？

此时此刻她正在宿舍里干吗呢？是在看书，还是在聊天，或者是在和舍友们一起打游戏呢？

韩也背靠着大树，双手交叉抱在胸前，一双乌黑深邃的眼眸默默地凝视着那一片灯光，也许到了明年的这个时候，这里也会有一团灯光是属于自己的呢。

"哈哈哈，鱼丸，你真的太过分了！你怎么可以对学长那样说话！"

就在韩也神游太空的时候，从他身后不远处的道路上，突然传来了一阵极其夸张的笑声。

"我哪里过分了，我明明说的是实话好不好。"一个熟悉的清脆声音紧接着传了过来。

韩也微微一怔，下意识地回过头去。

只见他身后的道路上，有四个女生正肩并肩地往前走着。

走在最左边的那个女孩子，个子矮矮的，身上穿着一件浅粉色的T恤，一头乌黑的长发顺滑地垂于脑后，一张白皙粉嫩的小脸上，红润的小嘴有些微微地嘟起，那个人不是于晚晚又是谁？

"实话才真正地戳人心啊！"另外一个女生笑得快要停不下来，"二晴，你刚才听到了吗？那个学长问鱼丸：'学妹，希望有一天，你的名字能出现在我家的户口本上，好吗？'结果鱼丸看着学长说：'什么意思，你要我给你当后妈？'哈哈哈哈。你看见没有，刚才那个学长的脸，一瞬间就绿了！"

"看见了，看见了，我刚才就想笑了，但是为了学长的面子，硬是给憋了回去，我感觉自己都快要憋出内伤来了。哈哈哈，鱼丸，你怎么这么有才！"唐又晴笑得快要喘不过气了。

"我哪里有才了。"于晚晚一脸无奈地看着自己的几个室友说，"都什么年代了，你们都不上微博的吗？这种'土味情话''撩妹套路'，我去年就看过了，想不到今天竟然有人用在我的身上。"

"哈哈，你的意思是，你其实知道他刚才那句话是什么意思？"唐又晴用不敢相信的眼神看着于晚晚问道。

"我又不傻。"于晚晚朝着她们做了个鬼脸，继续说，"说到有才，你们不知道，韩也那才是真正的有才。"

突然听到自己的名字从于晚晚的口里说了出来，站在树下的韩也顿时打起了精神。

"怎么了？他怎么有才了？"唐又晴好奇地问道。

"就是昨天晚上我们去吃饭呀，然后有个女生看上他了，想要加他的微信。"于晚晚乐呵呵地说，"结果人家女生还没开口呢，他就直接跟人家说'对不起，不扫码，不办卡，不健身'。哈哈哈哈。"

哈哈哈，于晚晚的那几个室友一下子都乐了。

丁梦凡笑得眼泪都快要出来了："不过鱼丸，我跟你说，这样的男生好啊，以后绝对不会拈花惹草的！"

"什么拈花惹草啊，这应该是凭实力单身了吧？"薛薇薇笑得嘴巴都累了，"之前鱼丸不是还说，他们学校有个女生把羽毛球扔到树上，想要韩也帮忙拿下来，结果人家直接说'对不起，够不着'。"

"哎呀，难道就只有我觉得小韩同志这样子好可爱吗？"唐又晴的眼睛眨啊眨地朝着于晚晚道，"鱼丸，你赶紧把他给收了吧，这么可爱的小家伙，一定要先下手为强，不然以后会被别人抢走的！"

"瞎说什么呢，什么先下手为强？"于晚晚无奈地看着自己的室友道，"人家现在上高三，要好好学习知道吗，这可是人生中最重要的一段时光。"

"哎呀，知道了，知道了，反正现在高三，小韩同志也不会跑去谈恋爱，那你等他考上大学之后再把他收入囊中好了。"唐又晴点点头，对于晚晚的话表示赞同。

"你们几个，一天天的，脑袋里就想着谈恋爱。"于晚晚嫌弃地看着自己的室友道，"四级试卷做完了吗？六级试卷开始研究了吗？马上都要考四六级了，你们还不努力点。"

"鱼丸宝宝，你说话的语气怎么越来越像班主任了，你这样子，人家小韩同志会对你产生距离感的，你不能这样，不能这样。"丁梦凡一边摇着头一边朝着于晚晚叹道。

"再这样我就要打你了啊！"于晚晚假装竖起拳头来，朝着丁梦凡挥了挥道，"还想不想让我带你上铂金了？"

"对不起，李白小哥哥，我错了，原谅我。"丁梦凡在听到于晚晚的那句话之后,瞬间服软了。

"这还差不多。"于晚晚一脸得意地朝着她扬了扬下巴,雄赳赳气昂昂地进了公寓楼。

一直等到她们四个的身影消失在公寓楼的入口处,韩也才回过神来,他竟然忘了上去跟于晚晚打声招呼。

不过下一秒,他又开始庆幸自己刚才没有出去跟她打招呼了。否则的话,要是于晚晚问他,为什么不去上晚自习,而是跑到南大来了,他该怎么回答?

难道要告诉她,自己提前来看看明年要上的大学什么样吗?

韩也有些自嘲地笑了笑,他靠在大树上,又盯着眼前学生公寓的灯光看了一会儿,才转身朝着校门的方向走去。

一阵风吹过,韩也觉得身上有些凉,他裹紧了外套,又把书包的背带往上拽了拽,刚走了没几步,便连着打了两个喷嚏。

好冷啊,感觉今天又比昨天冷了一些,看来是真的入秋了。

韩也吸了吸鼻子,迈开长腿,大步流星地走了。

转眼又到了周六上午最后一节的历史课。

教室里面的气氛昏昏沉沉的,历史老师依然在讲台上慷慨激昂地讲着课。

沈凉雨转头看了一眼坐在自己身边的韩也,他用一只手撑着自己的下巴,另一只手搭在桌面上,正有一下没一下地点着头。

"也哥,也哥。"沈凉雨眼看着韩也就快要睡着了,赶紧伸手轻轻地推了推他的胳膊道,"你怎么了,这几天看起来好像都没什么精神。"

"没什么。"韩也一惊,一下子回过神来,他瞥了一眼沈凉雨,用带着一丝沙哑的声音说,"就是有点感冒。"

"感冒了?"沈凉雨关切地看着他问道,"吃药了吗?要不要我陪你去校医务室看看?"

"不用了。"韩也吸了吸鼻子,没精打采地说,"我太困了,我先睡一会儿,你帮我看着点老师。"

"也哥,也哥?"沈凉雨忍不住压低了声音又喊了他两声,然而韩也看起来已经昏沉沉地睡了过去,对他的喊声没有一点反应。

丁零零——

当放学的铃声响起的时候,沈凉雨伸手推了推还趴在桌子上睡觉的韩也,小声道:"也哥,也哥,放学了。"

"嗯。"韩也睡眼惺忪地看了一眼沈凉雨,勉强抬起头来,看了一眼教室里的情形。

历史老师早已经不在讲台上了,周围的同学也都三三两两走得差不多了。教室里就剩下他和沈凉雨,还有另外几个住校的同学。

"已经下课了?"韩也又吸了吸鼻子,带着浓重的鼻音问道。他清秀的脸颊上浮现出两抹病态的红晕。

"早就下课了。"沈凉雨一脸担心地看着他道:"也哥,你看起来好像不太好啊,真的没事吗?"

"没事,走吧,既然下课了,那正好赶紧回家睡会儿,我好困。"韩也一边说着一边打了个呵欠,慢慢悠悠地收拾起书包来。

等到他收拾好书包,晕晕乎乎地站起身来时,眼前的一切仿佛都在不停地旋转。他脚下一个踉跄,又直接坐回了凳子上。

"也哥?"正准备往教室后门走的沈凉雨看到这个情形,赶紧回到韩也身边,伸手拽住他的胳膊,看着他的脸色,下意识地伸手摸了一把他的额头。

好烫啊!

"也哥,你发烧了啊!"沈凉雨扶着韩也的胳膊,让他重新站起来,"而且烧得还挺烫的,你是不是因为刚才在课堂上睡觉着凉了啊?"

"发烧了吗?"韩也眼神有点涣散地看着沈凉雨,自己也伸手摸了摸自己的额头,然后迷迷糊糊道,"我说怎么感觉眼前的东西都在晃呢。"

"不行,你这样不行的,我带你去校医务室看一下吧。"沈凉雨扶着韩也就打算往医务室的方向走。

"不用,真的不用。"

明明还在发烧,这时候却突然有了力气,韩也一把拽住沈凉雨,一脸认真地看着他道:"不就是发烧吗?小事儿!你带我去家门口的药店买包正柴胡冲剂,我喝一包再睡一会儿,明天就好了。"

"真的?"沈凉雨一脸将信将疑的表情看着他。

"真的,我从小到大发烧都是这样好的。"韩也点了点头。

沈凉雨犹豫了一下,最终还是决定听韩也的话。他扶着韩也,直接去学校门口打了个车,一路到了韩也家门口,又在楼下的药店里买了盒正柴胡冲剂,这才扶着韩也上了楼。

一回到自己家里,韩也便直接朝卧室走去,二话不说拖过被子盖在自己身上,昏昏沉沉地就开始睡觉。

沈凉雨目瞪口呆地看着韩也,半响之后,终于无奈地叹了一口气,去厨房里给他烧水冲药。

十五分钟后,沈凉雨端着药碗回到韩也的卧室里,他将碗放在床头柜上,低低地喊了一句:"也哥,起来吃药了!"

躺在床上的韩也闭着眼睛,毫无反应。

"也哥,也哥!"沈凉雨提高了嗓音,又朝着他喊了几声。

"干吗?"韩也半睁开眼睛,看了一眼站在床边的沈凉雨,声音里满是不爽地问道。

"我帮你把药冲好了,你赶紧喝了。"沈凉雨一边说着一边端过床头柜上的药碗,递到韩也面前。

那药碗刚一靠近他,一股难闻的药味便立刻充斥在他的鼻息间。

韩也忍不住皱紧了眉头,看了一眼碗里黑乎乎的药,一脸嫌弃地将沈凉雨的手推开:"这么烫,你让我怎么喝。"

"那,要不我给你放旁边凉一会儿你再喝?"沈凉雨看了一眼自己手里的药碗,这水是刚刚烧开的,摸起来确实有点烫手。

"放那儿吧。"韩也朝着沈凉雨道,"过会儿走的时候帮我把门关起来就行。"

"哦，那你记得要喝药啊。"沈凉雨有些不放心地又叮嘱了他一句，然而韩也已经重新闭上了眼睛。

见韩也又不理他了，沈凉雨忍不住扯了扯嘴角。他看了一眼床头柜上的药碗，正考虑着要不要等药凉了以后再喊韩也起来喝药的时候，他的手机铃声突然响了起来。

沈凉雨看了一眼来电显示，是他父亲的电话，他按了接听键，正准备开口喊"爸"的时候，电话那边传来他爸爸有些焦急的声音："快，赶紧回来，你奶奶好像不行了。"

"奶奶？"沈凉雨微微怔了一下，随即便赶紧朝着电话那边道，"我现在就回去。"

挂了电话之后，他又看了一眼躺在床上的韩也，伸手推了推，大声道："也哥，我先回家了，家里有急事，药给你放在床头柜上了，你要记得喝，我走了啊！"

韩也昏昏沉沉的，似是而非地点了点头，翻了个身又继续睡了。

沈凉雨看着病恹恹的韩也，万般无奈之下，只得翻出他的手机，打开他的通讯录找到了于晚晚的号码，然后按下了拨号键。

电话嘟嘟嘟地响了好多声也没有人接。

沈凉雨急着要走，只能挂了电话，给于晚晚发了一条信息：

"于晚晚学姐，你好，我是韩也的同桌沈凉雨，也哥感冒生病了，今天又发了高烧，我家里有急事，不能在这儿照看他。你要是看到这条短信的话，麻烦过来照看他一下，他家大门密码锁的密码就是他的生日，万分感谢！"

发完这条短信之后，沈凉雨将韩也的手机放在床头柜上，然后急匆匆地走了。

于晚晚下午的比赛结束之后，便跟着其他参赛的选手一起回了更衣室。她洗过澡，换好自己的衣服，掏出手机来看了一眼，除了几条广告信息之外，还有一条来自韩也的未读信息。

于晚晚点开那条信息，看完之后，整个人都愣住了，韩也那家伙生病发烧了?

他的父母常年不在家,同学看起来也有事离开了,那此时此刻家里不就只剩下他一个人了?

不知道为什么,她突然想起之前韩也跟自己说的话,小时候他发烧一个人在家,打了电话给父母,结果父母竟然让他自己打120。

想到这里,于晚晚赶紧拿起自己的书包,拎上自己的东西,朝着外面一路小跑。

"喂,鱼丸,晚上不是说好了一起吃饭的吗?"刚从观众席离开跑到后面更衣室来找她的唐又晴,在看到于晚晚脸色焦急地从自己面前跑过时,忍不住开口喊了她一声。

"晚上我还有事,你们自己去吃饭吧。"于晚晚一边跑着一边回头应了她一声。

哎?有事?什么事?

唐又晴看着她的背影,后面的话还没来得及问出口,她的身影已经消失在了比赛场地外面。

好在于晚晚参加比赛的地方离韩也家很近,坐地铁不过两站路。

十分钟后,于晚晚呼哧呼哧地大口喘着气站在韩也家的门口,迟疑了一下,伸出手输入了密码。

客厅里的光线有些昏暗,门口的地面上凌乱地躺着几只运动鞋。

于晚晚换了拖鞋,站在他家门口,迟疑着喊了几声:"韩也,韩也?"

屋子里面静悄悄的,一点回应都没有。

是不是睡着了?

于晚晚放下自己的书包,轻手轻脚地走到韩也的卧室门口,伸手推开了房门。

他房间里的窗帘没有拉,这会儿正是夕阳西下的时候,窗外一抹橘黄色的余晖透过玻璃窗洒落在地板上。

房间正中央的大床上,依稀可见一个人影裹着被子躺在那里,旁边的床头柜上,还摆放着一只碗。

于晚晚走到床边,朝着躺在床上的韩也看了一眼。他的脸色苍白,脸颊上有两抹淡淡的红晕,一双秀气的眉毛在睡梦中紧紧地皱起。他看起来似乎很冷的样子,被子紧紧地裹在身上。

她伸手轻轻地在他的额头上探了一下,掌心里的温度烫得惊人。

她再转头看了一眼放在床头柜上的碗,里面有小半碗冲剂,只是伸手摸摸碗边,已是一片冰凉。

估计沈凉雨给她发消息的时候,这碗药就已经放在床头柜上了,现在都已经是傍晚了,显然这家伙根本就没有喝药。

于晚晚忍不住皱紧了眉头,她端起床头柜上的药碗,拿去厨房用微波炉热了一下,然后又端回来,站在床边,低声地喊着韩也道:"韩也,韩也,起床喝药了……"

原本在睡梦中迷迷糊糊的韩也只觉得身上一阵冷一阵热,他明明已经裹紧了被子,但还是觉得特别特别冷,可是再过一会儿,又觉得热得不行。

就在他难受得不行的时候,一个熟悉的声音在他耳边轻轻地喊着他的名字。

这声音听起来很耳熟,应该是他比较亲密的人,可是睡得迷糊之间,他竟然一时想不起来这到底是谁的声音了。

"韩也,韩也!"于晚晚见喊了他好几声都没有反应,便提高了音量又喊了他几声。

"嗯……"韩也迷迷糊糊地睁开眼睛,房间里的光线有些暗了,他依稀看到床边站着一个人。

她白皙粉嫩的脸颊上,一双黑白分明的大眼睛正满是关切地看着他,几缕柔顺的长发沿着她修长的脖颈落在肩膀上,明明房间里没有风,但他觉得此刻仿佛有微风拂过。

那一瞬间,韩也突然觉得,自己仿佛在朦胧中看到了天使。

"韩也,你醒了?"于晚晚站在床边,看着他终于缓缓地睁开双眼,有些惊喜地坐在他身边,将手中的药碗端了过去,"快,乖乖地把药喝了。"

那一股熟悉的难闻的药味立刻又充斥在韩也的鼻息间。韩也忍不住皱了皱眉,端着药碗的天使,怎么长得那么像于晚晚呢?难道他真的是日有所思,夜有所梦?

他刚愣了几秒钟,于晚晚手里的药碗已经直接送到了他的唇边。

韩也下意识地别过头去,满脸嫌弃地嘀咕了一句:"不要,我才不要喝药。"

"乖,把药喝了,病才会好。"于晚晚一脸无奈地看着他,轻声细语地说道,"你现在还在发烧呢。"

"我不要喝药。"韩也双手拽着被角,蒙住自己的半张脸,整个人缩进了被窝里,只留下一双眼睛在外面,可怜巴巴地看着于晚晚道,"药好苦的。"

他的声音里满满都是委屈,眼眶隐隐有些发红,乌黑的瞳仁上仿佛有一层浅浅的雾气在弥漫。他就这么可怜巴巴地缩在被窝里,就像是冬日里被主人抛弃的小狗缩在篮子里。

于晚晚看着他的样子,微微怔了一下,心里莫名地有一丝心疼。她压低了声音,尽量语气温柔地劝说韩也:"这个药没有那么苦的,你乖乖把药喝了,病好了,不就不用喝药了吗?"

"不要,"韩也缩在被窝里摇了摇头,语气坚定地说,"你把药端走。"

于晚晚有些无奈地看了他一眼,沉默了片刻之后,将手里的药碗放回了床头柜上。

"好,那我先把药端走。"她放完药碗之后,转过头来,眨巴着一双大眼睛看着韩也问道,"那你告诉我,你要怎样才愿意喝药?"

韩也在高烧中,迷迷糊糊地看着眼前的于晚晚,觉得自己好像在做梦。

她脸上的笑容看起来很温暖,她的声音也软软的,很温柔。

人在生病的时候,是心理最脆弱的时候。韩也从小到大,生病发烧的时候都是自己一个人挨过来的,此刻于晚晚突然这么温柔地和他说话,便让他忍不住地想要撒起娇来。

"要亲亲……"韩也憋了半天,想着自己反正是在做梦,那干脆就想提什么要求提什么要求吧。

亲亲？

于晚晚看着他一脸可怜兮兮的样子，迟疑了一下，终究还是俯身上前，在他的额头上轻轻地吻了一下。

他额头的温度高得惊人。

于晚晚柔软的唇瓣在他的额头上轻吻了一下之后，便赶紧催促他道："好了，亲好了，快喝药吧。"

"还要抱抱……"韩也只觉得自己的额头上一凉，还没来得及感受她唇瓣的柔软，她便已经离开了。

于晚晚抿了抿嘴，看着躺在被窝里的韩也，只得张开双臂，连着被子一起，给他来了个熊抱。

一股专属于她的清甜气息瞬间将韩也包围起来。

虽然隔着一层棉被，但当他被于晚晚紧紧抱住的时候，心底里升起满满的安全感。

"可以了吗？"于晚晚抱完韩也之后，松开手，声音软软糯糯地朝他问道，"现在可以喝药了吗？"

"还要举高高……"韩也眨眨眼睛，迷迷糊糊地说道。

于晚晚一脸惊讶地看着躺在床上的韩也，怀疑自己的耳朵是不是听错了。

她的目光从床头扫到床尾，又从床尾扫到床头，即便是盖着被子，也掩盖不了韩也一米八多的身高！你确定你要我一个身高一米五五的可爱女孩子，把你举高高？

大概是于晚晚一直坐在那里没有动静，韩也忍不住委屈巴巴地朝着她问道："是不是不能举高高了？"

废话！显然不能啊！你以为你自己还是三岁的小孩子吗？

然而韩也眼睛里期盼的目光实在是太过显眼，那种目光就像是乖巧的小孩子对着自己信任的亲人，那充满了期待的样子，让人不忍心拒绝。

于晚晚咬了咬牙，伸手撸起自己的袖子，深吸一口气道："我尽力吧！"

说完这句话,她便一只手伸到韩也的脖颈后面搂住他,另一只手伸进被子里,从他的膝盖下面绕过去,以公主抱的姿势抱住他,然后吸气、用力。

帅哥,你真的好重啊!

于晚晚努力了半天,勉强把韩也在床上拖行了几厘米,却怎么也没办法把他举起来。

韩也也是目瞪口呆地看着努力想要把自己公主抱起来的于晚晚,虚弱地问道:"你、你干吗呢?"

"给你举高高啊……"于晚晚大口大口喘着粗气,朝着韩也回答道,"对不起,我已经尽力了,你这么重,我实在是举不起来……要不你等我再练两个月,我保证两个月以后能把你举高高……"

再练两个月?练两个月什么?

韩也满眼疑惑地看着她,还没来得及问出口,裹在他身上的被子滑落了,他顿时觉得全身上下都冷飕飕的。

"好冷!"韩也轻轻地念叨了一声,长臂一伸,将于晚晚和被子一起裹着又躺回了自己原来的位置上。

于晚晚还没反应过来,便觉得眼前一阵天旋地转,下一秒,她整个人已经被韩也隔着被子紧紧地搂住了。

"你,你干吗?!"于晚晚回过神来,便赶紧挣扎着要从韩也的怀里起来。

"别动。"韩也紧紧地搂着她,将自己的下巴搁在她白皙修长的脖颈间,声音低沉而沙哑地说道,"好暖和。"

他下巴处的皮肤跟他的额头一样有些炙热,而他开口说话的时候,滚烫的气息喷洒在她粉嫩的脸颊上,带着微微青涩的男人味,让她突然莫名地心跳加速。

原本剧烈挣扎的于晚晚在听到他的"好暖和"三个字时,动作一下子便停了下来。

韩也挨着她的脸颊,轻轻地蹭了蹭,满足地说道:"果然梦里的于晚晚好温柔,跟现实的于晚晚一点都不一样。"

于晚晚微微一怔，随口问道："现实里的我怎么了？"

"既不温柔，也不体贴，没有情调，不懂浪漫，关键还特别特别凶残，竟然还敢徒手抓蛇！"韩也的声音顿了顿又继续道，"而且现实里让你亲我，你也不会亲的。"

于晚晚听着某人的控诉，沉默了片刻之后，一个翻身从床上跳了下去。

"咦，你怎么跑了？"韩也只觉得自己怀里一空，他抬起头来，迷茫地看着站在床边的于晚晚，声音里满是委屈地问道。

"呵呵。"于晚晚干笑了一声，然后朝着韩也扬了扬下巴道，"亲也亲了，抱也抱了，举高高我也尽力了，现在可以乖乖喝药了吧？"

一听到于晚晚的这句话，韩也立刻裹着被子转过身去，背对着她说道："不要！"

想不到你一个一米八五的大男生，竟然会害怕喝药？！

于晚晚眯了眯眼睛，突然伸手猛地一拍床头柜。

韩也只听到身后砰的一声巨响，他吓得抖了一下，转头朝着于晚晚看了过去。

只见于晚晚双手叉腰，一脸凶巴巴地看着他道："给我喝药！再不喝药我就直接捏着你的鼻子给你灌下去！当初我怎么徒手掐蛇的，现在就怎么徒手捏你的鼻子！"

韩也在听到她的话之后，微微一怔，默默地注视着她。

于晚晚雄赳赳气昂昂地站在床边看着他。

房间里顿时一片寂静，他们两个人对峙着，突然韩也的眼眶变得有些微微泛红。

一看到韩也的眼眶红了，于晚晚顿时慌了起来。

不是吧，大哥，你这样子怎么看起来像是要哭了啊，她刚刚是不是凶得有点过分了？

就在于晚晚犹豫着要怎么开口安慰韩也的时候，某人竟然可怜兮兮地看着她，委屈地说道："果然梦里都是骗人的，那么温柔的于晚晚竟然维持了一分钟不到的时间,就变回原形了……"

变回原形?

于晚晚瞪大了眼睛看着他,心里的愧疚瞬间一扫而空。

你才变回原形呢,你以为我是妖怪啊,你怎么不说我被孙悟空打回原形了呢?

于晚晚没好气地瞪了他一眼,直接端起那碗药,递到韩也面前,凶巴巴道:"快喝药,少废话!"

韩也抿了抿嘴唇,努力撑着胳膊从床上坐了起来,然后迷迷糊糊地接过于晚晚手中的药,一仰头,全部喝了下去。

于晚晚端着药碗,正准备转身离开的时候,手腕突然被一只滚烫的手给握住了。她有些疑惑地转头看向躺在床上的某人。

"别走,"韩也半闭着眼睛,用几乎乞求的声音朝着她道,"别丢下我一个人。"

于晚晚一下子就愣住了。

躺在床上的韩也,明明脸色苍白,看起来虚弱得不行的样子,可是握住她手腕的那只手却格外地坚定执着。

大概是他生病的时候,从来都没有人陪伴过他吧,所以才会对自己这么依赖。

于晚晚的心瞬间便软了下来。

她原本是打算看着韩也喝完药之后就赶紧坐地铁回学校的,可是他现在这个样子,让她很不放心。

片刻的迟疑之后,于晚晚有些无奈地朝着韩也道:"好,我不走,你乖乖睡觉。"

"嗯。"韩也闭着眼睛,无意识地应了一声,然而握着她手腕的那只手却一点都没有放松。

于晚晚想了想,将手中的空碗放到了床头柜上,她在韩也的床边坐了下来,一双小手紧紧地反握住他的大手,放轻了声音低声道:"放心吧,我不走,在这儿陪着你呢。"

房间里的空气很温暖,外面的天色已经完全暗了下来,于晚晚轻柔而低缓的声音就像是一首催眠曲飘荡在韩也的耳边,莫名地让他放松了下来。

刚刚喝完药的身体暖暖的,一阵阵浓浓的睡意向他袭来,韩也闭着眼睛,很快地就陷入了沉睡中。

片刻之后,他握着于晚晚手腕的那只大手终于缓缓地松开了。

于晚晚顿时松了一口气,她将韩也露在被子外面的那只手重新放回被窝里,又给他掖好被子,这才站起身来,端着空碗朝着厨房走去。

都已经六点多了,她辛辛苦苦比赛了一下午,又急急忙忙地赶着来韩也家,肚子早就饿了,正好现在某人已经安心地睡着了,那她干脆去韩也家的冰箱里看看,有没有什么可以吃的东西。

然而当于晚晚看到空空如也的冰箱时,瞬间陷入了沉思。

嗯,很好,里面什么吃的都没有。

算了算了,还是点个外卖吧。这么一想,于晚晚立刻便将冰箱门关上,掏出手机来坐在客厅的桌子旁边,认认真真地开始挑选自己要的东西。

外卖小哥拎着一大袋东西站在韩也家门口的时候,已经是一个小时之后。

早已经饿得前胸贴后背的于晚晚在看到外卖小哥的那一瞬间,顿时两眼放光。外卖小哥刚走,她便拎着袋子直冲厨房。

十分钟后,当于晚晚捧着她刚刚煮好的泡面,坐在餐桌边上准备大快朵颐的时候,一个身影默默地站到了她面前。

于晚晚心里一惊,下意识地抬起头来,竟然看到韩也正站在自己面前,眼神古怪地打量着自己。

"你怎么会在我家里?"韩也蹙着眉,目光落在正准备吃泡面的于晚晚的身上。

泡面的香气一阵阵扑鼻而来,让他的肚子顿时忍不住咕咕叫起来。仔细回想一下的话,他好像还没有吃午饭呢,刚刚醒来的时候,发现外面早已经天黑了。

"嗯，这个怎么说呢……"于晚晚看着韩也已经稍微有了点血色的脸庞，斟酌了一下语句朝着他道，"沈凉雨用你的手机给我发了短信，告诉我你生病了，让我过来照顾你，然后我就来了。事情的经过大概就是这样的。"

沈凉雨让她来照顾自己？

韩也在听完她的解释之后，脸上的神色变得更加古怪了。

所以刚刚他做梦的时候梦到了于晚晚，是真的于晚晚来照顾自己了，而不是做梦？

"你怎么了？"于晚晚眼看着韩也刚刚恢复血色的脸颊又变得苍白起来，赶紧站起身来，一脸关切地看着他问道，"是不是又不舒服了？"

"没有……"韩也下意识地后退了一步，嘴唇微微动了动，半响，终于低声问道，"我睡着的时候，有没有说什么奇怪的话？"

这下子轮到于晚晚脸上的神色比较复杂了。

他们两个人就这么隔着一张餐桌，面对面沉默了半天之后，于晚晚终于深吸一口气，朝着他微微一笑道："你想听真话还是假话？"

"真话。"韩也白皙帅气的脸颊有些微微泛红，他依稀记得自己做梦的时候梦到了于晚晚，好像还跟她提了一些过分的要求，可是醒过来的时候又不记得自己说过什么。

"哦，真话就是我让你喝药，你不肯喝，嫌药苦。"于晚晚一脸认真的表情看着他道。

韩也在听到她的这个回答之后，瞬间松了一口气："没了？"

"还有，"于晚晚一双黑白分明的大眼睛直直地看着他道，"你说除非我给你亲亲、抱抱、举高高，否则你就不喝药。"

亲亲、抱抱、举高高？他竟然让于晚晚给他举高高？

韩也整个人一下子就僵住了，那双眼睛里写满了不可思议，他对于晚晚说："我真的这么说了？"

"嗯。"于晚晚用力地点了点头，继续说，"你还说我不温柔，说我没有情调，不懂浪漫，是一个敢徒手抓蛇的凶残女人。"

韩也的额头上瞬间冒出一堆冷汗来,他竟然还说过这种话!

气氛在这一瞬间变得有些尴尬起来。

"我……"韩也张了张嘴,想要开口解释点什么,却发现自己竟然不知道该说些什么才好。就在此时,他的肚子传来一阵咕噜噜的叫声,打破了这谜一般的沉默。

于晚晚有些无奈又好笑地看着他,挑了挑眉道:"饿了吧?"

"嗯。"韩也脸颊微红,不好意思地点了点头。

"吃吗?"她将自己面前的面碗朝着韩也那边推了推,顺便将手中的筷子递了过去,"这筷子我还没用呢。"

韩也迟疑了一下,最后还是接过她手中的筷子:"那你呢?你不吃吗?"

"我再去煮一包就是了。"于晚晚朝着他笑了笑,转身朝着冰箱的方向走了过去,"刚才点外卖的时候,除了泡面我还买了一些薯片、酸奶。对了,你要酸奶吗?"

"嗯。"韩也低低地应了一声。

于晚晚伸手打开冰箱,从里面拿出一盒酸奶,然后回到韩也面前,将酸奶递给他,说:"你先喝吧,我去再煮一包泡面。"

然而她的话音刚落,肚子里也传来了一阵咕噜噜的叫声。

这就有点尴尬了。

于晚晚红着脸,有些不好意思地朝着韩也笑了笑道:"刚刚等外卖小哥等了一个小时,嗯,等的时间有点长了。"

韩也坐在餐桌跟前,白皙修长的大手还抓着她刚刚递过来的酸奶,他盯着她看了一会儿之后,突然站起身来,走到橱柜旁边,拉开抽屉,从里面又拿了一双筷子出来,对她说道:"一起吃吧,吃完了你再去煮一包就是了。"

"哎?"于晚晚愣了一下,眼睛直直地看着韩也。

"还愣着干吗,坐下来吃啊。"韩也回到自己的位置上,朝着仍然站在原地发呆的于晚晚扬了扬下巴,顺手将另一双筷子塞进她的手里,"快点,不然再过会儿,面就泡烂了。"

"哦。"于晚晚茫然地点了点头,握着手里的筷子,在韩也对面坐了下来。

餐桌的正中央放着她刚刚煮好的、热气腾腾的泡面,一阵阵香味飘来,于晚晚只觉得自己的肚子叫得更厉害了。

"吃吧。"韩也抬头,淡淡地瞥了她一眼,然后便夹了一筷子面条,送到自己嘴里。

于晚晚迟疑了一下,终究还是抵挡不住泡面的诱惑,默默地也跟着吃了起来。

厨房里一下子安静下来,餐桌上方的水晶灯散发着柔和而温暖的光芒。韩也和于晚晚头抵着头,在暖橘色的灯光下,默默地吃着同一碗面。

眼看着那碗面就快要见底了,韩也和于晚晚一人夹了一筷子面条,吃着吃着,却突然发现在氤氲的热气中,他们两个人嘴里的面条似乎有一根是连在一起的!

韩也抬起头来,眼睛顺着那根面条看向于晚晚,她红润而小巧的嘴唇里正咬着面条的另一端。

就在他迟疑着要不要咬断这根面条的时候,坐在他对面的于晚晚却突然凑了过来,下一秒,她红润的唇瓣在离他只有两厘米的地方停了下来。

韩也的脸瞬间红得跟煮熟了的大虾一样,他目光有些窘迫地看着她,正准备往后躲的时候,于晚晚却突然朝着他嘿嘿一笑,然后咬断了嘴里的面条。

"最后一根面条是我的哦!"她一脸骄傲的表情朝着韩也炫耀,就像是得到了什么了不起的奖品一样。

韩也呆呆地看着她,脸红得更厉害了。

刚刚那一瞬间就好像时间停止了一样,他能够清晰地感觉到窗外有一阵微风吹过,深蓝色的天空中暗灰色的云朵在缓缓地移动;他的头顶上,水晶灯的光芒似乎更加耀眼了,那些光芒洒落在于晚晚的头上,将她脑袋上细小的绒毛染上了一片金黄色;客厅墙上的那面时钟,秒针好像停止了转动,时针和分针停留在七点五十三的位置上;她温热的呼吸喷洒在自己的脸颊上,那细微而酥麻的感觉,沿着他的血管直击心脏。

他的耳边一阵寂静,仿佛被人施了魔法,进入了真空的世界,只有心脏在胸腔里怦怦怦疯狂地跳动。直到她开口扬扬得意地朝着自己炫耀的时候,魔法才被解除,时间又开始流动。

"咦,你的脸怎么这么红?"于晚晚看着眼前韩也那张一直红到脖子根的俊秀脸庞,一脸惊讶地说,"难道又发烧了?"

她一边说着一边站起身来,眨眨眼睛,凑到韩也面前,额头贴着额头测量他的体温。

"退烧了啊。"于晚晚一脸迷茫地看着他,重新坐回到自己的位子上。

韩也胸腔里那颗疯狂跳动的心脏在她靠近自己的一刹那突然漏了一拍,下一秒,心跳得比刚才更厉害了。

"你到底怎么了,怎么不说话了?"于晚晚见他一直傻坐在那儿不说话,忍不住伸手在他的面前晃了晃道,"喂,喂,小也?!"

"你……你干吗突然离我那么近?!"韩也一双幽深的眼眸直直地瞪着于晚晚,声音里满满的都是窘迫,"你到底知不知道什么是矜持啊!"

矜持,矜持,又是矜持……

这家伙明明还没满十八岁,怎么就跟个老古董一样了!?

于晚晚听着他的话,忍不住翻了个白眼道:"我哪有离你近了,不就吃了你一根面条,顺便帮你量了一下体温吗?"

"那你可以用手帮我量啊。"韩也红着脸,说话磕磕巴巴的,"有……有必要离得那么近吗?"

"手量得不准啊。"于晚晚无奈地对他说,"我手可冰了,不信你摸。"

她说完这句话之后,便隔着餐桌去拉了一下韩也的手。

韩也立刻如同触电一般,将自己的手缩了回来:"别乱摸。"

于晚晚看着他慌张的样子,忍不住一脸促狭地朝着他说:"哦,现在要跟我保持距离了啊,刚刚也不知道是谁,非要我给他亲亲、抱抱、举高高。"

于晚晚说完这句话之后,餐厅里顿时一片寂静。

韩也虽然不确定自己说过这样的话,但还是忍不住想要挖个地洞钻进去。

他们两个人就这么静静地对视了几秒之后，最终还是于晚晚开口帮他解围道："你还吃吗？我没吃饱，我再去煮两包吧。"

　　"好。"韩也点点头，声音低低地道。

　　于晚晚动作飞快地将餐桌上的碗筷收拾掉，又把刚刚煮泡面的锅洗了一下，从冰箱里拿出两包新的泡面，转身去厨房了。

　　韩也就这么坐在餐桌旁，看着正在厨房里忙碌的于晚晚的背影，忍不住又回想起了刚刚那一幕。

　　那一瞬间，他差点就以为于晚晚要亲上来了，结果她只是为了抢根面而已。

　　不知道为什么，他的心里竟然有那么一点小小的失落。

　　难道他的潜意识里，其实是期待着她亲上来的？

　　韩也想着想着，又回想起了沈凉雨之前给自己做的那个心理测试。

　　如果他没有喜欢她的话，为什么会期待她亲自己呢？

　　可是，他又怎么会喜欢上于晚晚呢？

　　这家伙个子又矮，又暴力，虽然看起来一副人畜无害的样子，但在游戏里却用李白杀得他毫无还手之力。而且除了泡面和煎鸡蛋，别的什么菜都不会做，最多会用电饭煲煮个米饭。

　　要是他和她在一起的话，该不会未来的每一天都是他负责烧菜做饭吧？

　　等等，他怎么都开始思考在一起以后的事情了？

　　韩也默默地坐在餐桌旁边，一双乌黑深邃的眼睛目不转睛地盯着于晚晚的背影。不知道从什么时候开始，他的目光总是不自觉地落在她身上，他的心里也总是莫名其妙地牵挂着她。

　　十分钟后，他终于接受了这个现实——他是真的喜欢上于晚晚了。

　　"好了，泡面煮好了。"于晚晚煮好了泡面，一回头，就看到韩也正盯着自己。他一会儿皱眉，一会儿抿嘴，一会儿摇头，一会儿叹气。

　　她看着韩也，忍不住有些好笑地对他说："喂，泡面好了，快点来帮忙端一下啊，你还在那儿傻坐着干吗？"

"哦。"韩也回过神来,不慌不忙地站起身,走到于晚晚身边,伸手端起其中一碗泡面,然后有些别扭地说道,"辛苦了。"

于晚晚在听到他的这句话之后,眼睛里瞬间写满了问号。

等等,她没有听错吧?这个家伙竟然对她说"辛苦了"?

"看什么看?"大概是她不敢置信的目光太过明显,韩也扭过头,红着脸摆出一副目中无人的态度说道,"没看过帅哥啊?"

"看过。"于晚晚在听到他的这句话之后,终于觉得他正常了许多。

"看过?"韩也表情复杂地回过头来,幽深的眼眸直直地盯着她,挑了挑眉道,"你都看过哪些帅哥?长得比我还帅吗?"

"胡歌、王凯、杨洋、千玺、刘昊然……"于晚晚掰着手指头一个一个地将娱乐圈里的帅哥几乎数了个遍,"差不多就这些吧。怎么说呢,这些帅哥各有各的特色,有些跟你不是一个类型的,有些跟你不是一个年龄段的,不太好对比吧?"

韩也听着她的话,忍不住扯了扯嘴角,她竟然列举了一堆男明星?

于晚晚数完之后,便拿起筷子朝着韩也催促道:"快点吃吧,吃完了去洗个澡,然后回床上躺着,你现在还在生病呢。"

"哦。"韩也淡淡地应了一声,随手拿起筷子,一脸不在意的表情道,"没事,我已经好了。"

"这么快?"于晚晚有些惊讶地看着他。

"呵。"韩也勾起唇角,微微一笑,声音里满是炫耀道,"毕竟我年轻啊。"

你这意思就是在挤兑我老了?于晚晚挑了挑眉毛,看着韩也那一脸欠揍的表情。

倒是韩也,在说完那句话之后,突然觉得有些不太对劲。

他这样说,是不是有一种在暗示于晚晚已经老了的意思?虽然她确实是比自己大了一个小时,但区区一个小时而已,说起来他俩还是在同一个时辰里出生的呢。

"嗯,我的意思是,我身强力壮,就算是生病了也好得很快,绝对不是想要暗示你已经老了。"韩也纠结了一会儿,终于还是解释道。

于晚晚保持着尴尬而不失礼貌的微笑,看了韩也一眼说:"好的,我知道了,赶紧吃面吧。"

完了,这下子好像是真的解释不清了。

韩也僵在原地,看着于晚晚拿起筷子开始低头吃面了,半晌之后,默默地也开始埋头吃面。

只是这面刚吃了一半,外面的天空中突然传来一阵轰隆隆的雷声。

正在吃面的于晚晚在听到雷声之后抬起头来,一双黑白分明的大眼睛看着韩也,犹豫了一会儿开口问道:"你刚刚有没有听到什么声音?"

"嗯?"韩也看向于晚晚,侧耳听了一会儿之后,对她说,"外面好像打雷了。"

"都已经入秋了,怎么还打雷啊。"于晚晚赶紧放下手中的筷子,走到餐厅旁边的窗户跟前,看了一眼外面黑漆漆的夜空。

借着小区里微弱的灯光,她依稀可以看到天空中有黑灰色的乌云在缓缓滚动。

下一秒,一道闪电瞬间照亮了整个夜空,也照亮了天上黑漆漆的云朵。紧接着,就是更加震耳欲聋的雷声传了过来。几秒钟后,豆大的雨点开始噼里啪啦地落下来,打在窗台上、玻璃上、树枝上,发出沙沙的响声。

"糟了,下雨了。"于晚晚有些焦急地看着窗外的瓢泼大雨,她今天出门没有带伞。

"下雨就下雨呗。"韩也走到窗前,看了一眼站在自己身边的于晚晚。

"可是我没有带伞啊。"于晚晚看着外面哗啦啦的大雨,急得忍不住跺了一下脚道,"从你家到地铁站入口还要走好长一段路呢,坐地铁到了学校门口,也要走好长一段路才能回到宿舍……"

"没事的,我家有伞。"韩也安慰她道,"你可以拿去用。"

"真的?"于晚晚瞬间眼睛一亮。

"嗯。"韩也点了点头,有些无奈地看着她道,"现在可以继续安心地吃面了？"

"嗯！"于晚晚顿时松了一口气，她走回餐桌边上，拿起筷子，安心地吃起面来。

等到他们两个人都吃完了面，于晚晚收拾好了桌子，又赶韩也去洗澡之后，外面的雨还在下。

于晚晚转头看了一眼客厅里的时钟，这会儿已经九点多了，她坐地铁回学校估计已经十点多了，要走的话就要趁现在赶紧走，再晚的话宿舍就要关门。

想到这里，于晚晚赶紧收拾了一下自己的书包，打算等韩也洗完澡出来之后就让他把雨伞拿给自己。

然而她左等右等，又过了差不多二十分钟，韩也才打开卫生间的门，一边用浴巾擦着自己头发上的水珠，一边走了出来。

于晚晚立刻冲到韩也面前，眼里满是期盼地看着他道："你终于洗好了！"

"你干吗？"韩也见于晚晚突然一脸热切地冲过来，吓得手一抖，浴巾差点掉地上，"怎么了？"

"快，把你家的伞找出来给我。"于晚晚催促他，"已经九点半了，从这儿坐地铁回去要将近一个小时，再不走，我就要赶不上宿舍的门禁了。"

"哦。"韩也应了一声，脑袋上顶着那条大浴巾，走到客厅的入户柜跟前，伸手打开柜门，目光在里面扫了一圈之后，忍不住皱着眉头道，"咦，伞呢？我记得之前这里面有一把雨伞的啊。"

于晚晚眼巴巴地看着他，在听到他的这句话之后，忍不住问道："什么意思，伞找不到了吗？"

"不是，我再找找。"韩也关上入户柜的柜门，转而打开旁边柜子的抽屉道，"我记得我妈之前都喜欢把雨伞放在这里的啊。夏天的时候，家里明明有好几把伞的，怎么这会儿都找不到了呢？"

"不是吧，你再找找！"于晚晚转头看了一眼窗外越下越大的雨，忍不住凑到韩也旁边，帮他看了一眼抽屉里面的东西道，"这里面没有伞呀，你再好好想想。"

"一般来说,伞都是放在门口的啊。"韩也伸手扯了扯自己还有些微湿的头发,疑惑地说道,"怎么不见了呢?"

"那怎么办?"于晚晚有些绝望地道,"那你家有雨衣吗?"

"显然没有。"韩也扯了扯嘴角,一双秀气的眉毛紧紧皱起,思考了一会儿,突然一拍手道,"要不我给你外卖点个雨伞送过来?"

"哈?"于晚晚一脸震惊地看着韩也,"还有这种操作?"

"你刚刚不是买了泡面和一堆零食吗?"韩也认真地说,"所以超市外卖里不是应该也有雨伞卖吗?"

"对哦!"于晚晚这才回过神来,她赶紧从自己的口袋里掏出手机,点开外卖的APP,飞快地找了一家离这里比较近的超市,然后买了一把雨伞。

下单完成之后,于晚晚抬起头来,满脸笑意地看着韩也夸奖他:"想不到你还挺聪明的!"

"呵,你这话的意思就是说我在你心里一直都是很蠢的?"韩也朝着她挑了挑眉,有些不满地问道。

"没有,没有,怎么可能。"于晚晚吐了吐舌头,一边说着一边拿出手机刷新了一下,"让我看看外卖小哥什么时候能把伞送过来⋯⋯一小时二十分钟以后送达是什么情况?"

"怎么了?"韩也凑到于晚晚跟前,低头看了一眼她手中的手机屏幕。

果然,屏幕上显示着外卖小哥正在朝着商家赶去,预计送达时间是一小时二十分钟之后。

韩也看完了屏幕之后,又看向于晚晚,声音里带着一丝迟疑,问道:"一小时二十分钟,你还来得及赶回学校吗?"

"显然来不及啊!"于晚晚有些抓狂,"照外卖小哥的这个速度,等他把雨伞送过来,地铁都要停运了!"

于晚晚抓着手机,用力地咬了咬自己的嘴唇,末了,一狠心道:"算了,我还是直接冲出去吧,大不了回宿舍以后洗个热水澡!"

她说完这句话,抓起自己的书包就打算朝外面冲。

韩也皱了皱眉,一把握住她的手腕,将她拽了回来道:"你疯了吗?外面下那么大的雨,你这样直接回去会生病的。"

"可是我快来不及了啊。"于晚晚一脸懊恼的神情说,"早知道今天上午出门的时候就不该嫌雨伞重,把它从包里拿出来了。"

"要不……"韩也目光落在了她白皙粉嫩的脸颊上,声音顿了顿,然后脸颊微红地说道,"要不你今晚住我家吧?"

于晚晚抬起头来,震惊地看着他。

"反正你明天上午还要过来给我补课。"韩也有些不好意思地挪开视线,眼睛看着地面,轻声说道,"这会儿外面又下了这么大的雨,你要是回不去的话,就住在我家算了。我爸妈不在家,我可以睡他们的房间,你就睡我的房间吧。"

"这样,不太好吧……"于晚晚回过神来,看着韩也道,"我爸妈要是知道我独自一人住在一个男生家里的话,会打死我的。"

"阿姨有那么凶吗?"韩也有些不相信地看着她。

"真的,比你想象的要凶多了。"于晚晚认真地点点头。

"嗯,那我打个电话跟她说一下吧。"韩也一边说着一边拿出自己的手机,找到于晚晚妈妈的号码拨了出去。

第 8 章

今晚住我家

等等,你怎么会有我妈妈的手机号码?

于晚晚目瞪口呆地看着韩也,正准备开口问他的时候,电话那边已经被接了起来。

"喂,阿姨你好,我是韩也。"电话刚一接通,韩也便面带微笑,十分有礼貌地喊了一声,只是因为发烧的缘故,声音听起来还是略微有些沙哑。

"哦哦,是小也啊,你好你好。"于妈妈的声音从电话里面传了出来,嗓门大到一旁的于晚晚都能听到,"你声音怎么了,听起来好像有点不太对啊。"

"没什么,就是有点感冒发烧。"韩也一边说着一边伸手捂住嘴巴,适当地咳了两声。

"怎么这么不小心生病了呢,吃药了没呀,有没有去医院看看?"于妈妈顿时担心地问道,"你爸爸妈妈是不是又不在家呀?真是的,连个照顾你的人都没有,你等着,我这就打电话给晚晚,让她去看看你。"

"不用了,阿姨。"韩也赶忙打断她的话道,"晚晚在我旁边呢,下午的时候我同学帮我发了个短信给她,她已经过来了。"

"哦,那就好,那就好。"于妈妈一颗吊着的心终于放了下来,"有晚晚在你旁边,阿姨就放心了。"

"但是阿姨,现在有个问题……"韩也说着说着,眼睛看向站在自己身边的于晚晚,"南京下大暴雨了,晚晚没有带伞,我家也没有雨伞,外卖送伞要一个半小时以后,那个时候她就赶不上回学校的地铁了。"

他的声音顿了顿,然后缓缓地说道:"所以我跟她说,让她今天晚上先住在我家,反正明天上午也要过来给我补课,这样就省得来回跑了。阿姨你放心,我住我爸妈的房间,晚晚住我的房间,我绝对不会打扰她的。"

"咳咳,这个啊,其实打扰一下也没有什么的。"于妈妈在听完韩也的话之后,声音里有止不住的笑意。

"啊?"韩也微微一怔。

"哦,没什么,没什么,如果实在回不去了的话,就先住你那儿吧,只要不麻烦到你就行。"于妈妈笑眯眯地回答道。

"好。"韩也十分认真地点了点头道,"但是晚晚她害怕你和叔叔会骂她,所以我特地打个电话跟你们说明一下。"

"没事,没事,都这么大的人了,这么点儿事她自己决定就好了。"于妈妈笑着问韩也,"对了,晚晚在你身边是吧,能让她接个电话吗?"

"好。"韩也应了一声之后,将自己的手机递给晚晚,"阿姨要跟你说话。"

于晚晚保持着刚才的状态,一脸茫然地接过韩也的手机,放到自己的耳边。

"晚晚啊!"于妈妈满是兴奋的声音立刻从电话那边传了过来,"恭喜你啊!你要好好把握这个机会啊!"

"什么?"于晚晚扯了扯自己的嘴角,瞪大了眼睛问道。

"刚刚小也不是跟我说,你今天晚上要住在他家里吗?"于妈妈压低了嗓音说,"好好把握这个机会啊,小也不错的,这孩子长得又帅又有前途,你现在不好好把握,指不定以后就被别人抢走了。"

"妈,你在说什么呢?"于晚晚有些无奈。

"啧,你这孩子,是不是学习学傻了?"于妈妈瞬间开始了念叨模式,"以前我就觉得奇怪,上初中的时候,你们班同学都开始早恋了,你在那儿背数学公式;高中的时候,人家都偷偷摸摸地牵小手、亲小嘴了,你还在那儿背数学公式;现在大学了,开学都两个月了,你倒是一点要恋爱的消息都没有。现在好不容易有小也这么帅又有礼貌的男孩子出现,你要好好把握知道吗?你说说你,其实咱们家对面的李信哥哥也不错,可你偏偏就……"

"妈,我求你了,你别再唠叨这个了好不好?"于晚晚只觉得自己的耳朵听得都快要生老茧了,她忍不住翻了个白眼,朝着电话那边说道,"好了,好了,我知道了。妈,时间不早了,你赶紧休息去吧,我先挂电话了啊。"

"不是,哎,等等,虽然妈妈让你好好把握机会,但是一定不要做出格的事啊!"于妈妈趁着于晚晚的电话挂断之前,赶紧扯着嗓子朝着她大声喊了一句。

于晚晚听着手机听筒里传出来的大分贝声音,手忙脚乱地按下了挂断键,然后转头看了一眼站在自己身边的韩也。

韩也用迷茫的表情看着她,声音里带着一丝疑惑:"阿姨刚刚说什么?"

"没什么,没什么,我、我妈让我不要给你找麻烦,呵呵。"于晚晚有些尴尬地笑了笑,然后将他的手机还给了他。

"哦。"韩也接回自己的手机,眨眨眼睛,对于晚晚说道,"这下放心了吗?"

我怎么觉得更不放心了呢?于晚晚无奈地叹了一口气,没有说话。

另一边,于晚晚的妈妈刚刚挂掉电话,闻声而来的于爸爸便推开房门朝着自己的老婆问道:"怎么了,刚刚是谁的电话,你在吼什么呢?"

于妈妈不慌不忙地将手机收起来,瞥了一眼自己的老公,扑哧笑一声道:"你这老家伙耳朵倒挺灵的,我在房间里打电话,你在客厅里都能听到啊?"

"废话,你吼那么大声,我估计咱家前后左右的邻居都能听到!"于爸爸一脸严肃地看着她道,"快说,到底给谁打电话,难道是咱们家晚晚?"

"得了吧,还晚晚呢,她一天到晚就知道背数学公式,背英语单词,她要是能有一个男朋友,我都要谢天谢地了!"于妈妈面不改色心不跳地对自己的老公胡诌。

于爸爸白了老婆一眼:"我跟你说,咱家晚晚上大学期间绝对不能谈恋爱,得等毕业以后工作稳定了再谈!"

"工作稳定以后再谈,还谈什么谈啊?"于妈妈一听这话顿时火冒三丈,"人家优秀的小伙子早在上学的时候就被抢走了,工作之后还算优秀的都被领导盯着呢,还能轮到咱家晚晚?我看你就是死脑筋,等以后晚晚找不到对象的时候,你就高兴了。"

于爸爸皱了皱眉头,仔细琢磨了一下,发觉自己老婆说得似乎有点道理,但他嘴上还是坚持道:"反正大学期间要好好学习,不能因为谈恋爱而分心。"

"那也得先有恋爱可谈。"于妈妈没好气地道,"你女儿那不开窍的脑袋瓜就是遗传的你,智商高,情商低。唉!怎么办呢,也不知道晚晚什么时候能带个男朋友回来。"

于爸爸翻了个白眼,直接背着双手走出了房间。

好在于晚晚下午比赛结束之后,在体育馆的淋浴房里简单地冲了一下,换了一身干净衣服,免去了晚上在韩也家洗澡的尴尬。

倒是韩也十分体贴地给她翻箱倒柜拿出了新的浴巾、毛巾、牙刷、杯子,跟献宝一样抱到她面前道:"这些全部都给你用,以后你要是偶尔住在我家的话,也可以继续用。"

"谢谢啊。"于晚晚有些尴尬地接过韩也怀里那一大堆东西,盯着他看了一会儿之后问道,"你还不去睡觉吗?时间不早了,你还生着病呢,早点休息吧。"

"好。"韩也点点头,伸手指了指自己父母房间的房门,"要是有什么事情的话,可以直接过去找我。"

"嗯!"于晚晚点点头,抱着那堆东西去洗脸刷牙了。

等到她洗漱完毕回到韩也的房间时,竟然意外地看到床上放着一套干净的睡衣。

她伸手拿过那套睡衣,打开看了一眼,忍不住扑哧一声笑了出来。

这明显就是韩也的睡衣,看起来好像是新的,不过上衣十分宽大,她都可以直接当睡裙穿了。

于晚晚将那套睡衣的上衣放在自己跟前比画了一下,想了想,还是换上了。

关了灯躺在韩也柔软的大床上,于晚晚只觉得一阵阵浓烈的困意袭来。下午的比赛实在是太累了,晚上又饿了好久才吃到晚饭,这会儿她的脑袋刚一碰到枕头,眼睛便忍不住地要合起来了。

睡到三更半夜的时候,于晚晚只觉得身边的床垫稍稍地沉了一下,枕边传来一阵窸窸窣窣的响声,接着便什么动静都没有了。因为实在是太累太困了,于晚晚的眼睛努力睁了两下,还没彻底睁开便又睡过去了。

这一晚,她做了一个奇怪的梦。

她梦到韩也变成了一只可爱的白色小狗,蜷缩着身子趴在她身边,他毛茸茸的小狗脑袋枕在她的肚子上,圆乎乎的,软乎乎的。

她忍不住在小狗的脑袋上摸来摸去,看着他乖巧的模样,便将他紧紧地抱在怀里,用力地亲着。

啊,好可爱,好可爱!

韩也原本睡得正熟,突然感觉到身边有人将自己紧紧地搂在怀里,勒得他快要喘不过气了。

紧接着下一秒,一个又一个温热而柔软的吻不停地落在他的脸颊上。

怎么回事?

韩也紧紧地皱着一双眉头,缓缓地睁开眼睛。

梦里的于晚晚正抱着小狗亲个不停的时候,一道低沉而恼火的声音突然在她耳边响了起来:"于晚晚你够了啊!赶紧放开我!"

咦?她的小狗竟然开口说话了?!

于晚晚微微一怔,迷迷糊糊地睁开眼睛,一张俊秀而满是恼怒的脸正近在咫尺。

她盯着那张帅气的脸庞看了五秒钟之后,所有的睡意瞬间被吓得无影无踪。

"韩也?"于晚晚立刻一个翻身从床上坐了起来,双手抱紧了自己身上的被子,飞快地往后面退了几步道,"你你你,你怎么会在我的床上?"

"什么你的床啊,这是我的床好不好?"韩也那张白皙俊秀的脸颊上满满的都是红晕,"大清早的,你抱着我的脸一个劲儿地瞎亲什么?"

"什么?"于晚晚整个人瞬间便蒙了。

她动作僵硬地环顾了一下四周的环境,在确定了这是韩也的房间之后,忍不住扯了扯嘴角道:"这是你的房间确实没错,但是昨天晚上你不是睡在你父母的房间里了吗?怎么又跑回来了?"

韩也愣了一下,这才想起来,昨天晚上他留于晚晚住在自己家里的时候,好像确实是这么分配房间的。

看到于晚晚有些恐惧的表情,韩也伸手挠了挠自己的脑袋,抱着枕头说:"我也不知道自己怎么就回到自己的房间了,大概是夜里上厕所的时候,下意识地就回自己的房间了吧。"

于晚晚一脸难以置信的表情看着他,红润的唇瓣微微动了动,但没有说话。

"我进错了房间,确实是我的不对,但你……"韩也红着一张脸,目光落在于晚晚精致小巧的唇瓣上道,"你干吗睡得好好的,突然抱着我的脑袋一阵猛亲啊!"

有吗?她有抱着韩也的脑袋一阵猛亲吗?她明明是在亲自己睡梦里的那只小白狗好不好!

等等……于晚晚突然瞪大了眼睛看着韩也道:"难道我梦里的那只小白狗就是你?"

"一大清早的,你说谁是狗呢?!"韩也挑了挑眉,一双幽深的眼眸用力地瞪着于晚晚问道。

"没什么……"于晚晚赶紧闭上嘴巴,再仔细回想了一下。

梦里确实有只小白狗,没错啊。那只小白狗还把脑袋放到她的肚子上来着,然后她还用力地撸了一把那只小白狗的头……

想到这里,于晚晚忍不住低头看了一眼自己的双手。

嗯,很好,她的指缝里还有几根黑色柔软的发丝,从这长短来看,应该是韩也的头发没错了。

"这个,不好意思啊……"于晚晚跪坐在韩也柔软的大床上,一双胳膊撑着床面,十分诚恳地对他道歉道,"我晚上做梦的时候,梦到了一只小白狗,超可爱超可爱的那种,我就忍不住摸了摸小狗的脑袋,顺便还抱着它亲了几口,我也没想到我抱的是你的脑袋啊……"

韩也眯了眯眼睛,目光盯着于晚晚那张白皙粉嫩的小脸,一时之间竟然不知道该说些什么才好。

她明显是一副刚刚睡醒的模样,一头乌黑的长发有些凌乱地散落在肩膀上,额前的刘海朝着四面八方肆意地飞扬着,她的眼神看起来迷迷糊糊的,一张红润可爱的小嘴巴微微嘟起——刚刚在自己脸上到处乱亲的就是这张红润的小嘴。

韩也看着看着,脸上的红晕顿时更加明显了,他赶紧将自己的视线从于晚晚的嘴巴上挪开,只是他的目光顺着她精致的下巴,沿着她白皙修长的脖颈一路往下挪去的时候,一个不小心竟然停在了她身上穿着的那件睡衣的领口处。

她身上的这件睡衣是他的,只是她穿在身上明显大了许多,连带着领口看起来都大了许多。

从他这个角度,依稀可以看到领口里面若隐若现的景色。

韩也羞红了脸,赶紧将目光从她的领口处挪开,却又依依不舍地扫了回去。

"韩也,你流鼻血了……"于晚晚眼睁睁地看着韩也坐在自己对面露出一脸愤怒的神色,只是下一秒,一缕殷红的鼻血从他鼻子里缓缓地流了下来。

完了，完了，韩也竟然被自己气得流鼻血了！

于晚晚赶紧从床上跳了下去，光着脚飞快地跑到客厅里，连着抽了好几张面巾纸，又飞快地跑回来，一把堵住韩也的鼻子道："快，快把头仰起来！"

韩也满脸通红地用面巾纸堵住鼻子，抬起头来，缓缓地下床朝着卫生间走去。于晚晚赶紧跟在他身后。

韩也转过头去，仰着脑袋，看见于晚晚后有些恼怒道："走开，别跟着我。"

"可是你……"于晚晚伸手指了指他的鼻子，还想再说些什么的时候，韩也已经飞快地进了卫生间，并且用力地关上了门。

卫生间里，韩也随手将堵着自己鼻子的那几张面巾纸团成一团扔进了纸篓里，然后打开水龙头，伸手接了一捧凉水扑在自己的脸上。

他就这么扑了好几下冷水之后，这才双手撑在水池上，抬头看向镜子里的自己。

一颗又一颗晶莹剔透的水珠顺着他的脸庞缓缓地滴落下来，他额前的刘海被冷水打湿，有些凌乱地贴在额头上。镜子里的他依然是满脸的红晕，只是鼻血已经被止住了。

为什么自从遇到了于晚晚之后，他就这么容易脸红呢？

难道喜欢一个人就会不自觉地脸红吗？

那于晚晚喜欢他吗？她在自己面前似乎很少脸红啊。

韩也有些烦闷地看着镜子里的自己，脑袋里乱七八糟的，也不知道自己在想什么。就在他伸手拿起洗漱台上的杯子打算刷牙的时候，卫生间外面响起了于晚晚的敲门声："韩也，韩也，你没事吧？鼻血止住了吗？对不起啊！我不是故意说你是狗的，真的就是因为我做了一个梦……"

他的动作微微一顿，目光朝着卫生间的大门方向看了过去。

大门的磨砂玻璃外，隐隐约约透着一个小巧的人影，而那个人影还在不停地敲着门道："你别生气了，你现在还在生病感冒呢，一生气就容易怒火攻心，一旦怒火攻心就容易气血回流，轻者流点鼻血，重者走火入魔。"

韩也听着她的话觉得哭笑不得，心说这家伙在乱讲什么呢，他会流鼻血，明明是因为……

完了，完了，自从他意识到自己喜欢于晚晚之后，竟然怎么看怎么觉得她可爱了，这可怎么办啊！

然而现在，除了他的学习成绩，还有一个更加严峻的问题出现在他的眼前，那就是于晚晚会不会喜欢他呢？

吃过早饭，韩也正准备去书房看书做题目的时候，袖子突然被于晚晚给拽住了。

他有些疑惑地回头看了她一眼，随口问道："怎么了？"

"你有充电器吗？"于晚晚朝着他挥了挥手里的手机道，"我的手机没电了。"

"有。"韩也点点头，转身进了自己的房间，翻出一个充电器来递给于晚晚道，"这个你看看能不能用。"

于晚晚接过他手中的充电器，拿到电源插座旁边试了一下，抬起头来朝着他比了一个"OK"的姿势道："可以用，谢谢啦！"

"不客气。"韩也笑了笑，随口应了一声，转身便朝着书房走去。

他刚走了两步，就听到于晚晚才开机的手机响起了一阵阵悦耳的铃声。他的脚步微微顿了顿，竖起了耳朵，听到于晚晚接了电话说道："喂，二晴！"

因为隔得有点远了，所以他听不清楚电话那边在说什么，只听到于晚晚的声音顿了顿，然后有些无奈地道："什么呀，昨天晚上不是给你们发了信息说我不回宿舍了吗？我现在？我在韩也家给他补课啊。没有，不是你们想的那样。你们脑子里面一天到晚都在想什么呢？嗯，是，昨天晚上是睡在他家的……睡在韩也的房间啊……你尖叫什么！韩也睡在他爸妈的房间好不好！根本就不是你们想的那样！我不和你们说了，你们这群变态！色情狂！"

于晚晚一开始讲电话的语气还算正常，只是越到后面越激动，最后干脆朝着手机怒吼了一声，接着直接挂断了。

韩也退了几步，回到餐厅，看了一眼于晚晚，状似不经意地开口问道："你怎么了？"

于晚晚握着自己的手机，抬起头来，看了他一眼，然后深吸一口气，努力让自己平静下来："没什么，就是，我的舍友可能有点误会了。"

"误会什么？"韩也眨眨眼睛，继续问道。

"还能误会什么，误会咱们两个谈恋爱呗。"于晚晚撇了撇嘴道，"真不知道她们脑子里面怎么想，难道一个男生和一个女生在一起，两个人就只能谈恋爱，不能有纯洁的友谊吗？"

韩也沉默了片刻之后，声音中带着一丝试探与不确定问道："那你觉得咱们两个之间的关系，是纯洁的友谊吗？"

"当然不是了！"于晚晚抬起头来，一双黑白分明的大眼睛直直地看着他。

韩也眼睛一亮，心里瞬间升起一抹小小的雀跃。

"咱们两个，明明是浓浓的师生情和姐弟之间的亲情啊！"于晚晚一拍桌子站起身来，气势汹汹地朝着韩也大声喊道，"这可是比纯洁的友谊还要伟大的感情！"

"哦。"韩也的眼神瞬间黯淡下来。

算了，看这个情形，她应该是不喜欢自己了。韩也觉得自己的心里满是挫败感。

"咦，你刚刚不是说你要去看书做题目了吗？"于晚晚看着依然站在原地没有动弹的韩也，忍不住开口问道，"你怎么还站在这儿呢？"

"我这就去……"韩也无精打采地应了一声，拖着沉重的步伐朝着书房走了过去。

于晚晚看着韩也的背影，对他的反应一头雾水。不知道为什么，她竟然从他的背影里读出了一丝落寞、颓废。

意识到于晚晚并不喜欢自己的韩也，在周日的晚上失眠了。

这是他人生中第一次对一个女孩子动心，第一次喜欢一个女孩子，第一次接近一个女孩子，然而让他郁闷的是他喜欢的这个女生竟然不喜欢他。

韩也躺在自己软软的大床上，抱着被子翻来覆去、辗转反侧。

他的枕头上似乎还残留着于晚晚身上的香气，那若有似无的香味如同看不见的丝线，一丝丝、一缕缕地萦绕在他周围，让他更加难以入睡了。

周一的早上，韩也拖着两个大黑眼圈去了学校。

已经早早到达教室的沈凉雨在看到韩也迈进教室的一瞬间，立刻朝着他挥了挥手，喊了一声道："也哥，早啊！你今儿怎么又来得这么早？"

"早……"韩也无精打采地应了一声，走到沈凉雨身边，拉开自己的椅子，坐了下来。

"也哥，你感冒好了吗？还发烧吗？我给你发信息，你怎么不回我呢？"沈凉雨一看到他坐下来，立刻便凑上去关心韩也的情况。

"好了，不发烧，没看手机。"韩也有气无力地回道。

沈凉雨听着他的回答，看着他的样子，忍不住伸手摸了一把他的额头道："看你这样子不像是病好了啊。"

韩也转头默默地看了他一眼，又默默地转回头去。

沈凉雨认认真真仔仔细细地看着韩也，举起手指随便乱掐了一通，神秘兮兮地说道："根据我的掐算，我们家也哥应该是已经发现自己喜欢上于晚晚了，但不确定于晚晚是不是同样喜欢自己，对不对？"

韩也轻轻地叹了一口气，懒得搭理沈凉雨。

沈凉雨愣了一下，将自己的脑袋搁在韩也的书桌上，从下往上地看着他："不是吧，也哥，难道你跟于晚晚表白了，然后被她拒绝了？你这浑身上下都散发着'我失恋了'的怨气啊！"

"没有，怎么可能。"韩也终于开口，心情复杂地朝着沈凉雨说了一句。

"那你这么颓废干吗？"沈凉雨直起身子来，一只手撑着自己的下巴，另一只手拍了拍韩也的肩膀说，"人家既然没有拒绝你，那就代表你还有希望啊。"

"有什么希望？"韩也瞥了沈凉雨一眼，终究还是沉不住气了，"我在她心里，不过是一个弟弟般的存在罢了。"

"也哥，你竟然真的喜欢于晚晚啊！"沈凉雨震惊得两颗眼珠子都快从眼眶里掉出来了,"我就这么随便说说而已,你你你……"

韩也看着沈凉雨的眼神里瞬间闪过一丝冰冷的光芒。

沈凉雨赶紧闭上自己的嘴巴,安静了几秒钟之后,又小心翼翼地戳了戳韩也的胳膊道:"也哥,你真的喜欢那个……的女生啊?"

韩也眯了眯眼睛,总觉得沈凉雨省略掉的那几个字应该是"徒手抓蛇"。

"咱们学校那么多美貌的小女生你看不上,怎么就偏偏看上她了呢?"沈凉雨忍不住连连叹气,半晌,终于接受了这个事实,"算了,算了,大概也只有她那样特别的女生,才能收服你这样特别的男生吧!"

"你找打吗?"韩也对沈凉雨威胁道。

沈凉雨立刻伸手捂住自己的嘴,用力地摇了摇头。

韩也没好气地白了他一眼,懒得理他了。

"不过,也哥,我倒是觉得,你可以好好利用她把你当弟弟的这个心理,慢慢接近她。"沈凉雨压低了声音道,"追女孩子最忌讳的就是一上来就直接表白,告诉对方'我喜欢你',这不是上赶着被拒绝吗?"

"什么意思?"韩也微微蹙眉,看向他问道。

"有一句话说得好,随风潜入夜,润物细无声。"沈凉雨一套一套地说,"你要像春雨一样,缓缓地渗进她的生活中,一点一点地影响她,等到她习惯你的存在之后,咱们才可以进行下一步。"

韩也听着他的话,琢磨了片刻道:"你有办法?"

"那当然,我那么多《心理医生》杂志毕竟不是白看的!"沈凉雨一拍胸口道。

"呵,然而你连恋爱都没有谈过。"

"那又怎么了,没有恋爱经验的人就不能给困扰在爱情里的人支招儿了?照你这么说,没得过癌症的医生还不能给癌症病人开刀了?"

韩也听着他的话,竟然莫名地觉得有几分道理。

"那我现在应该怎么做?"韩也沉吟了片刻之后问道。

"首先,你没事的时候就拿一些比较难的题目去问于晚晚该怎么做,这样一方面你可以顺便和她聊聊天,另一方面又显得你比较勤奋好学!"沈凉雨的眼睛转了转,给韩也出了个主意。

"嗯,"韩也认真地听着,点了点头,接着便掏出手机点开信息,一边发短信一边道,"那我先来发个短信。"

"发什么短信啊,发微信!"沈凉雨一把按住他的手机,满眼无奈地看着他道,"短信有什么意思,微信你还能看看她的朋友圈,顺便给她点个赞。"

"可是我……"韩也的声音顿了顿,然后继续道,"我没有她的微信啊。"

片刻的安静之后,沈凉雨忍不住有些抓狂:"你俩都认识这么长时间了,难道互相之间连个微信都没有加吗?你连人家微信都没有,你还想追女生?接下来你该不会还要问我,要怎么样才能加到于晚晚的微信吧?"

韩也:"不用了,这个我会自己问。"

沈凉雨被韩也的回答弄得无话可说。

自从韩也加上于晚晚的微信之后,他没事就发几道题目问问她,问完了题目再顺便聊聊晚上吃了些什么、明天又有什么课、下次月考大概是什么时间之类的话题。

两个人的联系频率也从一星期两三次,渐渐变成了每天晚上睡觉之前都要聊几句。

就这么到了十一月中旬,天气已经变得很冷了,然而依然要每天早上五点半起床的韩也一下子就觉得日子过得有些痛苦。被窝明明那么暖和,他却不能多睡一会儿。

韩也卷着被子躺在自己的大床上,翻来覆去痛苦地挣扎了好一会儿,终于伸手从枕头下面摸出手机,发了一条微信给于晚晚:"好冷啊,不想起床。"

才过了几秒钟,他的微信提示音便响了起来,是于晚晚回复了他。

只不过她回复的却是一张照片,看起来应该是刚刚拍摄的。

照片里是一片灰蒙蒙的天空,还有一棵长在路边的枫树,树叶火红,看起来如同一团烈火在熊熊燃烧。

于晚晚发完那张照片之后,又回了一句:"我已经在去图书馆的路上了。"

这家伙竟然起得这么早！

韩也在看到于晚晚的这句话之后，立刻回复了一句："我现在就起床。"回完了这条微信之后，他便将手机一扔，一个翻身跳下了床。

而被某人扔在床上的手机的屏幕上继续跳出来于晚晚的回复："哈哈哈，乖。"

洗漱完毕，换好衣服，韩也拿起手机又发了一条微信给于晚晚道："我要去学校了，再见。"

韩也发完这条信息，刚准备将手机放下来，于晚晚的信息又进来了："对了，这周日我不能给你补课了。"

这周日不能补课了？为什么啊？那他岂不是要再过一个星期才能见到她？

韩也有些失落地看着手机上面于晚晚的回复，下意识地就发了一条微信问她："为什么？"

"这周日我要去参加最后的决赛啦。"于晚晚发了一个双手叉腰哈哈大笑的表情给他道，"所以不能来给你补课哦。等决赛结束之后，下周六和周日两天，我都可以给你补课。"

韩也看着她的这行话，发了一串省略号给她，最终只得无奈道："好吧，加油。"

"嗯嗯！"于晚晚发了一个很可爱的小熊表情包，然后又催促他，"赶紧去上学吧，别看手机了，不然过会儿要迟到了。"

"好。"韩也在心里轻轻地叹了一口气，回完于晚晚的信息之后，便将手机揣进兜里，出门去学校了。

白天高强度的学习结束之后，晚上高三的学生还要继续上晚自习到十点。

沈凉雨将所有的作业都写完之后，便忍不住用胳膊捣了捣韩也道："也哥，最近跟鱼丸姐发展得怎么样了，你俩养成天天聊天的好习惯了吗？"

韩也看了沈凉雨一眼，声音不紧不慢道："勉强算是吧……"

"我算了一下，从你俩加微信开始到现在，差不多也有一个月的时间了，理论上来说，她已经习惯了你的存在。"沈凉雨压低了声音继续道，"现在，咱们就要将这个感情来进一步地升华一下。"

"升华？"韩也忍不住微微蹙起眉头，满眼疑惑地看着他。

"你看，既然鱼丸姐愿意每天跟你聊天了，那就说明她并不抗拒和你说话。一个女生不抗拒跟你说话，那你就已经成功了三分之一。"沈凉雨头头是道地分析道，"接下来，咱们就要进行下一步，让她不抗拒和你接触。"

"什么意思？"

"这个意思就是说，等到这周日鱼丸姐来给你补课的时候，你可以不经意间碰触一下她的手背，或者额头，或者脸颊之类的地方，动作不要太明显，要假装是不经意的那样，如果她对你的碰触也不表示抗拒的话，那说明你已经成功了三分之二。"沈凉雨一脸兴奋的表情对他说，"完成了这一步，你离胜利就不远了！"

"哦。"韩也淡淡地点了点头，转过头去，长长地叹了一口气道，"可是她这周日没时间来给我补课。"

"为什么啊？"沈凉雨一脸茫然地看着他。

"她好像要去参加什么决赛吧。"韩也无奈地道，"没时间过来。"

"什么比赛啊？"沈凉雨追问道。

韩也思考了片刻，然后摇摇头道："我也不知道。"

"啧，你怎么能不知道呢，你一天到晚跟鱼丸姐在微信上聊天都聊什么啊。鱼丸姐参加这个什么比赛也有一个多月了吧，你怎么到现在还不知道她比赛的是什么啊？"沈凉雨一脸恨铁不成钢的表情看着他。

"好了，好了，还写什么试卷啊，给你十分钟的时间弄清楚鱼丸姐在哪儿参加比赛，什么时候比赛，比赛的项目是什么！"沈凉雨直接伸手将韩也面前的试卷全部拿走，"她说不能来给你补课了，难道你就不能去给她比赛加油吗？到时候咱们带束花去，给她一个惊喜。"

韩也用一脸一言难尽的表情看着他道："这，好像不是我的风格。"

"什么风格不风格的，能追到鱼丸姐就是好风格。"沈凉雨直接瞪了他一眼，"平时送花还得找个借口，而且搞不好还会被拒绝，但是她去参加比赛，你去送花,那妥妥的没问题啊。又能增加好感度,又不会被拒绝,简直就是十全十美的计划!"

韩也点了点头,默默地掏出手机给于晚晚发微信。

沈凉雨双手抱胸,忍不住长长地叹了一口气。习惯了被女生追的韩也追起女生来简直就跟白痴一样!真是皇帝不急太监急啊!

十分钟后,韩也放下手机,朝着沈凉雨比了一个"OK"的手势道:"搞定了,星期天下午两点,在河西奥体参加决赛,但是比赛项目她没说,只说她要参加的项目比较多。"

"项目比较多?"沈凉雨皱着眉头一琢磨道,"还是在奥体中心?该不会是参加什么奥林匹克数学竞赛或者物理竞赛吧?毕竟鱼丸姐是个学霸啊。"

"嗯,有可能……"韩也想了想,也跟着点了点头。

"得了!那咱们就周日下午去给鱼丸姐加油吧!"沈凉雨一拍韩也的肩膀,笑眯眯地说,"我带你刷好感度。"

韩也沉默了片刻之后,突然眯起眼睛看着沈凉雨道:"你该不会把我跟于晚晚当成了一个现实版恋爱养成游戏吧?"

"怎……怎么可能,我是那种人吗?"沈凉雨脸上的表情一下子就变得有些尴尬起来,他缩回自己搭在韩也肩膀上的手,顺便将韩也的试卷全部还回去,"呵呵,也哥,继续做题,继续做题,我就不打扰你了。"

周日,气温虽然还是有点低,但是好在阳光明媚,冬日的阳光穿过凛冽的空气洒在身上,带来一丝暖意。

韩也怀里抱着准备送给于晚晚的花束,和沈凉雨两个人按着于晚晚给的地址,七拐八绕地找到奥体中心的比赛场馆。

只是当他们两个人站在比赛场馆的大门前,抬头看着门上的电子屏幕时,不禁同时愣住了。

那电子屏幕上黑底红字,滚动着"第二十八届全国武术大赛江苏赛区总决赛"几个大字。

全国武术大赛江苏赛区？

沈凉雨盯着电子屏幕上的字看了半天之后，迟疑着转过头来问韩也："也哥，你、你确定是这里吗？"

韩也目瞪口呆地转过头去看着沈凉雨，嘴唇张了张，声音里带着一丝迟疑道："我……不确定……"

"赶紧打电话给鱼丸姐啊！"沈凉雨一脸崩溃地说，"万一咱俩跑错地方了，那不就尴尬了，你还刷什么好感度啊！"

韩也抿了抿嘴唇，将怀里的花束塞给沈凉雨，然后掏出手机来，找到于晚晚的号码拨了出去。

电话里面嘟嘟地响了好几声之后，那边才接起来，只是话筒里的背景音听起来有些嘈杂，连带着于晚晚的声音都有些听不太清楚。

"喂，于晚晚。"韩也皱着一双好看的眉毛朝着电话那边开口问道，"你在哪儿呢？"

"就在我发给你的那个场馆里啊。"于晚晚的声音断断续续地从电话那边传了过来，"你等下啊，这边人有点多，我到门外去跟你说……"

韩也皱了皱眉，还没来得及开口回她，场馆的玻璃门里便出现了于晚晚的身影。

于晚晚显然也看到了场馆门外的他们，隔着玻璃门，她开心地朝着他和沈凉雨招了招手，然后挂掉电话，跑了出来。

韩也看着站在自己面前的于晚晚，她穿着一身白色镶黑边的武术服，腰上系着一条长长的束带，那条束带随着她的跑动而清逸地飘动着。

她的头发在头顶扎成了一个丸子头，同样用黑色的束带绑住，看起来利落又干净。

而她那张白皙粉嫩的小脸上，一双黑白分明的大眼睛正满是笑意地看着他们问道："你们两个怎么来得这么早啊？"

韩也张了张嘴，看着眼前的于晚晚，一时间竟然不知道该说些什么才好。

还是沈凉雨先反应过来，他将怀里的花束送到于晚晚面前，一脸谄媚道：

"晚晚姐,这是也哥亲手为你挑选的鲜花,祝你比赛旗开得胜!"

"哇,谢谢!"于晚晚看着眼前满满一大捧娇艳欲滴的玫瑰花,顿时露出一脸灿烂的笑容,"这还是我人生中第一次收到玫瑰花呢!"

"哈哈哈哈,晚晚姐,你喜欢就好,喜欢就好!"沈凉雨一边哈哈大笑着,一边偷偷地用胳膊顶了顶韩也,然后不停地用眼神朝着他暗示:说话啊,哥,你倒是说话啊!

"咳,那个……"韩也回过神来,看向于晚晚,唇瓣微微动了动,沉声说道,"你……到底是来参加什么比赛的啊?"

"喏,上面不是写了吗?"于晚晚抱着玫瑰花,转头朝着身后的电子屏幕扬了扬下巴,"全国武术大赛江苏赛区总决赛啊。"

"晚晚姐,你是来参加武术大赛的?"沈凉雨不敢置信地看着于晚晚道,"你真的不是来参加什么奥林匹克数学竞赛之类的?"

"嘿嘿嘿,"于晚晚有些不好意思地朝着他俩笑了笑道,"是啊。"

"那你为什么不早点告诉我们呢?"沈凉雨满眼不解地看着于晚晚道,"你要是早点告诉我们的话,我们也好……"

我们也好有个心理准备啊。

沈凉雨忍不住在心里默默地吐槽,怪不得她敢徒手抓蟑螂、徒手抓蛇呢!她都来参加全国武术大赛了,她还有什么是不敢的!这要是搁古代,不就是去参加武林大会了吗!

"我这也是第一次参加这种比赛,心里没底,万一第一场就输了,那多没面子啊。"于晚晚腼腆地笑了笑道,"我也没想到自己能一路走到总决赛啊。"

"呵呵,晚晚姐,你对自己要有信心,毕竟你是……"沈凉雨说着说着,声音突然就没有了。

好险,他刚刚差一点就把心里想的话给说出来了!

"啊?"于晚晚满眼疑惑地看着他,"毕竟我是什么?"

"那个,毕竟你是学霸啊!"沈凉雨语气极其生硬地转了个弯,朝着于晚晚竖起了大拇指,夸赞道,"学习好,体育好,武术也好,你这绝对是德智体美劳全面发展的好学生!"

"哪有,哪有,净瞎说。"于晚晚被沈凉雨夸得嘴巴都合不拢了。

倒是韩也,盯着于晚晚看了一会儿之后,突然开口道:"就你这么矮,还能参加武术大赛?"

他的话音刚落,周围的空气立刻便安静了。

于晚晚的笑声戛然而止,她抬起头来,瞪了韩也一眼,声音清脆地反驳道:"干吗,武术大赛又不限制身高。"

"那你参加什么项目啊?"韩也扯了扯嘴角,看着于晚晚那瘦弱的小身板挖苦道,"螳螂拳还是虎拳啊,你该不会是来打太极拳的吧?"

也哥,你会不会说话啊!沈凉雨站在韩也身边,听着他说的这些话,震惊得眼睛都快要掉出来了。

先不说你对着自己喜欢的女孩子说这种话合不合适,就算你对着一个普通的朋友,也不能这么说啊!再说了,人家都已经晋级到江苏赛区的总决赛了,你就不怕一言不合被她打到进医院?

于晚晚闭了闭眼睛,努力压抑住自己想要把怀里的花砸到韩也脸上的冲动,微微一笑道:"不,我不是来打太极拳的,我参加的项目是棍术、刀术、剑术。"

这可都是凶器啊!

沈凉雨听到于晚晚的话,下意识地拽着韩也的胳膊往后退了一步。

于晚晚有些好笑地看着沈凉雨道:"你怕什么,我又不会打你。"

"不是,我不是害怕。"沈凉雨摇摇头,一本正经地看着于晚晚道,"我只是听说习武之人一般在比赛前夕都会聚精会神、凝结内力,江湖人称聚气。我这不是怕我跟也哥离你太近,破坏你的气场嘛,呵呵。"

于晚晚听着他满嘴跑火车,顿时笑得更灿烂了。她笑了一会儿又忍不住摇了摇头道:"好啦,快进来吧,别在门口傻站着了,就差你们了。"

就差我们了?什么意思?

沈凉雨转过头来,疑惑地朝着韩也看了过去。韩也没有听明白于晚晚这句话的意思。然而，等到他们两个人走进比赛场馆，看到坐在观众席上的那堆人之后，瞬间便明白了这句话的意思。

因为武术大赛相比其他的体育竞技项目来说并不是很热门，所以观众席上三三两两地分布着的那些观众，基本上都是前来呐喊助威的选手的父母亲戚或者朋友。

于晚晚带着他们两个人朝着前面几排走的时候，韩也已经隔着座位远远地看到了她们宿舍的另外三个人以及于爸爸、于妈妈，还有另外一个从未见过的陌生男子。

等到他们走近了，于晚晚笑眯眯地指着自己宿舍的三个人，对韩也介绍道："我来给你介绍一下，这位是唐又晴，这位是薛薇薇，这位是丁梦凡。"

韩也看着她们三个人礼貌地笑了笑，沈凉雨则是直接笑得露出了十六颗牙。

唐又晴、薛薇薇还有丁梦凡在看到韩也和沈凉雨之后，立刻站起身来，一脸激动地看着他俩道："鱼丸，你先别说，让我们来猜一下！这个，这个！这个个子好高的大帅哥一定就是韩也弟弟，对不对？对不对？"

于晚晚哭笑不得地看着她们道："你们控制一下自己的表情好吗？口水都快要流出来了。"

"哪有！"唐又晴竟然真的伸手在自己的嘴角边擦了一下，然后白了于晚晚一眼道，"净瞎说！"

于晚晚扑哧一声笑了出来，指着韩也道："这个就是你们心心念念的韩也，他旁边的这位是他同学沈凉雨，他爸爸就是咱们系的沈教授。"

她们宿舍的三个人赶紧十分有礼貌地和沈凉雨打了个招呼。

介绍完了自己宿舍的人，于晚晚又指了指自己的父母，朝着他俩道："这是我爸妈。"

"阿姨好，叔叔好。"韩也和沈凉雨赶紧十分有礼貌地打招呼。

于妈妈笑眯眯地朝着他们挥了挥手道："小也，好久不见啦！"

于爸爸则是一脸淡然地朝着他俩点了点头。

最后，于晚晚指着坐在自己爸爸身边的那个陌生男子介绍道："这位是住在我家对面的李信哥哥，他是清华大学的学生，这次是特地来看我比赛给我加油的！"

李信？韩也在听到这个名字之后，忍不住微微皱眉。

眼前的男子穿着一件白衬衫，衬衫外面套着一件米白色的休闲毛衣，他的眉眼清秀，唇边带笑，看起来颇有一种谦谦君子的感觉。

这就是那个在 QQ 上跟于晚晚说"乖"的男生？

"你好。"李信站起身来，朝着韩也伸出手，笑着点了点头。

"你好。"韩也声音低沉地应了一声，伸出手去，握住了李信的手。

两个人的手互相握住的那一瞬间，目光也在半空中交会，电光火石之间便已经确定了彼此敌对的身份。

"这位就是晚晚辅导的那个学生吧？"李信和韩也握完手之后，转过头去，面带微笑地朝着于爸爸问道。

"嗯，他就是韩也，现在上高三。"于爸爸冷淡地点了点头。

"哦，成绩怎么样啊？听晚晚说你的目标是考南大？"李信微微一笑，看着韩也开口问道。

"还可以。"韩也不动声色地回答道。

倒是于妈妈在听到他俩的对话之后，忍不住笑了出来："哎哟，这会儿聊什么学习成绩啊？马上晚晚就要开始比赛了，你们倒是赶紧找个地方坐下来啊。"

她说完这句话之后，朝着韩也招了招手道："来来来，小也，坐阿姨身边来。"

"好。"韩也朝着于妈妈腼腆地笑了笑，走到她身边。

于晚晚宿舍的那三只赶紧朝旁边挪了挪，空出两个位置给韩也和沈凉雨。

韩也挨着于妈妈坐下来之后，沈凉雨也挨着韩也坐了下来。

见他们几个在观众席上坐好了，于晚晚这才笑眯眯地朝着他们道："那你们先在这儿坐会儿，我去准备比赛了。"

"好，快去吧。"于妈妈朝着她挥了挥手。

韩也刚坐下就被于妈妈拉着热情地嘘寒问暖，从早饭吃什么到晚自习几点下课，于妈妈把所有能问的都问了一遍之后，这才凑在韩也跟前小声道："小也啊，等晚晚比赛结束之后，咱们一起去吃个晚饭吧，你今天晚上要上晚自习吗？"

"今天晚上……可以不用去的。"韩也微微迟疑了一下，然后回答道。

"那行，咱们晚上一起吃饭。我跟你说，你可得看好晚晚，不然的话……"于妈妈的这句话还没说完，坐在她另一边的于爸爸便大声咳了几下，用力地清了清嗓子。

于妈妈回头看了一眼自己的老公，然后朝着韩也继续道："我跟你说，其实……"

"咳咳！嗯——咳嗯——"于爸爸清嗓子的声音更大了。

于妈妈没好气地回头白了他一眼道："你干吗啊，嗓子不好你吃个含片，你在这儿使劲咳个什么劲儿？"

"我嗓子疼。"于爸爸伸手捏了捏自己的喉咙，一脸淡然地说。

于妈妈再次使劲地白了他一眼，懒得理他。

就在他们几个说话的时候，场馆里的广播声突然响了起来，比赛开始了。

武术大赛的比赛项目有很多，其中长拳、太极拳、南拳以及其他拳术在上午已经比赛过了，所以下午的比赛主要是枪术、剑术、刀术、棍术以及其他器械的比赛。

第一场总决赛是枪术比赛，参加决赛的运动员一共八人，因为于晚晚并没有报名参加枪术比赛，所以韩也他们几个坐在观众席上，十分平静地看完了枪术比赛。

在看枪术比赛的过程中，韩也大致上弄懂了比赛的规则。

他原本以为这种武术比赛会像电视上那些古装剧里的武林大会一样，两两上场，互相对打，打赢了的那个人就算是晋级。

然而实际看下来之后，他发现这种比赛就跟体操比赛差不多，选手上场完成一套动作,然后由裁判根据动作质量、演练水平以及难度来打分,最后得分最高、排名第一的那位选手就是该项目的总冠军。

枪术比赛结束之后就是剑术比赛。

于晚晚是第三个出场的选手。她一出场,韩也的目光便落在了她的身上无法挪开。

她穿着一身白色的武术服,手里拿着一柄长剑,威风凛凛、神采飞扬地走到比赛场地中间,接着并步站立,左手持剑,曲臂抬剑,剑身贴前臂横于胸前,右掌附于左手食指根节,与胸齐平,气宇轩昂地朝众人行了个礼。

观众席上响起一阵稀稀落落的掌声,韩也跟着众人一起鼓了掌之后,便忍不住屏住气息看着她。

于晚晚行完礼之后,深吸一口气,上场先是一个难度超高的空中转体,接着又是连续的空中翻转加横叉落地。一时间,比赛场地上银光乍起,如月光照耀大地。

观众们在她的每一个动作完成之后都忍不住连连惊呼,紧接着便是一阵又一阵激烈的掌声,跟她刚刚上场的时候形成了鲜明的对比。

沈凉雨看着比赛场地上衣袂翻飞的于晚晚,心中忍不住一阵阵后怕。

这位姐姐的武术功底竟然这么厉害!

幸好当初她没有跟他们计较,否则的话估计她能把那条小蛇当软剑用,到时候就可以杀人于无形了。

沈凉雨这么想着,忍不住用力地咽了一下口水,他转头看向坐在自己身边的韩也,却发现韩也那双乌黑深邃的眼眸中竟然闪烁着激动而炽热的光芒,那种感觉就好像是看见了自己崇拜多年的偶像一般。

完了,完了,韩也该不会是彻底沦陷了吧?

于晚晚的一套剑术表演结束之后,毫无悬念地以最高分获得冠军。

于妈妈一边激动地鼓掌,一边转头对韩也说道:"看到没有,看到没有,我家晚晚厉不厉害?"

韩也下意识地点点头,目光却始终不曾从于晚晚的身上挪开。

一直以来,他都觉得于晚晚是娇小、柔弱、需要被人保护的,虽然偶尔有点粗线条,但最多是个胆大又可爱的女孩子。

可是直到现在,他才发现,原来她也是帅气、潇洒、桀骜不驯的,当她威风凛凛地站在比赛场地上,眼底里闪烁着自信又耀眼的光芒时,他的心就像是落入了无边大海一样,无可救药地沉沦了。

"啊啊啊!鱼丸你好棒!"

"啊——鱼丸宝宝最厉害!"

"鱼丸,鱼丸,我爱你,就像老鼠爱大米!"

坐在沈凉雨身边的唐又晴、薛薇薇、丁梦凡三个人,在看到晚晚的分数之后忍不住一个个站起来,扯着嗓子朝着她大声尖叫起来。

沈凉雨忍不住扯了扯嘴角,伸出两只手堵住自己的耳朵,看了一眼正在自己身边大声吼叫的那个女生。他还没来得及开口说话,唐又晴便转过头来,一脸兴奋地看着沈凉雨问道:"怎么样,我们家鱼丸宝宝是不是天下最厉害的?"

"嗯,是。"沈凉雨迟疑地点了点头,下一秒,唐又晴便拽着他的双手,将他从座位上拖了起来,然后松开一只手,放在自己的嘴边大声喊道:"来来来,快来跟我们一起呐喊!啊啊啊!鱼丸,鱼丸,我爱你!"

沈凉雨惊恐地看着她,目光忍不住落在她握着自己的另一只手上。那只手又白又细,握起来软软的,就好像没有骨头一样。

他还没来得及细细品味,唐又晴已经松开了握住他的手,转而将双手都放在嘴边,大声喊着:"啊啊啊,鱼丸,你好棒啊!"

沈凉雨抿了抿嘴,默默地收回自己的手。

后面的刀术比赛和棍术比赛,于晚晚也都以最高分获得冠军。

等到棍术比赛的颁奖仪式结束之后,于晚晚怀里捧着三座奖杯,跑到观众席上朝着他们欢快地道:"我的比赛都结束了!"

"鱼丸,你真是棒棒哒!"丁梦凡忍不住上前给了于晚晚一个大大的拥抱,"你简直就是我们宿舍的骄傲!"

"嘿嘿嘿。"于晚晚不好意思地笑了笑。

一直坐在于爸爸身边没怎么说话的李信,此时不慌不忙地走到于晚晚跟前,十分体贴地接过她怀里的三座奖杯,朝着她笑了笑道:"恭喜恭喜啊,快去换衣服吧,晚上大家一起吃饭,给你庆祝一下。"

"好!"于晚晚点点头,转身正准备走的时候,又像是想起了什么一般,朝着韩也道,"对了,小也,你今天晚上是不是还有晚自习啊?"

"嗯。"韩也收回盯着李信的目光,转而看向于晚晚,微微一笑道,"不过我刚刚已经跟我们老师请过假了,所以晚上可以去给你庆祝。"

"哈哈,那就好。"于晚晚顿时放心了。

"庆祝完了,要是还有时间的话,你还可以顺便帮我补个课。"

"好,如果时间充裕的话,我就帮你补课。"于晚晚想了想,点头应了下来。

韩也听着她的话,眼中闪烁着浅浅的笑意,他朝着于晚晚声音低沉地催促道:"好了,快去换衣服吧。"

于晚晚应了一声,又跟自己的爸妈说了一声,便跑回更衣室去了。

他们就在奥体附近找了一家吃淮扬菜的饭店,要了一个包间。

饭店布置得十分典雅,小桥流水,亭台楼阁,颇有江南风情。

等到所有人都坐下之后,于妈妈一脸热情地朝着大家问道:"你们想喝什么,阿姨去给你们买。"

她的话音刚落,李信和韩也同时站起来道:"我去买吧,阿姨您坐着。"

"我去吧,阿姨您歇会儿。"

"啊?"于妈妈一脸茫然地看着他俩,目光转过来又转过去,轻声说道,"这一个人去买就行了吧。"

"没事儿,要不我跟韩也一起去吧。"李信笑了笑,目光朝着自己对面的韩也看了一眼,又朝着在座的众人问道,"你们都想喝什么?"

"可乐!""椰汁!""橙汁!"

一时间,众口纷纭。

李信将各人要喝的饮料都记住之后,这才朝着韩也扬了扬下巴,微微一笑道:"走吧,咱们一起买饮料去。"

韩也默默地看了他一眼,迟疑了一下,终究还是和他一起出去了。

饭店旁边就有一家小超市,各种饮料一应俱全。

李信将之前他们要的那些饮料全部拿齐了之后,一转头,却发现一直跟在自己身后的韩也竟然没了踪影。

咦?人呢?他结完账,出了小超市的门才发现,韩也竟然在隔壁的奶茶店门口等着买奶茶。

李信拎着满满一袋饮料,有些好笑地走到韩也身后,随口问道:"你要喝奶茶?"

韩也转头,看了他一眼,声音淡淡道:"不是,我给晚晚买的。"

扑哧一声,李信直接笑了出来道:"难道你不知道,晚晚是不喝奶茶的吗?"

韩也微微皱了皱眉,看着他没有说话。

李信忍不住摇了摇头道:"从小到大,她就只喜欢喝矿泉水,不喜欢喝饮料,你连这个都不知道,还想追她?"

"谁说我要追她了?"韩也没好气地白了他一眼道。

"难道不是吗?"李信微微一笑,手里拎着饮料袋,身子斜倚在奶茶店门口的墙上看着韩也,声音不紧不慢地说,"不过我倒是很欣赏你的勇气。"

"你什么意思?"韩也皱着眉头,有些不耐烦地看着他。

"你们两个之间的差距这么大,你竟然还有追她的勇气。"李信的眼眸中闪烁着清澈的光芒,直视着韩也,一字一顿道,"我听叔叔说,在找晚晚补课之前,你每一门功课都不及格?"

"高三的学生还是把心思都用在功课上吧,少用在谈情说爱、风花雪月上。更何况你还比晚晚小,你难道不知道晚晚最不能接受的就是姐弟恋吗?所以,不管从哪一个方面来说,你都不会是她喜欢的类型。"李信说完这些话之后,眼神中带着同情看着韩也,然后朝着他扬了扬下巴道,"你的奶茶好了。"

韩也回过神来,这才发现站在他身后的奶茶店店员已经拿着做好的奶茶举了好久。

"谢谢。"韩也接过奶茶,紧紧地攥在手心里。

掌心里微烫的温度带来一丝丝暖意,然而那点暖意却怎么也到达不了他的心里。

于晚晚最不能接受的就是姐弟恋?真的吗?

眼看着韩也不说话了,李信无奈地叹了一口气,拎着手中的饮料一边转身朝着饭店的方向走,一边低声道:"走吧,那杯奶茶,你还是留着自己喝吧。"

韩也一双秀气的眉毛紧紧蹙起,看着自己手中的那杯奶茶,忍不住握紧了掌心。

他们两个人就这么一前一后地回到了包间里,李信依次将众人要的饮料全部发完之后,手里拿着一瓶矿泉水走到于晚晚跟前,满眼笑意地递给她道:"晚晚,你的水。"

"谢谢哥哥。"于晚晚笑眯眯地接过李信手中的矿泉水,轻声道谢。

于妈妈眼看着李信发完了饮料却没有给韩也,便忍不住有些奇怪地开口道:"咦,小也不喝饮料吗?"

李信微微一怔,目光朝着跟在自己身后的韩也看了过去,唇瓣微微动了动,然后不慌不忙道:"哦,他说他要喝奶茶。"

韩也的唇角勉强勾起一抹笑容,看了一眼于妈妈,举着自己手里的奶茶晃了晃道:"嗯,我买了奶茶。"

"哦,那好吧,你们这些小孩子啊,就是喜欢喝这些甜到不行的东西。"于妈妈摇了摇头,语气里带着一丝嫌弃,然后又朝着韩也招了招手笑着道,"来来,小也,坐我旁边来。"

韩也愣了一下,看着于晚晚和于妈妈中间空下来的那个位置,迟疑了一下,终究还是走了过去。

李信盯着韩也看了一会儿,然后走到于爸爸身边坐了下来。

待到所有人都坐定之后,于妈妈举起手里的杯子,笑眯眯地站起来道:"来来来,今天咱们一起庆祝我们家晚晚获得全国武术大赛江苏赛区,那个,剑术、刀术、棍术三个项目的冠军！"

"耶——恭喜晚晚！"

"晚晚好棒！"

"鱼丸棒棒哒！"

在座的众人立刻举起手中的杯子，站了起来，异口同声地朝着于晚晚恭喜。

于晚晚满脸笑意地看着他们，一边说着"谢谢"，一边喝了一口杯子里的水。

韩也闷声不响地站在于晚晚身边，看着她神采飞扬的样子，又想起了刚刚李信跟自己说的那些话，他抿了抿嘴唇，举着手里的奶茶，默默地喝了一口。

碰杯过后，于妈妈便忙着招呼于晚晚的舍友们多吃一点，顺便又给沈凉雨夹了个菜，夸了下他长得帅，这才重新坐了下来。

于爸爸和李信随意地聊着最近的国家大事以及未来的经济走向，两个人时不时地碰一下杯子，看起来很是和谐。

只有韩也一个人情绪低落地坐在座位上，手里拿着筷子，夹了点吃的送进嘴里，却又感觉食不知味。

于晚晚原本还在和自己的舍友聊天，只是聊着聊着突然感觉自己旁边的某人好像不太对劲，便转过头来，用胳膊轻轻地顶了顶韩也道："喂，你今天怎么不说话了？"

"哪有。"韩也抬起头来，朝着于晚晚勉强笑了一下，声音淡淡地回答。

"真的有啊。"于晚晚十分认真地看着他道，"平时你虽然也不怎么爱说话，但会时不时地损我几句，怎么今天连损都不损我了？"

她眨眨眼睛，说完这句话之后，又像是想起了什么一般，忍不住笑道："哦哦哦，我知道了，你是不是下午看过了我的比赛，发现了我的真正实力，然后一下子就害怕了？你是不是怕自己打不过我呀？"

韩也忍不住翻了个白眼："我会打不过你？就你这小身板，我随随便便就能压死你了好吗。"

"那你干吗闷闷不乐的？"于晚晚说着说着，余光突然瞥到韩也面前的那杯奶茶。

她朝着韩也嘟了嘟嘴，一脸不高兴地看着他道："自己去买奶茶，也不知道给我带一杯，你这人怎么一点绅士风度都没有。"

"谁说我没有绅士风度了，我本来……"韩也张了张嘴，原本想说"这奶茶我本来就是给你买的"，可是话到了嘴边又咽了下去。

"本来什么？"于晚晚瞥了他一眼，一只白皙纤细的小手直接拿过韩也面前的那杯奶茶，送到自己嘴边用力地吸了一大口，"哇，这种大冷天，果然还是喝热乎乎的奶茶比较舒服。"

她说完这句话之后，便将自己面前的那瓶矿泉水推到了韩也面前："咱俩换一下吧。"

韩也一脸无奈地看着她道："那奶茶我刚刚已经喝过了。"

"没事，你又没有传染病，我不嫌弃你。"于晚晚一边说着一边又用力吸了一大口。

韩也沉默了两秒之后，小声道："那我嫌弃你，可以吗？"

"不可以！"于晚晚白了他一眼，直接将那瓶矿泉水塞到了韩也的手里道，"你不是说你有绅士风度吗？你有绅士风度，那你就跟我换啊。"

韩也攥着手里的那瓶矿泉水，唇瓣动了动，满眼委屈地说："可是我不爱喝矿泉水啊。"

更何况这瓶矿泉水还是那个叫李信的家伙买的！

"喝矿泉水有益于身心健康，一个成年人可以三天不吃饭，但不能三天不喝水。"于晚晚信誓旦旦地对韩也道，"我这是为了你好。"

第 9 章

你在看雪，我在看你

韩也哭笑不得地看着于晚晚道："说来说去，你就是想喝我的奶茶。"

于晚晚嘿嘿一笑，朝着他做了个鬼脸道："那你就说给不给吧？"

"给，给你还不行吗？"韩也看着她脸上的笑容，忍不住也跟着笑了一下，这才觉得自己心里好受了一些。

原本正在和于爸爸讨论国家大事的李信在不经意间转头，看到于晚晚手里捧着韩也买的那杯奶茶喝得不亦乐乎的时候，整个人都愣住了。

一旁的韩也正满脸嫌弃地拿着他特地买给于晚晚的爱心矿泉水。

这是怎么回事？

"这眼看着中美就要开始打贸易战了，我感觉未来几年，这个国内形势啊，不好说……小信，你觉得呢？"于爸爸端起自己面前的茶水，慢条斯理地呷了一口之后，转头朝着坐在自己身边的李信问道。

然而李信的目光满是震惊地落在于晚晚身上。

"小信，小信？"于爸爸见他不说话了，便又喊了他几声，眼睛顺着他目光的方向看了过去，奇怪道，"你在看什么呢？"

"哦，没什么。"李信回过神来，有些不好意思地朝着于爸爸笑了笑道，"我记得晚晚从小到大一直只喝矿泉水的，什么时候开始喜欢喝奶茶了呢？"

"嗨，谁知道她啊。"于爸爸瞥了一眼于晚晚，摇了摇头道，"那玩意儿甜不拉叽的，也不知道有什么好喝的。"

李信抿了抿嘴唇，又默默地看了一眼于晚晚，没有说话。

这一顿庆祝晚宴吃完之后，已经快九点了。

时间这么晚，于晚晚是肯定不能去帮韩也补课了，于爸爸和于妈妈也要回酒店休息，第二天一大早还要开车回Z市。

他们一群人站在饭店门口互相道别之后，便由李信送于爸爸和于妈妈回酒店休息，韩也和沈凉雨一起送于晚晚和她们宿舍的人去地铁站。

十一月底的南京，天气已经很冷了。一阵寒风吹过，于晚晚忍不住缩了缩脖子，打了个寒战。

韩也走在她身边，看了她一眼，有些不满地责怪她："你就不能多穿点衣服吗？这么冷的天，你就穿了件薄薄的大衣，你看看你们宿舍的其他人都穿羽绒服了。"

"她们怕冷，我不怕。"于晚晚双手插在大衣的兜里，回头看了一眼十分自觉地离他们十米远的舍友们，硬着头皮道，"毕竟我是习武之人，身、身强……阿嚏！"

韩也扯了扯嘴角，用无话可说的表情看着她。

"看，看什么看？"于晚晚吸了吸鼻子，朝着韩也凶巴巴地道，"这种时候，你不是应该发挥绅士风度，把自己的外套脱下来给我穿吗？"

"那万一我感冒了怎么办？"韩也挑了挑眉，十分欠揍地说。

于晚晚盯着他看了一会儿，忍不住摇了摇头。

完了，完了，这娃儿绝对是没有希望找到女朋友了。

然而她脑海里的念头刚刚浮现出来，一件带着体温的外套便直接落在了她的身上。

于晚晚微微一怔，转过头去，就看到韩也的脸颊上浮现出两抹浅浅的红晕。他瞪了她一眼，语气里满是嫌弃地道："看什么看，我这是绅士风度。"

于晚晚直接失声笑了出来道："从没见过这么凶巴巴的绅士。"

"哼。"韩也转过头去，看着马路上来来往往的车辆，脸一直红到了耳朵根。

说实话，他的外套是真的暖和，而且因为他个子高，这外套长得几乎能把她整个人都裹住。

只是……

于晚晚看着脱了外套之后，里面只穿着一件薄毛衣的韩也，迟疑了一下，还是伸手戳了戳他的胳膊，将外套脱了下来递给他道："还是给你穿吧，万一你又冻得发烧了，我还得去照顾你。再说你现在是高三的关键时候，千万不能生病感冒，一倒下就要落下好几节课。"

韩也看着举着自己外套站在身边的于晚晚，欲言又止，最后还是不说话了。

他们两个人就这么互相对视几秒钟之后，韩也终于伸出手来，将自己的外套接了过去。

于晚晚见他把外套接过去了，一下子就放心了，然而她刚放心没几秒，那外套又落在了她的身上。

只是这一次，韩也修长有力的胳膊也跟着外套落在了她的身上："让你穿着你就穿着，哪儿那么多废话。再说我倒下了没关系，你可不能倒下。你要是倒下了谁来给我补课，你不来给我补课，我这课程落下得更多。"

"你……"于晚晚听着他的话，抬起头来看着他。

夜色下，他轮廓清晰的侧脸在路灯的照映下散发出莹润的光芒，只是那张清秀的脸庞上隐隐约约还能见到两抹熟悉的红晕。

走在于晚晚和韩也身后的她们宿舍的那三个人在看到前面那一幕时，一个个忍不住激动地捂住了自己的嘴巴。

"看见了吗，看见了吗，搂上了！"唐又晴压低了声音朝着自己身边的丁梦凡道，"我就说韩也肯定喜欢咱们家鱼丸吧！"

"看见了,看见了!"丁梦凡激动地朝着唐又晴猛点头道,"啊啊啊,从后面看他俩真是最萌身高差啊!"

"哎呀,韩也再给点力啊,追女孩子就是要主动啊!"薛薇薇则是一脸恨铁不成钢的表情看着韩也。

走在她们三个身边的沈凉雨双手插兜,转头看了她们一眼,嘴角微抽道:"你们这是?"

他的声音一出来,她们三个立刻恢复了正常,唐又晴一脸冷漠地看了一眼沈凉雨,平静地说道:"哦,没什么,我们女生每次看到俊男美女的时候,就忍不住想要撮合一下。刚刚只是说着玩的,你不用太往心里去。"

"哦。"沈凉雨应了一声,机械地点了点头,然后又看了一眼前面并肩而立的两人,装模作样地叹气道,"唉,也不知道鱼丸姐对我们家小也有没有意思。"

唐又晴听到沈凉雨的话,瞬间眼睛一亮,她伸手扯了扯沈凉雨的袖子,压低了声音问道:"你什么意思,难道韩也真的对我们家鱼丸宝宝有意思?"

"你说呢?"沈凉雨高深莫测地朝着唐又晴笑了一下。

唐又晴转头和另外两个室友交换了一下眼神,然后立刻从口袋里掏出自己的手机来:"来来来,想不到你竟然是友军,咱们加个微信,互相通个气儿,也好在撮合他俩的革命道路上有个伴儿!"

沈凉雨微微一笑,拿出自己的手机来打开了微信。

眼看着前面就是地铁站的入口了,于晚晚停下脚步,抬头朝着韩也道:"前面就到了,地铁上又不冷,外套还是还给你吧。"

韩也眼眸微垂,淡淡地看了她一眼,不慌不忙地说:"地铁上确实不冷,但是出了地铁站还是挺冷的。再说,从地铁站到你们宿舍门口还有好远的一段距离呢,你还是穿着吧。"

"那你怎么办?"于晚晚一脸担心地看着他。

"我跟沈凉雨在地铁站门口找两辆共享单车骑回去就行了。"韩也勾起唇角,浅浅地笑了一下道,"骑车又不冷,不用担心。"

"嗯，那好吧，谢谢你啦！"于晚晚想了想，抬起头来，对韩也露出了一个灿烂的笑容。

"嗯。"韩也点了点头。

"那我走啦。"于晚晚朝韩也挥了挥手道，"你也赶紧回去吧，这会儿已经很晚了，夜里起风了，凉。"

"好。"韩也继续点点头。

于晚晚朝着他笑了一下，正准备转身进地铁站的时候，一只温热的大手突然握住了她的手腕。

咦？于晚晚疑惑地转过头去，看向韩也。

"我……"韩也的手紧紧地握着她的手腕，因为紧张，他的掌心里有些微微湿润，他一双乌黑深邃的眼睛直直地看着于晚晚，几番挣扎后，他终于小声问道，"你说我能考上南大吗？"

虽说之前他信心满满地在于晚晚的父母面前夸下了海口，但南大毕竟不是那么好考的。

于晚晚微微一怔，看到他脸上紧张的神色，那双清澈幽深的眼睛里写满了纠结、期待、疑惑和不自信。

于晚晚忍不住笑了笑，她反手握住韩也的大手，一双黑白分明的大眼睛十分认真地看着他道："能考上的，放心吧，我相信你哦。"

"真的吗？"韩也在听到她的回答之后，眼眸里的光芒瞬间被点亮了。

"真的。"于晚晚用力地点了点头道，"别人我不敢保证，但是你，肯定可以的。"

她的声音顿了顿，笑着对韩也说道："再说你的成绩不是已经在迅猛地进步了吗？九月的月考考了全班第二十一名，十月的月考考了全班第十六名，马上就要十一月的月考了，你要加油啊！"

"好。"韩也听到她的话，只觉得有一股暖意直达心底。

"你这么聪明，我相信你一定能够考上南大的。"于晚晚的一双小手握着韩也的手，就像是要给他勇气和力量一般，越握越紧。

"嗯。"韩也目光动容地看着于晚晚,他轻轻地抿了抿嘴,最后还是决定说出口,"但是你能轻点儿握吗?我的手都快要断了。"

"啊?不好意思,哈哈哈。"于晚晚回过神来,赶紧松开韩也的手,然后有些羞涩地挠了挠自己的后脑勺道,"我一激动就容易这样。"

韩也目光落在自己被某人握出印子来的手背上,忍不住轻轻地叹了一口气。

"那我走了啊。"于晚晚窘迫地看着韩也,又朝着他挥了挥手道,"咱们下周再见。"

"嗯。"韩也点点头,原本打算双手插进兜里的,结果手一伸才发现自己把外套给了于晚晚,毛衣上根本就没有口袋,他有些尴尬地将手放了下去,眼看着于晚晚快要走进地铁口了,他又突然开口喊了她一声,"于晚晚。"

"啊?"于晚晚回过头来,站在地铁口的台阶上,疑惑地看着他。

韩也直视着她的眼睛,缓缓地开口说道:"如果我考上南大的话……"

你愿意和我在一起吗?

后面的那句话明明已经到了嗓子眼,但他怎么也问不出口。

"考上南大怎么了?"于晚晚一头雾水地看着他。

"如果我考上南大的话……"韩也抿了抿嘴,拼命压制住自己胸腔里那颗砰砰砰直跳的心脏,努力让声音听起来平稳一点,"你能罩着我吗?"

扑哧一声,于晚晚在听到他的这句话之后,直接笑了出来。她一边笑着一边朝着韩也比了一个"OK"的手势道:"好的,好的,没问题,如果你考上南大的话,姐姐罩着你!"

韩也看着她笑得花枝乱颤的样子,清秀帅气的脸颊上顿时又浮现出两抹浅浅的红晕。

可恶,他明明不是想问她这个问题的。

"还有别的话要问吗?"于晚晚笑够了之后,伸手擦了擦眼角边笑出来的眼泪,朝着韩也问道。

"没了……"韩也有些郁闷地看着于晚晚,闷声说道。

"那这次真的走了啊！"于晚晚再次朝着他挥挥手，转身朝着地铁站里走进去。

原本离他们两个人十米远的唐又晴她们在看到于晚晚进了地铁站之后，立刻也朝自己身边的沈凉雨挥了挥手，接着飞快地朝着地铁站的入口跑了过去。

送走了于晚晚她们，沈凉雨走到韩也身边，转头看了他一眼，又看了看地铁站的入口道："也哥，走吗？你还站在这儿干吗？"

"我……"韩也张了张嘴，话还没说出来，便直接打了个喷嚏。

"也哥，你没事儿吧？"沈凉雨关切地看着他。

"没事。"韩也吸了吸鼻子，随意地瞥了沈凉雨一眼，说道，"把你的外套给我。"

"啊？"沈凉雨一脸震惊地看着他。

"快点。"韩也直接走到沈凉雨跟前，伸手扒掉他身上的外套，"好冷。"

"不是，大哥，你既然选择了把自己的外套给鱼丸姐，你就要做好面对这寒冷天气的准备啊！你怎么能前脚送走了鱼丸姐，后脚就来扒我的衣服呢？"沈凉雨一边挣扎着，一边朝着韩也嚷嚷。

韩也扒他衣服的动作突然停了下来，眼睛直视着他，义正辞严地威胁道："还是不是兄弟了？"

"是。"沈凉雨可怜巴巴地拽着自己外套的领口，为难地应了一声。

"还想不想我师父带着你升到最强王者了？"韩也继续威胁他。

"想……"沈凉雨露出一脸快要哭出来的表情，点了点头。

"那就乖乖地把外套给我穿。"韩也问完那两句话之后，便继续扒沈凉雨的衣服。

"不是，也哥，那你师父什么时候上线你也不知道啊。再说了，你师父名义上是你的师父，但他愿不愿意带着咱俩一起上王者，这也说不准啊。更何况，你师父是个男的，他干吗要带着两个男人一起上王者啊？我让你假装自己是个女孩子，没事儿的时候去色诱他一下你又不愿意……"沈凉雨继续挣扎着哭诉道，"也哥，你不能这样，你得发誓，你能让你师父带着咱俩升到最强王者才行。"

韩也听到他的话，沉默了片刻，突然开口道："沈凉雨，我告诉你一个秘密。"

"什么？"沈凉雨裹紧了自己的外套，一脸防备地看着他。

"'打野小王子'其实就是于晚晚。"韩也站在沈凉雨面前，微微一笑，声音不紧不慢地说。

"哦，我知道了……不是，等等！你说什么？"沈凉雨惊讶地看着韩也，结结巴巴地问道，"你说'打野小王子'是谁？是鱼丸姐？"

"嗯。"韩也点了点头。

"你怎么知道？难道你们两个已经在现实世界里私下见过面了？"沈凉雨顿时激动地问道。

"没有。"韩也满头黑线地看着沈凉雨道，"我只是某次跟于晚晚一起吃饭的时候，正好看到了她的登录账号。"

沈凉雨盯着韩也看了好一会儿之后，突然十分主动地将自己身上的外套脱了下来，搭在韩也的肩膀上道："也哥,这外套你穿着,我一点都不冷！也哥，既然鱼丸姐就是'打野小王子'，那咱们岂不是可以轻轻松松升到最强王者了？"

韩也点了点头，不慌不忙地将沈凉雨的外套穿起来之后，突然朝着他开口道："要不你跟我一起考南大吧。"

"什么？"沈凉雨整个人一下子就蒙住了，半响，他才回过神来道，"不行不行不行，也哥，我的成绩你是知道的，虽然也不是很差吧，但最多也就考个211院校，南大我是肯定考不上的。"

"你爸爸是南大的教授，你却考不上南大，你不觉得丢脸吗？"韩也朝着他挑了挑眉，慢条斯理地问道。

"不丢脸，不丢脸。"沈凉雨将自己的脑袋摇得跟拨浪鼓一样，"学习这种事情是要靠天赋的，很明显我没有遗传到我老爸的学习天赋。再说了，他对我都不抱希望了,就说明他是知道我考不上南大的。"

"更何况,你考南大是为了鱼丸姐,我为了谁啊,我又没有喜欢的人。放心吧,就算我考不上南大,肯定也是考个南京的其他大学,到时候还是可以周末找你一起玩的。"沈凉雨列举了一大堆理由之后,做出了结论,"综上所述,南大我就不用考了吧?"

"哦,"韩也耐着性子听完了他的话之后,突然开口道,"你不是喜欢游戏里那个叫'晴天必须打伞'的女孩子吗?难道你就不打算和她在现实里见个面?"

"什么意思?"沈凉雨微微怔了一下,然后摇了摇头道,"还是算了吧……"

"那我要是告诉你,那个'晴天必须打伞'就是唐又晴呢?"韩也直接打断了他的话。

沈凉雨在听到他的这句话之后,瞬间瞪大了眼睛。

"晴天必须打伞"是唐又晴?就是那个今天下午坐在他身边,抓着他的双手,激动得大喊大叫的那个女生?

"唐又晴好看吧,不是你喜欢的类型吗?"韩也看着沈凉雨脸上的表情,唇角边顿时露出一抹得逞的笑容,"可惜她也是南大的学生啊,你真的不打算为了她努力一把,考上南大吗?"

沈凉雨一下子就纠结起来。

"你好好思考思考吧。"韩也丢下这句话之后,拉上外套的拉链,转身朝着地铁站门口的一排排共享单车走了过去。

夜里的冷风嗖嗖地往脸上吹,韩也慢慢悠悠地骑着共享单车,看着路边昏黄的灯光,心情却一下变得开朗起来。

曾经,未来对他来说,就像是一团看不穿、摸不透的迷雾,他不知道自己该往哪个方向走,也不知道往那边走的意义。

可是眼下,他突然明白了,南大就是他努力的方向,而于晚晚,就是他努力的意义。

"也哥,也哥。"沈凉雨骑着另外一辆共享单车吭哧吭哧地追上他,一脸悲痛欲绝的神情看着他道,"我想明白了!好兄弟,有福同享有难同当,我陪你考南大就是了!"

自从沈凉雨答应韩也陪他一起考南大之后,两个人便一起开启了地狱级的学习模式。

他们俩每天早上都是第一个到教室的,然后背书、默单词、做题目,上课的时候再也不昏昏欲睡、没事儿聊天,而是聚精会神地听老师讲课,下课的时候更是恨不得把老师留在教室里问题目。

中午吃饭的时候,两个人面对面地坐着,背一段政治题目,再吃几口饭,然后再背一段,再吃几口。

吃完饭从食堂回教室的路上,两个人就各自默背著名的历史事件,背完了之后再互相提问。

晚自习,兄弟俩肩并肩地疯狂做题,一直到教室里的人都走光,保安大爷跑到楼上来关灯赶人,他俩才依依不舍地收拾书包离开教室。

时间一天一天地过去,很快,高三的学生们就迎来了上学期的期末考试。

当沈凉雨拿着自己手中的成绩单,看到自己全班第九名的成绩时,顿时热泪盈眶地朝着韩也道:"也哥!这么多年了!我还是第一次考进全班前十!你说我爸要是看到我这个成绩,他得高兴成什么样啊!"

然而坐在他身边的韩也却皱紧了眉头,目光直直地盯着自己手中的成绩单一言不发。

"也哥,怎么了,你怎么不说话?"沈凉雨凑到韩也跟前,看了一眼他手中的成绩单,"全班第七名啊!也哥,难道你不高兴吗?你想想这学期刚开学的时候,你还是全班倒数第一啊!"

"才第七名而已,有什么可高兴的。"韩也攥紧了手中的成绩单,用带着失落和不满的眼神看着沈凉雨,声音淡淡地说,"这种成绩是不可能考上南大的。"

沈凉雨在听到他的这句话之后,顿时愣了一下,他有些尴尬地摸了摸鼻子,半晌,才轻声回答道:"可是我觉得这个成绩已经很不错了啊。咱们毕竟十一月底的时候才开始好好学习的,前两年上高一、高二的时候又没怎么认真听讲,就靠着一个多月的时间疯狂做题,考到这个成绩已经可以了!"

他的声音顿了顿,然后继续道:"再说,离高考还有一个学期呢,下学期咱们继续努力做题,考上南大绝对指日可待!"

韩也抿了抿嘴,没有说话。

"也哥,也哥。"沈凉雨见他又不说话了,干脆用自己的脑袋在他的胳膊上蹭了蹭,"别这样嘛,好歹这也是咱俩从未取得过的好成绩,难道不值得庆祝一下吗?再说马上就要放寒假了,放寒假的时候,你就看不到你心爱的鱼丸姐了。要不咱们打个电话,约鱼丸姐和唐又晴今天晚上一起出来吃饭啊?"

韩也一脸嫌弃地将沈凉雨的脑袋从自己的肩膀上推开道:"你难道不知道她们上个星期就已经放寒假了吗?你的唐又晴上周末的时候就已经回老家了。"

沈凉雨瞪大了眼睛,震惊地看着韩也道:"真的假的?我怎么不知道?"

"真的啊。"韩也无语地看着他道,"上周末的时候,于晚晚就跟我说她要回Z市了,她们宿舍的其他人也都回老家了。"

"怎么会这样!"沈凉雨赶紧从自己的口袋里掏出手机来,嘴里不停地念叨道,"小晴晴没有跟我说她要回老家啊,啊啊啊,我都不知道她回去了。早知道她回去了的话,我就约她出来吃饭了啊!"

韩也听着他的碎碎念,忍不住翻了个白眼。

片刻之后,沈凉雨放下手机,转过头来,一脸生无可恋的表情说道:"她真的回老家了,这一整个寒假我都见不到小晴晴了。也哥,我们真是可怜的难兄难弟啊,嘤嘤嘤。"

"此话怎讲?"韩也挑了挑眉,好奇地问道。

"我看不到小晴晴,你看不到小晚晚,咱俩难道不是难兄难弟吗?"沈凉雨悲痛欲绝地说道。

"呵。"韩也淡淡一笑,看了沈凉雨一眼就不说话了。

自从放寒假之后,于晚晚便开启了每天早上睡到自然醒的状态,而她自然醒的时间一般都要将近中午了。

这个时候,正好于爸爸下班回来,于妈妈开始着手准备午饭。

于晚晚躺在自己软绵绵的大床上,听着从房外传来的爸爸进门的声音、妈妈的说话声、厨房油烟机的轰隆声,还有窗外寒风吹过的呼啸声,只觉得这是自己人生中最幸福的时刻。

"晚晚,怎么还没起床呢?"就在于晚晚舒服地蜷缩在自己的被窝里享受着美妙时刻时,于爸爸径直推开了她的房门,站在门口扯着嗓子大声地问道。

"马上就起,马上就起!"于晚晚赶紧一个鲤鱼打挺从床上坐了起来,伸手拽过自己昨晚脱在床尾的外套,胡乱穿了起来。

"跟你说了多少次了,晚上要早点睡,你就是不听。"于爸爸忍不住皱了皱眉头道,"仗着自己现在年轻,一个劲儿地熬夜,我看你到老了怎么办!"

"嘿嘿。"于晚晚裹好外套,穿上拖鞋,从床上翻了下来道,"爸,我这就去洗脸刷牙。"

"赶紧的。"于爸爸一脸嫌弃地看着自家女儿,继续唠叨道,"你看看你这一身,你就不能稍微注意一点形象吗?"

"爸,我这不是在家里吗?要注意什么形象啊?"于晚晚站在卫生间里,一边往牙刷上挤牙膏,一边说,"我又不出去相亲,又不谈恋爱,在家就对着你跟我妈,难道你俩还能嫌弃我不成?"

"我都已经表达我的嫌弃了,难道你还听不出来吗?"于爸爸背着手站在卫生间门口,一边看着自己的女儿刷牙,一边斥责道,"你说你一个如花似玉的大姑娘,怎么就不能稍微注意一下形象呢?"

"哎哟,爸,我在学校里的时候很注意形象的……"于晚晚的嘴巴满是泡沫,声音含糊不清地说,"这不是在家就稍微放松了那么一下嘛。再说,我这刚起床,能有什么形象可言啊。"

"你还有理了?!"于爸爸听着她的话,忍不住吹胡子瞪眼。

"好啦,好啦,爸,你赶紧去看会儿新闻吧,我刷完牙就去换一身正常的衣服,行了吗?"于晚晚一边刷着牙一边道,"给我十分钟,好不好?"

"你啊……"于爸爸叹了一口气,完成了自己每日例行的唠叨之后,背着手转身朝着客厅走去。

于爸爸刚在客厅的沙发上坐下来,他家的门铃便响了起来。

于妈妈在厨房里扯着嗓子大声喊道:"晚晚——帮妈妈开一下门,估计是妈妈点的水果外卖到了。"

"好,来了,来了。"于晚晚赶紧将嘴里的泡沫全部漱掉,然后随手抹了一下脸,便趿拉着拖鞋朝着大门口跑了过去。

吱呀一声,门被打开,于晚晚正准备伸出手去拿外卖,在看到门外站着的那个人时,一下子僵住了。

"韩、韩也?你怎么来了?"于晚晚看着站在自家门外推着行李箱的韩也,满脸震惊地问道。

然而比于晚晚更震惊的是韩也。

他看着眼前头发乱糟糟,嘴角边还有白色的牙膏泡沫,穿着大棉袄配花睡裤,光着脚趿拉拖鞋的于晚晚,忍不住伸手揉了揉自己的眼睛。

眼前这个邋里邋遢,看着跟乞丐差不多的家伙,真的是他日思夜想的于晚晚?

然而他还没有来得及开口说话,眼前的大门便砰的一声又关上了。

于晚晚手里攥着牙刷,低头看了一眼自己身上乱穿的衣服,一张小脸瞬间烧得通红。

"晚晚,我的水果呢?"于妈妈打开厨房门,从里面探出头来,看着于晚晚满眼疑惑地问道。

"外面那个,不是送水果外卖的……"于晚晚抬起头来,一脸一言难尽的表情看着自己的妈妈。

"那是谁啊？"于妈妈的眼睛里满满的都是问号。

"韩……韩也……"于晚晚扯了扯嘴角道。

"小也？"于妈妈微微怔了一下，随即便从厨房里走了出来，"看我这个记性，小也昨天晚上发消息跟我说，今天中午会过来的，我竟然给忘了。不是，既然是小也来了，你把人家关在门外干吗啊？"

"他昨天跟你说今天要过来？"于晚晚一脸错愕地看着自己的妈妈。

为什么韩也要来她家，她却不知道？

"是啊。"于妈妈一边朝着门口走，一边朝着自家女儿道，"这不是你给小也补课补了一个学期，效果显著吗？所以小也妈妈就拜托你们沈教授，希望你能在寒假的时候给他集中补课一段时间，不然他自己一个人在家，肯定又要看电视打游戏，那这一个学期的课不就白补了吗？"

"不是，沈教授说要我给他寒假集中补课，那沈教授怎么没告诉我啊？"于晚晚继续用惊讶的表情看着自己的妈妈问道。

"告诉你有什么用？"于妈妈白了一眼自己的女儿道，"集中补课，那小也肯定得住我们家啊，想要住我们家，那就得经过我的同意，沈教授当然直接打电话给我了。"

"然后呢？然后你就同意了？"于晚晚扯了扯嘴角，一脸难以置信地看着自己的妈妈。

"我当然要同意了。再说了，自从放了寒假之后，你就天天在家里睡到中午才起床，现在小也来了，正好以后每天上午可以让你早点起来给他补课！"于妈妈忍不住又翻了个白眼，伸手拉开自家的大门，脸上立刻换上一副笑眯眯的表情看着门外的韩也道，"哎呀，小也，你来了啊，快进来快进来，外面冷不冷？"

韩也有些腼腆地看着于妈妈，十分有礼貌地喊了一声："干妈好。"

"哈哈哈，"于妈妈顿时笑得整张脸都开了花，"哎哟，小也乖，我这盼星星盼月亮的，可算是把你给盼过来了，今年就在干妈家过年吧。"

"好。"韩也点点头，轻声应了一句。

等等，干妈？

于晚晚震惊地看着眼前的韩也和自己的妈妈，红润的嘴唇微微动了动："你刚刚喊我妈妈什么？"

韩也转过头来，一双乌黑深邃的眼眸认真地注视着于晚晚，对她微微一笑道："干妈。"

"你什么时候变成我妈妈的干儿子了？我怎么不知道？"于晚晚手里握着自己的牙刷，震惊得嘴巴都合不上了。

"嗯，大概就是前两天的事儿吧。"韩也想了想，一双秀气的眉毛微微蹙起道，"姐姐，你嘴角上的牙膏泡沫还没擦干净。"

"你喊我什么？"

"姐姐啊。"韩也一脸理所当然的表情看着于晚晚道，"你是干妈的女儿，又比我大一个小时，我也只能喊你姐姐了。当然，你要是不介意的话，我也可以喊你妹妹。"

"我介意！"于晚晚目瞪口呆地看着韩也，只觉得整个世界都不一样了。

只有于妈妈乐呵呵地接过韩也手中的行李箱，对他说道："行了行了，来了干妈这儿，就跟到了自己家一样，想吃什么喝什么，尽管跟干妈说！"

她说完这句话之后，又转头看了一眼自家女儿，满眼嫌弃地说道："晚晚，你还不赶紧去洗脸，把你这身衣服换了。你看看，你这穿的是个什么样子！"

二十分钟后，洗漱一新的于晚晚穿着正常的家居服，将长发扎成一个马尾，干干净净、清清爽爽地坐在了韩也对面。

偌大的书房里，只有他们两个人面对面地坐着，冬日的阳光透过书房的落地玻璃窗，在地面上洒下一片暖意，窗边的绿萝舒展了叶子，惬意地享受着这一片灿烂的阳光。

于晚晚瞪着大眼睛紧紧盯着坐在自己对面的韩也看了好一会儿，终于闷闷地开口问道："你要来我家补课，为什么都不告诉我一声？"

韩也无辜地看着她，慢条斯理地说道："这不是准备给你一个惊喜吗？"

"这是惊喜吗？"于晚晚扯了扯嘴角，无语地看着他道，"这是惊吓好不好！"

韩也笑了一下，身子朝前凑了凑，隔着一张书桌看着于晚晚，眨了眨眼睛道："原来你在家里的时候，这么不修边幅啊。"

"不，这只是个意外。"于晚晚一脸严肃地看着他，纠正道，"我平时在家不是这个样子的，刚刚是因为我爸催着我起床，我一时情急才胡乱穿成那样的。"

"哦——"韩也拖长了声音，一脸似笑非笑的神情看着她道，"没关系，就算你平时在家是那个样子的，我也不嫌弃。"

他的声音顿了顿，然后坏笑着道："其实你刚刚头发乱糟糟的样子，还是挺可爱的。"

于晚晚忍不住朝着他翻了个白眼道："滚。"

韩也笑了笑，不说话了。

又是片刻的沉默之后，于晚晚看着他道："刚刚听我妈说，你今年要在我家过年？"

"是啊。"韩也一只手撑着自己的下巴，另一只手拿着一支圆珠笔不停地转着，平静地说道，"反正正好在你这儿补课，我爸我妈过年的时候又不回家，干妈就说干脆让我留下来过年算了。"

"你这干妈叫得倒是挺亲切的。"于晚晚听着韩也的话，总觉得这里面似乎有什么阴谋。

"嗯。"韩也漫不经心地应了一声，不说话了。

于晚晚盯着他又看了一会儿之后，终于忍不住轻轻地叹了一口气道："算了，正好我也担心你寒假的时候会玩得收不住，在我这儿好歹还能看着你。"

韩也等她说完之后，突然开口喊了她一声道："晚晚。"

"啊？"于晚晚满眼疑惑地看着他。

"我这次期末考试考了全班第七名。"韩也一双幽深的眼眸落在她红润的唇瓣上，一字一顿地说道。

"然后呢？"

"我记得之前有个人答应我,只要我能考进全班前二十的话,她就教我怎么接吻。"韩也挑了挑眉说道。

于晚晚身子一僵,有些尴尬地看着他道:"那、那都是很久之前的事了。再说了,我们打赌的那次,你只考了第二十一名。"

"哦,也就是说,那个赌约已经不算数了?"韩也一脸失望地看着她。

"对,已经不算数了。"于晚晚赶紧点头如捣蒜。

韩也的眼珠转了转,转而露出一脸可怜兮兮的表情看着她道:"那我这次期末考试考了全班第七名,难道就没有什么奖励吗?"

于晚晚一怔,艰难地开口问道:"你想要什么奖励?"

闻言,原本一直坐在椅子上的韩也突然站了起来。他迈开长腿,绕过书桌,径直走到于晚晚跟前站定,一句话不说,就这么直直地看着她。

于晚晚下意识地朝后挪了挪,抬头看着韩也那双幽深的眼眸,结结巴巴地问道:"你、你干吗?"

她的话音还未落下,韩也已经微微弯腰,伸出一双修长的胳膊来,将她紧紧地抱在了怀里。

专属于他的味道瞬间将她包围起来,他结实有力的臂膀将她紧紧圈住,下巴不偏不倚地搁在了她的肩膀上。

于晚晚的眼睛里满满的都是疑问,整个人都僵住了。

周围的一切都好像静止了,他怀里的她抱起来软软的,闻起来香香的,那种感觉就好像抱着整个世界一样。

韩也就这么抱了她好一会儿,才依依不舍地松开手。

"奖励我一个拥抱,应该不算过分吧?"他直起身子来,坏笑地看着眼前已经彻底僵硬的于晚晚,声音里带着一丝浅浅的笑意。

"我……"于晚晚动了动唇角,一时之间竟然不知道该说些什么才好。

"下学期的月考,我要是能考进全班前五名的话,你要不要考虑奖励我一个亲亲?"韩也眨眨眼睛,得寸进尺地问道。

于晚晚回过神来,一双黑白分明的大眼睛瞪着韩也,没好气地说道:"那你以后要是考上了南大,我是不是还要奖励你一个举高高?"

"嗯?"韩也微微一怔,一时竟然没有反应过来。

"亲亲、抱抱、举高高啊,"于晚晚一脸促狭地看着他道,"你的奖励套餐。"

韩也这才反应过来,她是在嘲笑自己上次生病发烧时的事情,他清秀帅气的脸上忍不住浮现出两抹浅浅的红晕来,表面上却还是不慌不忙地点了点头道:"好吧,那就这么说定了。"

于晚晚眨眨眼睛,还没来得及开口反驳,韩也已经不慌不忙地走回自己的位子上坐下,朝着她挑了挑眉道:"咱们开始补课吧,今天是补数学还是英语?"

"等等!"于晚晚一把按住韩也面前的书本,严肃地问道,"说定什么了?"

"说定,"韩也的声音顿了顿,唇瓣勾起一抹好看的弧度,一字一顿地缓缓说道,"下学期月考,我要是能够考进前五名,你就奖励我一个亲亲,要是考上了南大,你就奖励我举高高啊。"

于晚晚皱了皱眉,还想再说点什么的时候,韩也突然趴在书桌上,一脸可怜兮兮地看着她,委屈地说道:"姐姐,好不好嘛?姐姐,求求你了!"

别用这种眼神看我,也别用这种语气叫我!

于晚晚看着韩也趴在桌子上的可怜模样,不知道为什么,总觉得他就差一条毛茸茸的大尾巴在身后晃来晃去了。

不行,不行,千万不能动恻隐之心!

于晚晚在心里拼命地告诫自己,不要上他的当。然而韩也那双眼睛却眨巴眨巴地看着她,眼角仿佛隐隐有泪光。

"好吧,那就这么说定了。"她长长地叹了一口气,默默地在心里琢磨着,其实亲亲抱抱都不是什么问题,主要就是这个举高高,这家伙个子这么高,体重也不轻,她得从明天开始加强锻炼,才有希望将他举高高啊。

韩也在听到她的回答之后,立刻露出一脸得逞的笑容。他站起身来,隔着书桌又抱了一下于晚晚道:"谢谢姐姐!"

于晚晚身子一僵,这家伙怎么说抱就抱,一点儿都不给人心理准备,不过看在他喊自己一声姐姐的面子上,就勉强算了吧。

"晚晚!小也!吃饭了!"就在这个时候,书房的门外传来于妈妈的喊声。

下一秒,书房的门被推开,于妈妈走了进来,嘴里还在不停唠叨:"先吃饭吧,吃完饭再补课。晚晚你也真是的,人家小也刚刚放下行李你就把人家抓到书房,好歹也让人家休息一下,喝口……"

于妈妈在看到韩也抱着于晚晚的那一幕时,瞬间愣住了。

书房里的空气一下子就凝固了。

于晚晚坐在自己的椅子上,看着站在门口的妈妈,有些尴尬地笑了一下,说道:"妈,你听我解释……"

"咳,没什么事儿,赶紧出来吃饭吧。"于妈妈回过神来,自然地将耳边的碎发别到耳后,然后神情淡定地朝着他们两个道,"再不来吃饭,菜都要凉了。我先出去了,你俩快点,别磨蹭。"

"不是,妈……"于晚晚张了张嘴,还想再说点什么的时候,于妈妈已经直接转身出了书房,顺便帮他们关上了书房的门。

韩也低头,看了一眼被自己抱在怀里的于晚晚,默默地松开手道:"我刚刚是不是抱的不是时候?"

"你说呢?"于晚晚没好气地白了他一眼道,"我妈肯定是误会了!"

"误会什么?"韩也一脸不解地看着她道,"不就是抱你一下嘛,反正你把我当弟弟,我把你当姐姐,姐弟之间抱一下也不算什么。你放心吧,过会儿我去跟干妈解释一下就好。"

"别,不用你解释。"于晚晚赶紧伸手扯住他的袖子,"我就怕你越描越黑。"

"不会的,你放心!"韩也一脸郑重的表情看着于晚晚道,"我先去跟干妈解释,你过会儿再出来。"

五分钟后,韩也推开书房的门,朝着坐在里面忐忑不安的于晚晚比了一个"OK"的手势道:"解释好了,你出来吧。"

真的假的?于晚晚满眼狐疑地看着韩也,迟疑了一下,还是跟在他身后出了书房。

书房外面的餐厅里，桌上已经摆满了丰盛的食物，于妈妈双手端着一个偌大的汤碗，弯着腰迈着小碎步从厨房里飞快地走了出来："快快快，让一让，让一让。"

韩也和于晚晚赶紧默契十足地让到了餐桌旁边。

于妈妈飞快地将那碗汤放在桌子上，然后双手捏住自己的耳垂道："好烫好烫，烫死我了……"

"妈，"于晚晚有些无奈地看着她道，"跟你说了多少次了，端汤的时候戴上那个微波炉专用的手套啊，你这样很容易烫到手的。"

"戴手套端着碗感觉别扭，还不如我这样直接端出来。"于妈妈转身又拿了几双筷子出来道，"行了，快去喊你爸吃饭。每次喊他吃饭就跟请佛一样，非得请个好几遍，他才挪窝。"

"那刚刚……"于晚晚迟疑了一下，一双黑白分明的大眼睛看着自己的妈妈，想问问韩也到底是怎么跟她解释的。

于妈妈微微怔了一下，转头看着于晚晚道："刚刚怎么了？刚刚在书房里我什么也没看到啊，不就是姐弟之间一个普普通通的拥抱吗？行了行了，不用跟我解释了，快去喊你爸吃饭。"

"哦。"于晚晚识趣地闭上了嘴，目光转向站在自己身旁的韩也，不知道为什么，总觉得哪里有点不对。

韩也冲着她笑了笑，然后跟着于妈妈进了厨房道："干妈，还有什么要帮忙的吗？"

"哎呀，小也，你这孩子真是的，来干妈这儿只管吃饱喝足就行，不用你帮忙。你快去坐着吧，喝什么饮料我去给你拿。"于妈妈一听说韩也要帮自己的忙，立刻就乐开了花。

"没事，没事，我自己去拿吧。"韩也微微一笑，不慌不忙地朝着冰箱走了过去。

他打开冰箱门，慢条斯理地从里面拿出一瓶可乐来，一转头看到于晚晚还站在原地没有动弹，便朝着她挑了挑眉毛道："姐姐，你还愣在这儿干吗？"

快去喊干爸来吃饭啊。"

等到于爸爸、于妈妈、于晚晚和韩也四个人都在餐桌旁坐好之后,于妈妈举起了手里的杯子,笑呵呵地朝着韩也道:"来,咱们欢迎一下小也今天来到咱们家,正式开始他的寒假生活。"

韩也端着杯子,一脸腼腆地看着于妈妈道:"谢谢干妈。"说完这句话之后,他又转头朝着于爸爸道,"谢谢干爸。"

"哎,"于爸爸一脸严肃地纠正道,"喊我叔叔就行,我可没有答应给你当干爸。"

于妈妈闻言,原本还笑意盈盈的脸顿时挂了下来,她在桌子下面狠狠地踹了于爸爸一脚,然后用力地白了他一眼。

于爸爸的身子晃了晃,但还是面不改色地和韩也碰了一下杯子,将自己杯子里的饮料全部喝了下去。

韩也笑了笑,既没有改口喊叔叔,也没有说别的,只是默默地将手中的饮料喝了下去。

一顿午饭,除了于爸爸偶尔开口怼韩也几句,气氛还算其乐融融。

吃过了午饭,韩也正打算帮于妈妈收拾碗筷,于妈妈却赶紧拦住他道:"好了,好了,收拾桌子这种事情让干妈来就可以了,你赶紧去书房补课吧。"

"没事的,不在乎这一会儿的工夫。"韩也修长的大手飞快地将桌上的几个碗摞了起来道,"我帮您。"

"你这孩子,真是的……"于妈妈虽然嘴上说着不用,但是脸上笑得止都止不住。

于晚晚有些好笑地看着韩也站在自己妈妈身边抢着要帮忙刷碗的样子,忍不住摇了摇头。

等到韩也帮于妈妈收拾完了碗筷之后,于晚晚二话不说就直接拎着他的领子去了书房道:"好了,该补课了,乖乖学习去。"

于妈妈心疼地朝着于晚晚道:"晚晚,你轻点儿。啧,你这孩子真是的,人家小也刚帮我刷了碗,你好歹也让人家休息一会儿啊,刚吃饱就学习,对身体不好。"

"妈！"于晚晚满眼无奈地朝着自己的妈妈道，"我上高三的时候，你总是催着我吃完饭就去看书写作业，怎么轮到韩也了，你就让他休息一会儿呢。"

"这……"于妈妈顿时有些尴尬，嘴巴动了动，半响才小声嘀咕道，"你上高三的时候也没帮我刷碗啊，你看看人家小也，多勤快多利落。你说说你，长这么大了，都做过什么家务？屋子里面衣服袜子到处乱丢，自己也不知道收拾，我看你以后嫁人了怎么办。"

眼看着自己的妈妈又开始念叨了，于晚晚赶紧把韩也一把拽进书房，然后关上了门。

书房的木门暂时隔绝了于妈妈的唠叨，于晚晚顿时松了一口气。她走到书桌旁边，刚准备坐下，一抬头看着韩也正一脸好笑的表情站在门口没有动弹，便朝着他挑了挑眉道："你还站在那儿干吗啊？"

"衣服袜子到处乱丢？"韩也眨眨眼睛，声音里满是促狭地问道。

于晚晚微微愣了一下，白皙粉嫩的脸颊上浮现出两抹不易察觉的红晕："你别听我妈瞎说，我明明都好好地放在窗台上的，只是没有认真叠起来而已。"

"哦，没关系，我不嫌弃你。"韩也勾起唇瓣，低低地笑了一声，这才优哉游哉地晃到她对面坐了下来。

于晚晚微微一怔，满脸通红地瞪着他道："谁要你不嫌弃了。"

"我就是这么随口一说啊。"韩也笑了笑，目光不经意地朝着窗外瞥了一眼，忍不住惊讶道，"咦，下雪了。"

于晚晚在听到他的这句话之后，赶紧回头朝着窗外看了过去。

果然，外面已经纷纷扬扬地飘起了大雪。一片一片晶莹剔透的雪花如同鹅毛一般，自天空中洋洋洒洒地落下，不过这么一小会儿的工夫，对面楼的屋顶上已经堆积起了一层薄薄的白雪。

"哇！真的下雪了呀！"于晚晚激动地从椅子上站了起来，飞快地跑到书房的窗户旁边,一双白皙的小手贴在窗玻璃上,眼巴巴地看着外面飘落的雪花,看了一会儿之后,她突然转头朝着韩也道,"我们出去看雪吧!"

"啊?"韩也愣了一下,人还没反应过来,胳膊已经被于晚晚拽住,连拉带扯地朝着大门口走去。

门一打开,一股冷风迎面吹来,韩也只觉得浑身一抖,他刚想说"咱俩要不要加点衣服再出去",于晚晚已经拽着他欢快地下楼了。

苍茫的天空,一眼看不到尽头。纷纷扬扬的大雪簌簌飘落,那些洁白的雪花在空中飞舞着,旋转着,最后在地面上融化。

于晚晚站在楼道口的屋檐下,看着外面尚未开始积雪的地面,忍不住激动地搓了搓手道:"不知道这雪会下多久,要是今夜不停的话,明天早上就能看到积雪了。"

韩也听到她的话,转过头来看着她,她的眼睛闪闪发光,小巧的鼻尖因为碰触到冷空气而微微泛红,她红润的嘴唇弯起一个好看的弧度,笑的时候露出一排白白的牙齿,就跟天上飞舞的雪花一样白。

他只是这么站在她身边,就已经可以感受到她发自内心的快乐,他的唇角也跟着勾起一抹浅浅的弧度。下一秒,当他察觉到自己竟然也跟着于晚晚一起傻乐的时候,他忍不住伸手摸了摸鼻子,眼底闪过一抹羞涩和雀跃。

于晚晚盯着外面的大雪看了一会儿,忍不住伸出手来,有几片雪花飘落在她的掌心里,然后飞快地融化成一颗颗晶莹剔透的小水珠。

韩也忍不住开口问道:"你就那么喜欢下雪啊?"

"对呀。"于晚晚转过头来,眼睛里闪烁着璀璨的光芒,"我小时候去过一次北方,那里冰天雪地,天地间一片苍茫。站在白雪皑皑的山丘上,放眼望去,就像是到了精灵的王国一样,好美好美。这么多年,我一直都忘不掉那震撼人心的景色。"

"是吗?"韩也目光温柔地看着她,附和道,"我从来都没有去过北方。"

"等你考上了南大,我带你去吧。"于晚晚看着他神色间的落寞与温柔,突然冲动地开口安慰道。

韩也微微一怔,有些惊讶地看着她,随即露出一个好看的笑容道:"好,那就这么说定了。"

"嘿嘿,我跟你说,北方可好玩了,我以后带你去看雪雕,坐雪地摩托,还有冰灯、冰滑梯、冰上捕鱼……"于晚晚越说越兴奋,一双小手在空中乱舞着,差一点就要开心得原地转圈圈了。

韩也看着她这副孩子气的模样,忍不住笑着摇了摇头。

"还有还有,我们要大吃特吃,那里好吃的也特别特别多,虽然我现在也不太记得了,但我就是觉得那里的东西都好好、好……阿嚏!"于晚晚说着说着忍不住打了个喷嚏。她吸了吸鼻子,刚想继续跟韩也介绍北方的食物,一张嘴就又连着打了两个喷嚏。

"哎呀,出来的时候忘穿外套了。"于晚晚打完喷嚏之后,有些尴尬地看了一眼韩也,吐了吐舌头道。

"哦,我记得某人曾经说过,这种时候要发挥绅士风度。"韩也无奈地看了她一眼,伸手就要拉开自己外套的拉链。

"别别别,我上次说着玩的。"于晚晚赶紧按住他的手道,"你可千万不能在我家着凉了,要不然以我妈妈对你的喜爱程度,她绝对能把我赶出门。"

"真的?"韩也听着她的话,忍不住有些调皮地朝着她挑了挑眉。

"真的!比珍珠还真!"于晚晚用力点点头道,"我没事,就是打了几个喷嚏而已,我身强体壮,阿嚏!阿嚏!"

她这句话还没说完,便又连着打了两个喷嚏。

韩也无奈地摇了摇头,伸手拉开自己外套的拉链,却没有将外套脱下来,他长臂一伸直接将于晚晚搂进怀里,用自己的外套将她包裹住,然后将自己的脑袋搁在她的头顶上道:"这样不就好了,我不用脱外套,你也不会觉得冷了。"

于晚晚只觉得一股暖意将她整个人都包围住。他的胳膊搂着她的肩膀,她的后脑勺靠在他的胸口上,他就这么将她圈在怀里,冰冷的空气混合着他身上的温暖气息,萦绕在她的四周。

她的脸轰地一下就红了起来,她挣扎着想要从韩也的怀抱里出来:"不,不用了,咱们直接上楼就好了。"

"别乱动。"韩也微微收紧搂着她肩膀的胳膊,"刚下来就回去,你好歹也让我多看一会儿雪啊。"

"可是……"于晚晚红润的唇瓣动了动,却又说不出来什么。

"继续给我讲你小时候去北方的事情啊,那里还有什么好吃的?"大概是察觉到了于晚晚的不自在,韩也的眼眸微微转了转,突然岔开了话题。

"啊?"

"哦,对了,你刚刚说你都不记得了。"韩也抱着她,站在楼道口,下巴抵在她毛茸茸的脑袋上,眼睛看着外面纷纷扬扬的大雪,用极具磁性的嗓音说道,"那你还记得什么好玩的事情吗?给我讲一讲嘛。"

"别的好玩的事情还有很多啊……"于晚晚在听到他的问题之后,立刻兴高采烈地讲了起来。

韩也微微一笑,将她又往怀里抱了抱。

外面大雪纷飞,他就这么抱着于晚晚站在楼道口,静静地听她讲小时候去北方玩的事情。

周围一片寂静,只有她清脆悦耳的声音在楼道里回响。

韩也一边听着一边在心里暗暗地想,要是时间能够在这一刻停止,该多好。

"我跟你说,那次我们去玩的时候,有一天,气温是零下四十摄氏度,我们呼出来的热气碰到了睫毛,结果睫毛上都结了一层薄薄的冰。"于晚晚说着说着忍不住想要回过头去,看一眼韩也的反应。

韩也听着她的话,忍不住笑了笑,正准备低头问她"真的那么夸张吗"的时候,她却突然转过头来。

一瞬间,她温暖而柔软的唇瓣轻轻地擦过他的唇角,像是一枚细小的石子投落进他的心湖。

韩也一下子就愣住了,整个人不由自主地僵在了原地。

于晚晚也是微微怔了一下,但她马上就回过神来,不好意思地吐了吐舌头道:"你干吗突然低头啊?"

韩也那张清秀帅气的脸庞腾地一下烧得一片通红。

他能够感受到自己的心脏正在胸腔里疯狂地跳动,也能够感受到自己全身的血液一下子都聚集到了头顶,但他还是强作镇定,淡定地看着于晚晚反驳她道:"你干吗突然回头啊?"

"我就想看看你有什么反应嘛。"于晚晚皱了皱小巧的鼻子,朝着他嘟了嘟嘴道,"跟你讲了半天你都没有反应,还以为你睡着了呢。"

"哪有,我明明就在认真地听你讲好吗?"韩也没好气地说,"再说这么冷的天,我还能站在楼道里睡着,那我也太厉害了吧?"

于晚晚听到他的话,想了想他傻站在楼道里睡着的情形,忍不住扑哧笑了出来。笑过了之后,她看着韩也红到脖子根的那张帅脸,伸手戳了戳他的胳膊,促狭地问道:"你脸红什么?"

"我、我哪里脸红了。"韩也一下子变得结结巴巴起来,"我才没有脸红呢,我就是、就是感觉有点热,抱着你就跟抱着一个小火炉一样。"

"哦哦哦,那还是我的不对了?"于晚晚朝着他做了个鬼脸。

"难道不是吗?"韩也朝着她扬了扬下巴,硬着头皮道,"谁让你一听到外面下雪了,就这么激动地跑出来,连个外套都不穿!"

"我还不是为了看雪!"于晚晚说完这句话之后知后觉地发现,他们两个人站的地方正好是个风口,虽然有韩也抱着她,但是吹了这么好一会儿的风,还是感觉很冷的。

"走吧,咱们还是回家吧。"于晚晚搓了搓手,声音颤抖着说道,"再在这里站下去,咱们两个人就快变成冰雕了。"

"好。"韩也点点头,松开一直抱着于晚晚的胳膊,转而将自己的外套脱了下来,搭在她的身上道,"给你披着吧,我不太冷。"

"真的吗?"于晚晚一脸狐疑地看着他。

"真的。"韩也认真地点了点头,为了增加自己话的可信度,还顺便伸手指了指自己的脸颊道,"你看,都热红了。"

于晚晚眨眨眼睛,裹紧了他披在自己身上的外套,深吸一口气道:"好吧,那咱们赶紧冲回去!"

她的话音刚落,便迈开双腿,飞快地跑上了楼梯。

韩也看着她蹿出去的身影,忍不住笑着摇了摇头,迈开长腿紧紧跟上。

好在于晚晚家就住在三楼,他们两个也就用了十几秒的工夫,便直接冲回家了。

一进家门,一股温暖的空气瞬间将他们两个人包裹住。

于晚晚关上大门,长舒一口气道:"哇,还是家里暖和。"

韩也张了张嘴,正准备说点什么的时候,于晚晚的手机铃声突然在隔壁的卧室里响了起来。

"等一下,我去接个电话,你先去书房吧。"说着,她飞快地朝着隔壁卧室跑了过去。

韩也有些无奈地看了她一眼,转身朝书房走去。片刻之后,于晚晚略带惊讶的声音从隔壁传了过来道:"哎,现在吗?可是,我现在还有事情啊……不是,早打晚打都可以啊,为什么偏偏要现在打?你确定只要二十分钟就好了吗?那……好吧。知道了,知道了,我现在就上线。"

于晚晚说完便挂了电话,朝着书房走了过去。

坐在书房里的韩也赶紧坐直了身子,转头看着她。

于晚晚迟疑了一下,有些不好意思地朝着他道:"刚刚二晴打电话给我,说是上个赛季结束了,这个赛季刚刚开始,结算了好多钻石,她让我赶紧买一个'韩信',带她打一局排位赛。"

韩也一头雾水地看着她:"所以呢?"

"所以,我就带她打一局,你先在这儿写作业,我带她打完了,就立刻过来给你补课!"于晚晚有些不好意思地看着韩也,心虚地说道。

韩也盯着她看了一会儿,点了点头道:"行吧,不过你别在书房打。"

"那肯定的,我去卧室里打,绝对不会影响到你做试卷的!"于晚晚见韩也答应了,立刻开心地转身出了书房道,"打完了我就回来给你补课!"

第10章

你喜欢我吗?

韩也看着她欢快跑走的模样,忍不住笑着摇了摇头。

他伸手拿过自己的试卷,然后从笔袋里拿出一支黑色水笔,正准备开始写试卷,放在桌子上的手机突然震动了两下。

有新的 QQ 消息。

韩也微微怔了一下,随手拿过手机打开 QQ 看了一眼,竟然是于晚晚给他发来的消息:"徒弟,快,上线,师父带你飞去!"

韩也犹豫了一下,回了她一句:"好,马上来。"

他进入游戏之后,"打野小王子"立刻就发来了排位邀请。

韩也点下同意按钮,一进房间,就看到里面已经有四个人在等着他了。

韩也一一扫过那些熟悉的昵称,在看到"雨天从不打伞"这几个字时,忍不住挑了挑眉,心说沈凉雨这小子竟然偷偷地玩游戏也不告诉他。

"威猛又雄壮":"人齐了,人齐了,赶紧开吧!"

"雨天从不打伞":"哎哟!竟然是'小公主'来了!"

"打野小王子"："徒弟，你终于来了，看师父用'韩信'带你飞！"

这句话说完之后，他们五个便进入了选英雄的界面。

"打野小王子"几乎是秒选了"韩信"，"威猛又雄壮"照样选了"程咬金"，"晴天必须打伞"依然选了"孙尚香"，"雨天从不打伞"迟疑了一下，乖乖地选了"蔡文姬"当辅助。

韩也皱着眉头看着手机屏幕上依次选好英雄的四个队友，这是什么情况，难道又要让他选法师玩中路吗？

可是他的"小乔"玩得那么差，每次都是死十几次的战绩，几乎全靠于晚晚带领全队走向胜利，时间长了，他也觉得有些不好意思。

就在他犹豫的时候，系统已经开始了十秒倒计时。

韩也心里一慌，手指在英雄池里随便一点，还没看清自己选的是什么就直接进入了加载页面。

加载页面里，他看到"晴天必须打伞"和"雨天从不打伞"的两个昵称前面各有一颗粉色的小桃心，只觉得有些奇怪，为什么只有他俩有这个小桃心，其他人却没有？

再等他看向自己的英雄时，他瞬间就后悔了——他选的竟然是颇有难度的"妲己"。

游戏开始，韩也控制着"妲己"朝着中路的防御塔跑了过去，目光顺便在地图上瞥了一眼，发现于晚晚已经埋伏在对方的打野区边上了。

对面的打野是"兰陵王"，此刻正孜孜不倦地打着自己家的野怪，眼看着野怪就剩最后一点血了，于晚晚的"韩信"几个跳跃蹿到"兰陵王"身边，飞快地击杀了野怪，然后又迅速地跑了。

眼看着即将到手的光环没有了，"兰陵王"气得在聊天频道破口大骂。

"随手给你一刀"："对面的韩信你给我记着！看我怎么收拾你！"

"打野小王子"："哎呀，好可怕，第一次玩韩信不会玩怎么办？"

韩也看着聊天频道里面于晚晚和对面"兰陵王"的对话，忍不住无奈地叹了口气，这家伙有时候也挺幼稚的。

就在他暗暗感慨的时候，他手机屏幕上的"妲己"脑袋旁边突然冒出了黄色的提示符。下一秒，"兰陵王"突然出现在"妲己"身边，仅仅几下攻击之后，他的屏幕便直接暗了下来。

慷慨激昂的系统提示音立刻从他的手机里传了出来。

他是怎么死的？他刚刚明明没有在地图上看见"兰陵王"啊。

"随手给你一刀"："'韩信'，打不到你，我还打不到你老婆吗？你看你老婆死得多惨！"

"威猛又雄壮"："哈哈哈，你搞错了，我们这边的情侣是'孙尚香'和'蔡文姬'那对。"

"不要爱上妾身"："团战可以输，情侣必须死，杀谁都一样。"

"豌豆小公主"："情侣？他俩什么时候变成情侣了？"

"雨天从不打伞"："是游戏里的情侣配对啦，你没看到刚才进游戏的时候，我跟'晴天'名字前面有一个小爱心吗，那就是情侣的标志。"

"豌豆小公主"："我也想要。"

然而韩也刚刚打完这四个字，他的手机屏幕便再一次暗了下来，他竟然又被"兰陵王"杀了。

"不要爱上妾身"："哈哈哈，对面的'妲己'好弱啊，就你这么弱还想要游戏里的情侣？"

韩也看着她的话，还没来得及打字反驳，系统便提示"貂蝉"已经被"韩信"杀了，再然后对面的"兰陵王"也被"韩信"杀了，紧接着对面的"亚瑟"也被"韩信"杀了。

不过片刻的工夫，他们这边的"韩信"直接拿到了三杀。

"随手给你一刀"："'韩信'要不要脸，不就是杀了你老婆两次吗？"

"打野小王子"："我的人，谁都不许动！"

"威猛又雄壮"："哇！'小信信'你好有男子气概哦！"

"晴天必须打伞"："厉害！"

"雨天从不打伞"："太帅了！太帅了！"

韩也看着屏幕上队友那一行行起哄的文字，忍不住又有点害臊。

"不要爱上妾身"："哇哇哇，对面'韩信'小哥哥好帅啊！小哥哥要不要跟我处对象，小哥哥你还缺女朋友吗？"

"不要爱上妾身"："小哥哥不要跟'妲己'在一起了，她那么弱没有前途的，跟我在一起，我们一起升到最强王者吧！"

"豌豆小公主"："哪儿来的上哪儿凉快去！"

"不要爱上妾身"："来啊，单挑啊，谁赢了，谁就能跟'韩信'小哥哥在一起！"

"豌豆小公主"："呵，你以为我会怕你？"

韩也打完那几个字之后，便操纵着"妲己"钻进了中路的草丛。他就这么静静地蹲在草丛里，看到濒死的"貂蝉"从自家的野区出来，就二话不说直接冲上去击杀了她。原本还是0:2战绩的韩也，立刻就变成了1:2的战绩。

自从杀了一次"貂蝉"之后，韩也就像是突然开了窍一般，他操纵着自己的"妲己"埋伏在中路的草丛里、野区的草丛里、河道的草丛里、火边路的草丛里，每一次"貂蝉"路过的时候，他就迅速地冲上去击杀她。

不过短短几分钟的工夫，韩也的战绩便一路飙升，变成了6:2。

"不要爱上妾身"："'妲己'你有病吗？我偷你家鸡了，还是吃你家米了，你一直盯着我干吗？"

"豌豆小公主"："你觊觎我家'韩信'了！"

"不要爱上妾身"："得了吧，人家'韩信'小哥哥都不承认你是他老婆，还你家韩信呢，不要脸！"

"豌豆小公主"："嘤嘤嘤，师父，对面'貂蝉'嘲笑我，要不咱俩组个情侣吧，我也想要那个小爱心。"

"打野小王子"："这个……好吧。"

"豌豆小公主"："哈哈哈，'貂蝉'看见没，'韩信'现在是我家的了吧，气死你气死你气死你！"

……

这一局游戏，在于晚晚的"韩信"和韩也的"妲己"的带领下，最终以36∶12的高比分差获得了压倒性的胜利。

游戏刚一结束，韩也便直接返回了大厅，在亲密关系里找到于晚晚的账号，接着飞快地将"和对方绑定情侣"的请求发送了出去。

隔壁的卧室里，于晚晚看着自己手机屏幕上显示的"豌豆小公主想和你绑定情侣"的请求，轻轻地咬了咬嘴唇。

她刚刚在游戏里只是为了维护自家徒弟的面子，所以才答应要跟对方绑定情侣，可是现在游戏都结束了，难道她真的要和对方绑定情侣？这样不太好吧，这样算不算欺骗人家小姑娘的感情？

于晚晚长叹了一口气，看着自己手机界面上"豌豆小公主"发来的情侣关系请求，迟疑了好一会儿，终究还是按下了"拒绝"按钮。

隔壁书房的韩也目瞪口呆地看着手机屏幕上的拒绝讯息，一时之间竟然不知道该做何反应。

怎么回事？刚刚在游戏里的时候，她不是答应了要和自己绑定情侣关系的吗？这才过了几秒钟，她怎么就说话不算话了呢！

想到这里，韩也猛地站起身来，丢下自己的手机，朝着于晚晚的卧室冲了过去。

于晚晚刚准备退出游戏去给韩也补课，卧室的房门便被砰的一声推开了。

于晚晚吓得小手一抖，手机差点摔到地上去。

她抬起头来，看到了一脸气急败坏的韩也，迟疑了一下，小心翼翼地问道："怎……怎么了？"

"你为什么拒绝我？"韩也气呼呼地质问于晚晚。

于晚晚莫名其妙地看着他："我拒绝你什么了？"

"刚刚在游戏里！你为什么要拒绝我和你绑定情侣关系的申请？你明明已经答应我了，你为什么又拒绝我？"韩也连珠炮似的朝着于晚晚不停地发问。

于晚晚听着他的话，愣了一下，然后突然反应过来，她惊得站起身来，直直地瞪着韩也道:"你说什么?刚刚申请和我绑定情侣关系的人是你?"

韩也这才后知后觉地反应过来,自己好像暴露了。

"你就是'豌豆小公主'?"于晚晚眯了眯眼睛,看着韩也,一字一顿地问道。

"不,不是的,我刚才什么都没说。"韩也回过神来,神色一下子变得慌张起来。他伸手摸了摸鼻子,眼神闪躲,不敢看于晚晚。下一秒,他直接转身往回走:"我刚想起来我还有一道数学题没做呢,我先回去写题……"

"你给我站住!"于晚晚没等他把话说完就直接冲了过来,一把扯住韩也的胳膊将他拽了回来,下一秒,她的双手撑在他身后的门板上,将他整个人都固定在门板和自己的胳膊中间,眯了眯眼睛道,"给我把话说清楚!"

"说清楚什么?"

韩也虽然个子比于晚晚高很多,可是此刻被于晚晚这突然的举动吓到,再加上自己有点心虚,眼神便飘忽得更加厉害了。

"你刚刚说,在游戏里申请了和我绑定情侣关系?"于晚晚仰起头,一双大眼睛直直地看着他。

韩也扭开头,眼睛一会儿看看天花板,一会儿看看窗外。

"所以游戏里的那个'豌豆小公主'其实就是你吧?"于晚晚看着他这一副心虚的模样,心中已经差不多确定了个七八成,她皱着一双秀气的眉毛,瞪着韩也继续问道,"你知道'打野小王子'是我?"

"我、我不知道啊。"韩也看着面前的于晚晚,底气不足地回答道。

"嗯?"于晚晚朝着他挑了挑眉,似笑非笑地看着他。

"我的意思是,我一开始并不知道'打野小王子'就是你,我也是后来才知道的……"韩也一脸欲哭无泪地看着她道。

"后来是什么时候?"于晚晚继续朝着他问道。

"大概就是上次咱们一起吃烤肉的时候吧。"韩也小声地对她说,"那次正好你舍友喊你上线,然后我就无意中瞥到了你的游戏昵称。"

原来是这样。

于晚晚想了想,收回了自己撑在门板上的手,直起了身子看着他道:"想不到王者峡谷这么大的地方,我都能遇到你。"

"对啊对啊,这就是缘分啊。"韩也见她收回了手,立刻松了一口气,露出一脸讨好的笑容。

于晚晚白了他一眼,没好气地问道:"那你为什么不早点告诉我,你就是'豌豆小公主'?"

"这个……"韩也有些尴尬地伸手挠了挠自己的脑袋,轻声说道,"我要是告诉你我就是'豌豆小公主'的话,会被你笑死的吧。毕竟这个名字这么幼稚,而且我的操作技术又那么差,再加上每场比赛都被人击杀那么多次,我不要面子的吗?"

于晚晚听到他的话,失声笑了出来。

韩也脸上的神情顿时更尴尬了。

于晚晚好不容易止住笑声,看着韩也转了转眼珠,突然开口道:"既然'豌豆小公主'是你的话,那咱们就组个情侣吧。"

韩也一脸震惊地看着于晚晚,简直不敢相信自己的耳朵。

她竟然主动说要和自己组情侣配对啊!所以她这么说,其实是她也喜欢自己的意思吗?

"二晴的那个小爱心,其实我也好想要啊。"于晚晚看着他眼神里的震惊之色,顿时有些不好意思地解释道,"不过我总觉得和一个陌生人组情侣感觉怪怪的,而且我一直都以为那个'豌豆小公主'是女孩子,我要是答应了她的请求,那不就等于是骗了人家小姑娘的感情吗?"

小姑娘?韩也皱了皱眉,无话可说地看着她。

"不过如果'豌豆小公主'是你的话,那就没关系啦。"于晚晚一脸开心地看着韩也道,"我们两个组情侣,我完全不用担心自己欺骗了你的感情,你说是吧?"

"嗯,是吧……"韩也有些不太确定地看着她道。

于晚晚在听到他的回答之后,顿时开心地一拍手,拿起手机点开亲密关系的界面，找到'豌豆小公主'的账号，然后发送了绑定情侣关系的请求。

做完这一切之后，她转头看着依然站在门口没有动弹的韩也，挑了挑眉道："还愣在那里干吗，快点通过我的申请啊！"

"哦。"韩也回过神来，低低地应了一声。

一直到通过于晚晚的申请之后，他都还感觉自己像是在做梦一样。

倒是于晚晚，一脸兴奋地看着韩也道："你同意了吗？那咱俩现在就已经成为情侣了！快快快，咱们快来打一局游戏，让我看看名字前面有没有小爱心。"

"哦，好。"韩也机械地点了点头，看着手机屏幕上于晚晚邀请自己进行排位赛的信息，直接按下了同意按钮。

选过英雄之后，等到倒计时结束，又进入了加载页面。

然而于晚晚看着她和韩也两个人的昵称前面空荡荡一片，感到十分意外。

韩也也是一脸疑惑地看着坐在自己对面的于晚晚道："咱俩刚才不是绑定情侣关系了吗？为什么我没看到爱心啊？"

"我也没看到啊。"于晚晚有些奇怪地盯着屏幕道，"你刚刚确定通过我的申请了吗？"

"当然了。"韩也十分肯定地回答，"我又不是不认识字，同意和拒绝两个词我还是分得清的。"

"那就奇怪了。"于晚晚小声地嘀咕，"算了，算了，等这局打完了之后，我打个电话问一下二晴是怎么回事吧。"

"好。"韩也点点头。

打完了这一场游戏，于晚晚打了个电话给唐又晴，在详细咨询了一番之后，她挂断电话，抬起头来，用十分认真的眼神看着韩也，声音清脆地说道："刚刚二晴说了，游戏里的好友是有亲密度的。亲密度满一百，可以绑定情侣或者死党的关系，直到亲密度满六百，各种关系的对应图标才会显示出来。"

她的声音顿了顿，低头看了一眼自己的手机屏幕说："咱俩的亲密度才二百四十六，怪不得没有那个小爱心显示出来呢。"

"所以呢？"韩也听着她的话，微微皱了皱眉道，"咱们得把亲密度升到六百才能有爱心？"

"对！"于晚晚点点头，一双眼睛盯着韩也看了一会儿，长长地叹了一口气道，"算了，咱们还是先补课吧，等你把今天的试卷都做完了，咱们再来增加亲密度。"

韩也转头看了一眼摊在桌子上的一堆试卷，一脸绝望地哀号道："咱能休息一会儿再写吗？我可是寒假第一天就坐动车来你这儿了，要不咱们下午打游戏，晚上再补课？"

"可是……"于晚晚听着他的话，心中有些犹豫。

"再说你刚刚还说要玩'貂蝉'给我看的。"韩也赶紧趁热打铁道，"要不再玩一局，就最后一局？"

"那……好吧。"于晚晚点点头，却是直接伸手将韩也的手机抽走了道，"我玩一局'貂蝉'给你看，但是你不能玩。"

"为什么啊？"韩也一脸可怜兮兮地看着她，"咱俩不是要增加亲密度吗？一起玩好歹也能增加一点亲密度啊。不然你自己玩，我在旁边看着，跟我和你一起玩，有什么区别？"

于晚晚歪着脑袋想了想，觉得他说的好像有点道理。

"那好吧，咱俩一起打排位赛去。"于晚晚又将韩也的手机还给了他道，"打完这一局你就去做试卷。"

"好！"韩也爽快利落地答应了。

这一场比赛里，于晚晚直接选了"貂蝉"，韩也本来是想选"妲己"的，可是于晚晚提醒他说一个中路法师就够了，最好不要两个法师。

韩也再看看其他的队友，上路、下路、辅助都已经有人选了，他脑子一热，便直接点了"李白"。

于晚晚抬起头来，好笑地看着他道："你要玩'李白'？"

"怎么了？"韩也一脸不服气地看着于晚晚道，"当初你第一次玩'李白'的时候，不就直接五杀了吗？我虽然也是第一次玩，但就算不能五杀，好歹也拿个三杀吧。"

于晚晚似笑非笑地点了点头,声音中带着一丝促狭道:"祝你好运。"

什么好运,看他用实力说话!

韩也抿了抿嘴唇,目光看着自己的手机屏幕。在游戏正式开始之后,他便直接点了第一个技能冲了出去。

"哎?等等,他怎么走了两步,又回原地了?"

"这个英雄的技能怎么没有伤害?一技能就是个位移?二技能是什么鬼啊,在身边画个圈圈有什么用啊?"

于晚晚一脸淡定的神情听着韩也碎碎念,自己白皙的手指操纵着貂蝉直奔对方野区。

"这个'李白'到底有什么用啊?去打主宰,怎么还能被主宰拍死啊?"韩也看着自己的手机屏幕再次暗了下来,顿时万念俱灰地哀号道。

"你的操作不对。"于晚晚一边平静地和他说话,一边用"貂蝉"又拿了个"五杀"。

"我怀疑我们玩的不是同一个英雄。"韩也凑到于晚晚身边,看着她的"貂蝉"姿势优美地在对面五个英雄中转来转去,明明血条已经到了最低,却依然能够不慌不忙地全歼对手,忍不住小声感慨道,"为什么我玩的时候就死得那么快呢?"

"因为她的大招放出来之后,只要站在那个圈圈里,第一个技能和第二个技能就会快速冷却。"于晚晚说着抬头看了韩也一眼,然后朝着他扬了扬下巴道,"你怎么不玩'李白'了?"

"算了,玩不起来。"韩也撇了撇嘴,直接将自己的手机丢到了旁边,"我觉得我直接挂机都比我出去送人头来得强。"

于晚晚听到他的这句话,强忍住笑意,默默地点了点头。

嗯,还算有自知之明。

韩也凑在于晚晚身边看着她玩游戏,于晚晚的"貂蝉"在对方的野区里闲庭信步,来去自如。他就这么看了一会儿之后,忍不住心痒痒地开口说道:

"让我玩一下，我已经大概明白'貂蝉'该怎么玩了，让我试一试。"

"好。"于晚晚直接将手机塞给了韩也，自己转而拿起韩也的手机开始玩"李白"。

于是韩也的队友眼看着刚刚还能"五杀"的"貂蝉"在下一秒就惨死在超级士兵的身下，而刚刚还被"主宰"打死的"李白"现在却徜徉在对方的野区里，一个个不约而同地发来关切的问号。

韩也有些烦躁地玩着"貂蝉"，明明于晚晚玩的时候看起来操作很简单的，为什么到了他手里又不一样了呢？

眼看着貂蝉的战绩由刚才的9：0变成了9：9，韩也终于有些抓狂地抬起头来朝着于晚晚道："你别玩'李白'了，快来帮看看我这个'貂蝉'该怎么办啊。"

于晚晚抬起头来，看着韩也吹胡子瞪眼的模样，忍不住笑了一下。她丢下手中的手机，走到韩也身后，低头看了一眼，然后突然伸出一只小手握住他的左手道："你控制一下方向呀，不要直接往团战的人群里冲。"

韩也身子一僵，目光不由自主地落在了她握着自己左手的那只小手上。她的掌心温热又柔软，贴在自己的手背上的感觉，软软的，滑滑的，就像一块丝绸轻轻地覆盖在手上，让他忍不住心跳加速。

"你放技能啊！你傻愣着干吗？"于晚晚一声惊呼，另外一只手赶紧握住韩也的右手，推着他的拇指在屏幕上点了两下，责怪道，"你看，你看，直接放一个技能再追加一个技能，对面的'花木兰'不就挂了吗？"

韩也只觉得自己被一个小小的、温暖的怀抱从身后圈住，她的侧脸离他特别特别近，近到他几乎能够感受到她脸颊的温度。她明明没有挨着他，可是这种似有若无的触感却让他莫名其妙地感觉紧张起来。

下午的阳光正好，透过书房的落地玻璃窗照在他的身上，也照在她的身上。

她身上有一股淡淡的、甜甜的香气萦绕在他周围，他说不出来那到底是怎样的一种味道，但就是觉得特别好闻。

她耳边的发丝擦过他的脸颊，如同一片羽毛轻轻飘落，带来一丝痒痒的感觉。

韩也只觉得自己的心跳正以几何倍数往上加速。

"你看屏幕啊，集中精神啊，你往哪儿走呢？"于晚晚一把按住韩也的左手，语气里带着一丝无奈，"看，死了吧，刚刚明明可以闪现逃跑的。"

韩也的思绪一下子被她拉了回来，他的视线有些慌乱地落在自己的手机屏幕上，接着又落在她按住自己的那只手上。

下一秒，他仿佛被狠狠地烫了一下，飞快地扔掉自己手中的手机，红着脸站起身来，结结巴巴道："我，我们还是去写试卷吧。"

"啊？"于晚晚没想到他会突然站起来，刚刚还凑在他脸颊旁边的脑袋，被他的肩膀突然这么用力一顶，磕得下巴生疼。

韩也看着她捂着下巴，被自己撞得眼泪都快要流出来的样子，赶紧一脸关心地问道："你怎么了，是不是被我撞到了？"

"废话！"于晚晚红着眼睛，没好气地白了韩也一眼道，"打游戏打得好好的，你突然站起来干吗？"

"我……"韩也努力平复着自己胸腔里那颗疯狂跳动的心脏，深吸一口气，努力让自己的声音听起来很沉稳，"我觉得还是学习比较重要，毕竟还有几个月就要高考了。"

于晚晚眼神古怪地盯着韩也看了一会儿，扯了扯嘴角道："我要是没有记错的话，刚刚好像是你强烈要求我们再打一局的？"

"我……"韩也嘴唇微微动了动，半响，才小声说，"反正我也不会玩'李白'，用得那么闹心，还不如去写试卷。"

于晚晚好笑地摇了摇头，她放下手中的手机，直接关掉手机屏幕，然后走到韩也对面的位子上坐了下来："那好吧，不玩就不玩，咱们还是先来写作业吧。"

"嗯。"韩也心虚地应了一声，默默地重新坐了下来。

这一整个下午的时间，韩也都在努力地做试卷，他的大手握着钢笔，笔尖在纸面上沙沙地不停写着,每一道题目他都飞快地思考然后写出解答,完全不让自己有一刻停歇。

窗外的日光渐渐西斜,昏黄的光芒渐渐消失不见,小区里亮起了一盏盏灯光。

韩也快要写完数学试卷的时候,外面的楼道里突然响起一阵嘈杂的对话声,紧接着于晚晚家的大门被人按响了门铃。

他的笔尖微微一顿,转头朝着书房门外看了一眼。

"来了,来了!"于妈妈一边大声地应着,一边飞快地跑去开门。

大门被打开,于妈妈看着门外站着的人微微怔了一下,随即便满脸笑容道:"小信呀,你回来了?"

"阿姨。"李信朝着于妈妈露出一个浅浅的笑容道,"是呀,其实下午的时候就已经到火车站了,只是因为下大雪,路上没什么出租车,打了半天都没打到车。"

"快进来,快进来。"于妈妈赶紧侧了侧身子,让李信进门,"外面冷吧,赶紧进屋暖和暖和。"

"谢谢阿姨。"李信笑了笑,迈进于晚晚家的大门,然后自觉地在门口换了拖鞋之后,随口问道,"晚晚呢?"

"晚晚在书房呢,我去叫她啊。"于妈妈笑眯眯地应了一声,接着便朝着书房走了过去。

韩也赶紧转回头来,目光看着自己面前的试卷,假装正在努力地做题目。

书房的门被推开,于妈妈探头进来,对于晚晚道:"晚晚,小信来了,你出来陪他说会儿话吧。我正好去门口菜场买点菜,你爸晚上不在家里吃,他们同事家的女儿今天结婚。"

"好。"于晚晚点头应了一声,站起身来,朝着韩也低声道,"你把卷子都写完了再来找我。"

"嗯。"韩也默默地点了点头,握着钢笔的手却忍不住微微用力,导致笔尖在纸面上划出一条深深的痕迹来。

于晚晚起身走出书房，顺手关上了书房的房门。

外面客厅里，于妈妈的声音里满是笑意地对着李信说道："小信，你先跟晚晚聊天，阿姨去门口菜场买点菜，回来给你们做好吃的。"

"阿姨，不用这么麻烦了。"李信赶紧朝着于妈妈道。

"没事，没事，就算你不来，我也得出去买菜，家里的菜都吃光了。"于妈妈一边说着一边穿上外套，拿起自己的小手包就走了。

等于妈妈离开后，李信回过头来，一脸无奈地看着于晚晚道："阿姨还是这么热情。"

"我妈一直都是这样的，你又不是不知道。"于晚晚有些好笑地看着他，然后跟着李信走到客厅的沙发跟前坐了下来，"吃水果吗？"

"不用了，在外面冻了好长时间，这会儿看见水果这种冰冰凉凉的东西并不是很有食欲。"李信坐在于晚晚旁边，将双手放在嘴边轻轻地呵了呵气道。

"嗯，好吧。"于晚晚想了想，自己掰了一个香蕉，剥开皮，吃了起来。

"晚晚。"李信坐在于晚晚身边，默默地看了她一会儿之后，突然开口喊了她一声。

"嗯？"于晚晚转过头来，满眼疑惑地看着他，"怎么了？"

"那个……"李信迟疑了一下，然后伸手摸了摸鼻子，略有些羞涩地说，"我买了今天晚上的电影票，咱们晚上一起去看电影啊？"

"啊？什么电影？"于晚晚顺口问道。

"《太空救援》，你看吗？"李信认真地问道。

"没有听说过……"于晚晚想了想，随口道，"要是好看的话，那就去看吧。不过外面不是在下雪吗？"

"雪已经停了。"李信有些好笑地看着于晚晚道，"你是在书房里面看书看得入迷了吗？竟然都不知道外面的雪早就停了。"

"我没注意嘛。"于晚晚吐了吐舌头，一口咬下最后一口香蕉，声音含糊不清道，"既然雪停了的话，那咱们就去看电影吧。"

"好。"李信点了点头，脸上露出一个灿烂的笑容来。

"哦，不行。"于晚晚刚刚说完那句话，便像是想起了什么一般，朝着李信继续道，"也不是不行，就是咱们还得带一个人去。"

李信疑惑地看着于晚晚，一时之间没有听懂她话里的意思："你是想带阿姨一起去吗？那我这就给她再买一张票。"

"不是啦。"于晚晚将嘴里的香蕉全部咽了下去，这才哭笑不得地看着李信道，"我妈才不高兴这么冷的天出去看电影呢。"

"那是……"李信伸手拿手机的动作微微顿了顿，一脸不解地看着她。

就在这个时候，书房门被人从里面拉开，紧接着一个高高瘦瘦的身影走了出来，不咸不淡地声音传了过来："她的意思是要带上我一起去。"

李信在听到这个声音的瞬间微微一怔，转头朝着书房的方向看了过去，这一看，他整个人都愣住了。

眼前那个眉眼清秀、表情冷漠的家伙，不是韩也又是谁。

韩也不慌不忙地走到客厅里，在于晚晚的另一边坐了下来，长腿一伸，双手枕在脑后优哉游哉地道："晚晚，是吧？"

于晚晚努力扯出一个微笑看着李信，尴尬地道："是的，咱们要是出去看电影的话，就得带上韩也。"

她的话音刚落，客厅里面瞬间一片寂静。

李信无比震惊地看着韩也，半晌才反应过来，他伸出一只手指指着韩也，朝着于晚晚诧异地问道："这小子怎么会在你家？"

"咳咳，这个说来话长……"于晚晚解释道，"不过长话短说的话，就是他这个寒假都要住在我家补课。"

李信听完于晚晚的这句话，眼里的震惊更加明显了。他满脸不可思议的表情看着韩也，一时之间竟然不知道该说些什么才好。

倒是韩也，转过头来，一双幽深的眼眸微微垂下，看着坐在于晚晚身边的李信，唇角勾起一个浅浅的弧度，说道："不好意思了，麻烦你帮我也买张票吧。"

大概是震惊得过头了，李信反而一下子回过神来，他皱了皱眉毛，盯着韩也看了一会儿之后,微微一笑道:"哦,原来你是来晚晚这儿补课的啊。不管怎么说,来者是客,请客人看场电影是应该的。"

韩也听到他的话,脸色沉了一分,嘴唇微微抿了抿,不说话了。

倒是李信,直接拿出自己的手机来,准备买电影票。他找到之前定的那场电影,认真地看了一眼座位,然后抬起头来,朝着韩也淡淡地笑了笑道:"真是不好意思了,我跟晚晚周围的座位已经有人定了,要不我给你定个后排的座位吧?"

韩也眯了眯眼睛,盯着李信看了一会儿之后,声音冷冷地开口道:"不用了,我还是自己买吧。"

"哦,那我就不跟你客气了。"李信顺着他的话,收起了自己的手机。

韩也默默地从口袋里掏出自己的手机看了一眼,果然今天晚上八点钟的那场《太空救援》中间的位置已经被选光了。剩下的不是前三排就是后三排,要么就是侧边的位置。

韩也迟疑了一下,最终还是选择了最后一排的中间位置。

他们这边刚刚买完电影票,那边于妈妈便买完菜回来了。

于妈妈一回来,家里顿时热闹起来,李信和韩也两个人纷纷主动上前要求给于妈妈打下手,两个人在厨房里绕着于妈妈转了一圈又一圈。

于晚晚站在客厅里,看着他们两个人全进了厨房,忍不住撇了撇嘴。

她记得李信哥哥好像并不会烧饭,那他进厨房干吗啊?还不如让韩也进去帮忙呢。唉,算了,她只要等着吃饭就好。

这么一想,于晚晚便心安理得地转身回了书房,默默地拿起手机,继续打游戏了。

吃过晚饭,于晚晚和妈妈说了一声,然后便和李信、韩也一起去看电影。

因为下午刚刚下过雪,路面上还有些湿滑,于晚晚裹紧了自己的羽绒外套,双手插在口袋里冻得瑟瑟发抖道:"好冷啊,好冷啊,这么冷的天蹲在家里打游戏多好。"

"就是,谁让某人非要出来看电影。"韩也缩了缩脖子,若有所指地瞥了李信一眼。

李信微微一笑，伸手将围在自己脖子上的围巾解了下来，然后一圈一圈认认真真地系到于晚晚的脖子上道："出来之前让你戴个帽子，围个围巾，你偏不听，现在知道冷了吧？"

于晚晚仰着脑袋，任凭他将围巾系好，闷声说道："我只是没想到晚上会这么冷啊，下午的时候明明还好。"

"下雪不冷，化雪冷，难道你没有听说过吗？"李信有些好笑地看着她，将围巾打了个结之后，用宠溺的语气说道，"好了，这下不冷了吧？"

"嗯嗯。"于晚晚乖乖地点了点头。

韩也站在一旁，看着灯光下李信给于晚晚系围巾的模样，忍不住眯了眯眼睛，他沉默了片刻之后，突然开口朝于晚晚道："晚晚，我有点冷。"

于晚晚回过头来，看着韩也身上还穿着下午的那件大衣，忍不住朝着他念叨："你出来的时候怎么也不穿个厚点的衣服啊。这么冷的天，穿个羽绒服才是对下雪天的尊重呀。"

"我没有带羽绒服过来。"韩也可怜巴巴地看着于晚晚，然后将自己的一只大手伸到于晚晚的眼前晃了晃道，"好冷啊，你看，我手都冻红了。"

昏黄的路灯下，他白皙修长的手指骨节分明，然而指关节的地方有些微微泛红。

于晚晚有些无奈地看着他，半晌，轻叹一口气，伸手握住他的大手揣进了自己羽绒服的兜里道："算了，算了，你把手放到我的羽绒服口袋里暖和一下吧。"

"好！"韩也露出了开心的笑容，修长的大手顺便在兜里反握住于晚晚的小手，"再帮我焐一下嘛……"

于晚晚微微怔了一下，她掌心里的那只手冷冰冰的，一点温度都没有，摸起来就像是冰块一样，他的指尖碰触到她的皮肤时，竟然带来一阵刺骨的寒意。

"真是拿你没办法……"于晚晚忍不住摇了摇头，温热的小手紧紧地握住韩也的大手，语气里满是无奈。

李信看着眼前的这一幕，一时之间竟然不知道该做何反应。

他是真的没有想到这个世界上竟然会有这么厚脸皮的男生，竟然借口说自己手冷就顺带着把手揣进女生的兜里？

揣进兜里就算了，眼下这情形看起来，他似乎已经直接握住于晚晚的手了。

那他怎么办？他总不能也学着韩也这样，不要脸地跟于晚晚说"晚晚，我也手冷"吧？

韩也看着李信眉头紧锁的样子，心里顿时一阵得意。

李信沉吟了片刻之后，冷冷地瞪了韩也一眼，心说，你就得意吧，过会儿到了电影院，我看你还怎么得意。

韩也毫不示弱地回瞪了回去：呵，咱俩走着瞧。

好在电影院离于晚晚家并不是很远，他们三个人走了大约十分钟就到了。

电影是八点钟开始，他们到电影院的时候才七点四十五分。

李信去自助取票机上将自己定的两张电影票取了出来，然后将其中一张递给于晚晚道："晚晚，你的电影票。"

"谢谢。"于晚晚伸手接过那张电影票，笑眯眯地说了一声。

韩也默默地看了他俩一眼，迈开长腿，自己到另外一台自助取票机上取票去了。

眼看着离电影开始还有五分钟，入口处的工作人员已经在招呼大家检票了，韩也却突然对于晚晚道："晚晚，我想喝可乐，你能不能帮我买一杯？"

"啊？"于晚晚微微一怔，抬起头来，一双黑白分明的大眼睛看着他道，"现在？"

"不行吗？"韩也眨了眨眼睛，又使出了他的撒手锏，一双乌黑深邃的眼眸可怜巴巴地看着她问道。

"行吧，我给你买去。"于晚晚扯了扯嘴角，转头朝着李信问了一句，"你呢，喝可乐吗？"

"不用了。"李信瞥了韩也一眼,说了一句,"可乐这种东西都是小孩子喝的。"

"呵。"韩也直接冷笑了一声。

"那行吧,我去买杯可乐,你们两个先进去吧。"于晚晚一脸无奈地朝着他们两人道。

"他想喝可乐,让他自己买去啊,为什么非要你给他买?"李信一脸鄙夷地看着韩也道。

"我没带钱啊。"韩也十分坦然地看着李信道,"不让晚晚帮我买,难道让你帮我买啊?"

李信白了他一眼,懒得理他了。

倒是于晚晚看着他们两个人,忍不住开口催促道:"好了,好了,你们两个先进去吧,我过会儿直接进去找你们。"

"等一下。"眼看着于晚晚就要转身朝着卖饮料的地方跑过去了,韩也突然开口喊住她,"你的电影票我帮你拿着吧。"

于晚晚微微怔了一下,下意识地将自己手中的电影票递给了韩也道:"哦,好……"

韩也用右手接过她手中的电影票,顺手就揣进了兜里,然后又像是突然想起了什么,朝着于晚晚道:"哦,不行,我拿了你的电影票,你过会儿就进不去了,算了,你自己的票还是你自己拿着吧。"

他说完这句话之后,伸出左手来,将电影票又还给了她。

于晚晚扯了扯嘴角,没好气地看了他一眼,接过自己的电影票,转身朝着卖饮料的地方跑了过去。

韩也眼看着她跑远,转过头来,看了一眼排在自己前面的李信,随口催促道:"往前走啊,别挡着后面的人。"

李信皱着眉头看了韩也一眼,总觉得好像哪里有点不太对劲。

他们两个人检票进了电影厅之后,韩也拿着自己手中的票,朝着李信挥了挥手道:"拜拜,我的位置在最后一排。"

他说完这句话，也不等李信回他，便直接迈开长腿，朝着最后面走去。

李信看了他一眼，又看了一眼自己手中的票，低头朝着中间那排最边上的人笑了笑道："不好意思，麻烦让我过去一下。"

待到韩也在最后一排的位置上坐定之后，他看了一眼坐在中间一排中间位置上的李信，忍不住勾起唇角，露出一个坏坏的笑容来。

不过片刻工夫，电影厅里的灯便灭了，大荧幕上开始播放电影开始之前的广告。韩也优哉游哉地跷着二郎腿，一双眼眸在黑暗中朝着电影厅的入口处看去。

下一秒，一个娇小的身影摸索着走进了电影厅。

于晚晚端着手中的可乐杯子，拿着电影票，看着已经黑下来的电影放映厅，忍不住在心里嘀咕了一句，好在刚刚在外面的时候她看了一眼自己的座位是13排14座。

她沿着地上散发着微弱光芒的标记一路往后走，在找到自己的座位时，忍不住有些惊讶地看着旁边的那个人道："韩也？"

韩也抬起头来，在看到于晚晚那双清澈明亮的眼睛时，露出了一个满意的笑容，只是在这昏暗的环境下于晚晚并不能察觉。

"买个饮料都这么慢，电影都快要开始了。"他一脸嫌弃地伸手拍了拍自己旁边的位置，朝着于晚晚道："坐啊，还站着干吗？"

"不是，我……"于晚晚奇怪地看着韩也，又低头看了看自己手中的电影票。

是13排14座没错啊，可是刚刚在家里的时候，李信哥哥不是说她的座位是和他在一起的吗？

"你怎么了？"韩也直接伸手握住于晚晚的手腕，拽着她坐了下来，"你腿短跑得慢，难道连坐下来都慢吗？"

"你才腿短呢。"于晚晚没好气地白了他一眼道，"我只是在纳闷，我的位置明明是在李信旁边的啊，怎么会跑到你旁边来了？"

韩也不着痕迹地转过头去，一双眼睛直视着前方的大屏幕，声音冷冷地回答:"我怎么知道,你要是那么想坐在他身边,你就坐过去好了,反正他旁边的位置也是空着的。"

于晚晚顺着他目光的方向朝前看了一眼,果然,中间那排的中间位置空出来了一个。

只是她看到那个位置前后左右都已经坐满了人,便无奈地说道:"还是算了吧,电影都开始了,我再这么跑过去,会打扰到别人看电影的。"

韩也看着大屏幕,漫不经心地点了点头。

"给,你的可乐。"于晚晚将手中的那杯可乐递给韩也,然后随口小声念叨道,"你就不能少喝点可乐,这么冷的天还喝这么冰的饮料,很容易受凉的。"

"你希望我少喝点可乐吗?"韩也突然转过头来,一双幽深的眼眸在黑暗中直直地看着她。

"啊?"于晚晚微微一怔,下意识地点了点头道,"对啊,类似可乐这种饮料,还是少喝一点比较好。"

"嗯。"韩也认真地应了一声,然后将手中的那杯可乐塞进于晚晚手里道,"那我以后不喝可乐了。"

于晚晚扯了扯嘴角,看着他塞回来的可乐,责怪道:"那你早说啊,你早说我不就不用跑去买可乐了!"

"嗯,对不起,下次不会这样了。"韩也又用无辜的眼神看着于晚晚,唇角勾起一抹浅浅的弧度。

没关系,反正这杯可乐已经完成了它的使命。

"你这家伙,真的是……"于晚晚端着手中的那杯饮料,语气里满满的都是无奈。

"好了,好了,别念叨我了,电影都已经开始了,认真看电影吧。"韩也朝着她笑了笑,双手扶住她的脑袋,将她的头转到了正前方,然后又转了回来朝着自己说道,"不过你要是觉得我比电影好看的话,那我也不介意你一直看着我。"

"走开!"于晚晚没好气地白了他一眼,随手将那杯可乐放在了旁边的扶手上，转过头去看向大荧幕。

韩也满眼笑意地看着她，眼睛亮晶晶的，不说话了。

这边于晚晚已经在韩也的身边坐下来了，那边李信却还在默默地等着于晚晚过去，只是他左等右等也不见她进来。

怎么回事，晚晚怎么到现在还没进来？难道是外面排队买饮料的人太多了，还是她迷路了？

李信越想越觉得担心，干脆掏出手机给她发了一条信息："晚晚，怎么还没进来，要我出去接你吗？"

于晚晚坐在座位上，发现自己兜里的手机轻轻地震动了两下。她从口袋里拿出手机，看了一眼，然后赶紧回了一条信息过去："哎呀，我忘了跟你说了，其实我已经进来了，不过刚刚小也给我票的时候估计给错了，我现在在最后一排。电影已经开始了，我就不过去了，怕打扰到别人看电影。"

给错票了？李信看着自己手机屏幕上的那段话，一双眉毛忍不住紧紧地皱了起来。

他的脑海里突然回想起刚刚在外面时，韩也似乎是用右手接过了于晚晚手中的电影票，然后又用左手重新给了她一张票。

也就是说，他买了两张后排的电影票揣在兜里，接着借机把于晚晚手中的那张票给换掉了？

呵，想不到这家伙，成绩不怎么样，花招倒是挺多的。

李信握着手机的手指微微紧了紧，忍不住咬牙切齿。

好不容易等到电影结束，李信站在放映厅的大门口等了一会儿，终于看到韩也和于晚晚两个人肩并着肩，有说有笑地走了出来。

"晚晚。"李信深吸一口气，上前一步，面带笑意地喊了她一声。

"哥哥。"于晚晚有些不好意思地朝着他吐了吐舌头道，"不好意思，刚刚票拿错了，我看前面人太多了，就没有过去。"

"没关系。"李信微微一笑，若无其事地说道，"反正坐在哪里都是看嘛，怎么样，电影好看吗？"

"嗯！挺好的！"于晚晚用力地点了点头。

"你喜欢就好。"李信看着她，笑了笑，目光不经意间瞥过站在于晚晚身边的韩也，声音微微一顿道，"晚晚，我想和你说几句话。"

"嗯？"于晚晚抬起头来，一双黑白分明的大眼睛看着他，回答道，"好，你说吧。"

李信笑着摇了摇头，一只手直接放在于晚晚的背后，轻轻地推了推她："可是我想单独跟你说几句话，我们去那边可以吗？"

于晚晚满眼疑惑地看着他。

"就一会儿。"李信露出一个温润的笑容，他转头看了一眼站在旁边的韩也，随口道，"你不介意吧？"

韩也忍不住翻了个白眼，一脸不爽的表情："我介意啊。"

"哦。"李信点点头，不在意地应了一声，转回头来朝着于晚晚道，"我们去那边。"

他一边说着一边将于晚晚朝着旁边奶茶店的过道拽了拽。

于晚晚莫名其妙地被他拽了过去，接着抬起头来，不解地看着李信道："有什么话不可以当着小也的面说吗？"

"嗯，"李信低低地应了一声，然后朝着于晚晚笑了笑道，"仔细算一算，咱们也认识十五年了吧。"

"有这么久了吗？"于晚晚微微一怔，随即反应过来道，"好像是的，从我上幼儿园开始咱俩就认识了，那会儿我才三岁吧，一转眼都快十五年过去了。"

"是啊。"李信有些感慨地点了点头，斜倚在身后的墙上，一双清澈的眼眸看着眼前的于晚晚，沉吟了片刻道，"这么多年，我一直把你当成妹妹，只是没想到，一转眼的工夫，妹妹都长这么大了。"

"哈哈哈，人嘛，总会长大的。"于晚晚忍不住有些好笑道，"你喊我过来就是想跟我说这些？这些话有什么不能让韩也听到的？"

"不是。"李信眨眨眼睛，脸上的神色变得认真起来，"其实我是想以哥哥的身份问问你,你是不是喜欢韩也?"

于晚晚在听到他这句话的时候,整个人都愣住了,她盯着李信看了一会儿,然后有些好笑地说道:"你在说什么呢?"

"问你是不是喜欢韩也啊。"李信笑了笑,声音故作轻松道,"我看得出来,韩也挺喜欢你的,你对他也挺好的,所以就忍不住想问问。要是你俩互相喜欢的话,那我就要恭喜你了。"

"别乱说。"于晚晚脸上的神色一下子变得严肃起来,"韩也只是来我家补课的,他可能看起来是有点粘着我,赖着我,但他一直都是把我当姐姐一样看待的,我和他之间的关系也并不是你想的那样。"

李信听到她的话,忍不住笑着摇了摇头,他的双手插在口袋里,低头看着眼前的于晚晚,声音缓缓道:"男人的心思也就只有男人能够看出来,他到底是把你当姐姐看待,还是当别的什么来看待,我最清楚不过了。"

他的声音顿了顿,继续道:"其实我也只是想提醒你一下,如果你并不喜欢韩也的话,最好不要对他太过亲近,否则的话,会给他一种你也喜欢他的错觉。

"你也知道,他现在是在上高三,高三的首要任务就是要好好学习,其他什么杂念都应该抛在脑后。

"但我觉得他显然是把你当成了属于他的私有物品,否则的话,他为什么会对我有那么大的敌意呢?

"我说这番话也是为了他好,至于你对韩也的感情到底是不是喜欢,我想你自己心里应该是清楚的。"

于晚晚站在原地,一双好看的眉毛紧紧皱起,她听着李信的话,目光忍不住朝着过道对面的韩也看了过去。

他站在人来人往的人群中,背靠着电影院的海报墙,一只手插在大衣的兜里,另一只手里拿着入场前她给他买的那杯可乐,有一口没一口地喝着。来来往往的路人从他面前不停地走过,总有那么几个女生忍不住回头看他几眼。

从电影院回去的路上，于晚晚一直低着头没有说话。

任凭韩也在她身边怎么耍宝逗她，她都没什么反应。

到达于晚晚家门口，李信朝着他们两个人挥了挥手，道了一声晚安，便直接进了对面的大门。

韩也则是满头雾水地跟在于晚晚身后，进了家门。

客厅里面的落地灯亮着，应该是于妈妈特意没关，为他们两个人留的。

于晚晚在门口默默地换了鞋，然后抬头眼神复杂地看了一眼跟在自己身后的韩也。

憋了一路的韩也再也忍不住了，他直接换了拖鞋，拽着于晚晚的手腕便进了书房，然后将书房的大门关上，有些烦躁地看着她问道："你到底怎么了？怎么自从跟李信那伙说了几句话之后，就一直怪怪的，我跟你说话你也不理我，他到底跟你说什么了？"

于晚晚抬起头来，眼睛直直地看着韩也，他的眉头紧锁，乌黑深邃的眼眸中倒映出她小小的身影。

她的脑海里不由自主地又浮现出李信刚刚说的那些话来。

韩也会喜欢她？应该不可能吧。她记得他第一次见到自己的时候，明明眼里写满了嫌弃。

可是后来也不知道是他的恶作剧还是怎么回事，自从打赌如果他能考进全班前二十名，她就亲他之后，他们两个人之间的关系就变得有些微妙起来。

可是他明明还心甘情愿地喊她姐姐啊，应该没有哪个男生会愿意喊自己喜欢的女生姐姐吧？

而且他那么喜欢损自己，跟她说话又那么欠揍，这怎么看都不像是喜欢她的样子。

韩也站在于晚晚面前，看着她那张白皙粉嫩的小脸上写满了纠结、不解与纳闷，忍不住有些好笑地伸手戳了戳她的肩膀道："喂，你哑巴了啊，问你话呢，你倒是吱一声啊。"

于晚晚迟疑了一下，红润的唇瓣微微张了张，终究还是忍不住开口将自己内心的疑惑问了出来："你……是不是喜欢我？"

落地玻璃窗外，昏黄的灯光照了进来，书房里面没有开灯，于晚晚背对着落地窗站着，灯光给她的周身镶上了一圈浅黄色的金边。她的眼睛亮晶晶的，像两颗晶莹剔透的黑水晶，就这么在一片昏暗中，忽闪忽闪地看着他。

韩也在听到她的这句话之后，心里咯噔一下，他感觉到自己周身的血液在加速流动，脑海里却是一片空白。屋外的风声呼啸而过，他的掌心里却不由自主地渗出湿湿的汗来。

他们两个人就这么面对面安静地站着，谁也没有说话。

周遭一片安静，安静到韩也几乎能够听到于晚晚细微的呼吸声。

他张了张嘴，却不知道该怎么回答她。

"喂，我问你话呢，你倒是吱一声啊。"这次轮到于晚晚朝着韩也说这句话了。

"我……"韩也握了握拳，只感觉到自己的心脏在砰砰砰地跳着，声音震耳欲聋。

第11章

我的愿望是你

那一瞬间,韩也在脑海里分析了无数种情况。如果承认自己喜欢于晚晚,她可能会有什么反应,然后得出的结果是,九成九的几率,他要失败。

这么一想,他瞬间冷静下来,捏了捏拳头,深吸一口气,一双乌黑深邃的眼眸微微垂下,一脸高深莫测地看着于晚晚道:"你想听真话,还是假话?"

"废话,当然是真话了。"于晚晚没好气地白了他一眼道,"别废话,快说。"

"真话就是……"韩也的声音顿了顿,唇角勾起一抹浅浅的弧度,不慌不忙道,"其实一开始看见你的时候,我觉得你还挺讨人厌的。"

"你说什么?"于晚晚扯了扯嘴角,抬起头来,一双大眼睛里满是问号地看着他。

"本来就是嘛。"韩也一脸无奈地摊了摊手道,"你看看你,刚来我家的时候,个子那么矮,长得又跟个小学生似的,偏偏成绩特别好,我爸我妈都那么喜欢你,还让我什么都要听你的话,你说你讨不讨厌。"

于晚晚听着他的话,忍不住抿了抿嘴,努力按压下自己内心想要打人的冲动，面带微笑地说："那后来呢？"

"后来啊，后来就觉得你这个人吧，还是不错的。"韩也伸手按下书房的吊灯开关，原本漆黑一片的屋子里，瞬间被光照亮，"在我生病的时候你愿意来照顾我，在我肚子饿的时候你愿意给我煮东西吃，那种感觉就像是家人一样。"

他的声音顿了顿，乌黑深邃的眼眸直视着于晚晚，神情认真而严肃地朝着她道："所以对我来说，你就像是家人一般的存在。如果非要回答我喜不喜欢你这个问题，那应该说，现在我是喜欢你的吧，反正不讨厌就是了。"

于晚晚听到他的话，吊了一路的心终于放了下来。

她长舒一口气，如释重负地说道："那就好。"

韩也看到她脸上的表情，心里有种说不出来的失落感，他扯着嘴角勉强笑了笑，故作镇定道："干吗突然问我这个问题？该不会是你看上我了吧？"

"怎么可能，你想得美！"于晚晚直接朝着他做了个鬼脸，然后拉过身边的椅子坐了下来，"哎呀，还不是李信那家伙说的，他说你可能喜欢我，让我注意一下和你之间的距离、分寸什么的，免得打扰了你学习。毕竟你现在高三嘛，不能分散注意力。"

韩也在听到李信的名字时微微一怔，接着忍不住冷笑了一声。这小子可以啊，都开始在背后挑拨离间了。他就说为什么于晚晚和李信单独说完话之后，就一路上对自己不理不睬的，原来是因为他啊。

"他是这么跟你说的？"韩也沉默了片刻之后，有些好笑地看着于晚晚道，"他干吗要跟你说这些啊，难道喜欢你的那个人其实是他？"

"啊？"于晚晚一愣，随即下意识地摇了摇头道，"怎么可能，这么多年来，他一直都是像哥哥一样陪着我，每天不是念叨我要好好学习，就是念叨我不要熬夜，都快赶上我妈了，怎么可能喜欢我。"

韩也听着于晚晚的话，唇角勾起一抹不易察觉的冷笑。

李信你给我等着，我倒要看看，咱们一个哥哥，一个弟弟，到底谁先露出马脚来。

"哎，好啦好啦，不要管那些了，反正现在对于你来说，最最最重要的事情就是高考！"于晚晚突然伸出一只手搭在韩也的肩膀上，一脸认真地看着他道，"其他的事情都不要想，一切等到高考结束之后再说！"

"好……我知道了……"韩也无奈地看着于晚晚道，"我保证好好学习、好好考试还不行吗？"

"行！"于晚晚露出一个灿烂的笑容，正准备继续说点什么，却突然想起一件事，"对了，后天你就要过生日了，你有没有什么想要的生日礼物？"

"啊？"韩也一脸茫然地看着她。

"后天啊，一月十九日，你不是要过生日了吗？"于晚晚眨眨眼睛，好笑地看着他道，"你不记得了？你该不会连自己的生日都能忘吧？"

"我……"韩也有些尴尬地摸了摸自己的鼻子，低声说道，"确实不记得了。其实我都好几年没有过生日了，反正家里也没有人，就我一个人在家，随便点个外卖吃一下就可以了。"

"那怎么可以！"于晚晚一脸义正严辞地说道，"生日一定要认真过呀，这可是我们来到这个世界上的纪念日呢。"她想了想，继续道，"反正我们两个的生日在同一天，今年咱们就一起过吧！"

"啊？哦……好……"韩也下意识地点了点头。

见韩也点头，于晚晚突然莞尔一笑道："我给你准备了很特别的礼物哦。"

"什么礼物？"韩也看着她脸上灿烂的笑容，不知道为什么，心里突然浮现出一种不好的预感来，他扯了扯嘴角，有些迟疑地问道，"该不会是一整套《五年高考三年模拟》吧？"

于晚晚脸上的笑容在听到他的话后瞬间消失，半晌，才结结巴巴地道："怎……怎么可能，我是那种人吗？"

"呵，我感觉你就是。"韩也扬了扬下巴，眼眸微垂看着于晚晚，威胁道，"我告诉你，你要是敢送我'五三'当生日礼物的话，我就和你绝交！"

"年轻人，别这样嘛，有话咱们好好商量，动不动就说什么绝交，多伤感情啊！"于晚晚有些尴尬地笑了笑，然后发誓道，"我保证不会送你'五三'

当生日礼物的，可以了吗？"

"嗯，这还差不多。"韩也满意地点点头。

———

一月十九日是于晚晚和韩也的生日。

于妈妈一大早便敲响了卧室门和书房门。硬是把两个寿星弄醒了之后，于妈妈给他们一人端上一大碗长寿面，笑眯眯地看着他们道："来来来，今天你们两个人过生日，一人一碗长寿面，吃下去之后长命百岁，白头到……咳，身体健康！"

于晚晚睡眼朦胧地看向自己的妈妈，然后又抬头看了一眼墙上的时钟，扯了扯嘴角道："妈，这才早上六点啊，你把我们两个喊起来就是为了让我们吃面？"

"傻孩子，这是长寿面啊！"于妈妈随手递了一双筷子给于晚晚，又递了一双筷子给韩也道，"快吃吧，吃好了继续睡。"

于晚晚无话可说。倒是韩也，接过筷子之后，认认真真地朝着于妈妈道了一声谢，然后就开始埋头吃面。

于妈妈笑眯眯地看着韩也，目光里满满的都是慈爱。过了一会儿，她转头看向于晚晚，忍不住皱了皱眉道："晚晚，你怎么还不吃啊？"

正拿着筷子闭着眼睛打瞌睡的于晚晚在听到妈妈的话之后，顿时一个激灵清醒过来，她伸手揉了揉眼睛，无奈地看了一眼自己的妈妈，认命地默默吃面。

将一大碗长寿面连面带汤全部吃完之后，于晚晚的困意终于消失了许多。

她放下筷子，一脸兴奋地对韩也道："小也，生日快乐！"

韩也抬起头来，眨眨眼睛，放下手中的筷子，慢条斯理地抽了一张面巾纸递给于晚晚道："谢谢你，也祝你生日快乐！不过你的嘴角边还沾了一点胡椒粉。"

于晚晚微微一怔，有些尴尬地接过面巾纸，在嘴边胡乱擦了两下，继续道："好了，不要在意这些细节。前天我不是跟你说，我有特别的生日礼物要送给你吗？怎么样，你期待吗？"

"嗯。"韩也不慌不忙地点了点头，"只要不是'五三'，我还是很期待的。"

"嘿嘿。"于晚晚朝着他灿烂一笑，站起身来朝着卧室的方向跑了过去道，"你等我一下，我去给你拿礼物！"

片刻之后，她又从卧室跑了出来，将一个包装好的礼物盒递到韩也面前道："给，送你的，生日快乐！"

"谢谢。"韩也看着面前的那个礼物盒。

盒子外面是一层深蓝色带金纹的包装纸，上面系着一朵浅蓝色的花，看盒子的大小应该不是辅导书或者试卷之类的东西，他迟疑了一下，然后伸手接过那个盒子。

盒子并不重，他拿在手里轻轻地晃了晃，然后问道："我现在可以打开吗？"

"可以呀！"于晚晚用力地点了点头，一脸的兴奋。

韩也不慌不忙地拆开礼物盒的外包装，包装纸里面是一个黑色的丝绒钢笔盒。

"这是……钢笔？"韩也抬起头来，一双乌黑深邃的眼眸朝着于晚晚看过去，微微挑眉问道。

"嗯！"于晚晚那张粉嫩的小脸上露出一个好看的笑容，"也不算吧，这个里面是黑色的水笔芯，你用光一支之后，直接换下一支笔芯就可以了，这样就不用吸墨水那么麻烦了。"

韩也听着她的话，默默地伸手打开钢笔盒，黑丝绒的垫子上安静地躺着一支银灰色的钢笔，笔身在阳光的照耀下泛着光芒。

他轻轻地摸了摸钢笔的笔身，再次抬起头来，眼眸里带着一丝感动："谢谢！这是我第一次收到生日礼物。"

"哎？"于晚晚脸上的笑容一下子就凝固了，她满眼不可思议地看着韩也道，"不会吧，你从小到大都没有收到过生日礼物吗？"

"没有。"韩也认真地摇了摇头道，"小时候我都是跟着爷爷奶奶过的，那个时候过生日,只要能吃到生日蛋糕,我就很开心了。上小学以后,我被爸妈接到了身边,但是他们工作实在太忙,每次过生日最多给我包个红包就完事了,根本就没有礼物。"

"其实收红包也不错啊,你想要什么都可以自己买。"于晚晚想了想,安慰他道。

"算了吧,包红包只是因为他们没空去思考要给我准备什么礼物,而且年年都包红包,一点惊喜感都没有。"韩也盯着盒子里的那支钢笔又看了一会儿之后,再一次认真地对于晚晚道,"谢谢,我很喜欢你的礼物!"

眼前的少年目光真挚,一双清澈的眼眸中闪烁着星耀般的光芒。

于晚晚看着他的样子,顿时有些不好意思地挠了挠自己的后脑勺道:"没事没事,别这么客气。你跟我这么客气,我都有点不习惯了。"

韩也朝着她羞涩地笑了笑,正准备将钢笔盒的盖子重新盖上的时候,于晚晚突然伸手按住他的手道:"哎,等一下,你把上面那层掀起来再看看啊。"

韩也有些疑惑地看了她一眼,手上的动作微微顿了顿。

"我的意思是,这个钢笔盒是上下两层的,下面一层还有东西呢。"于晚晚眨眨眼睛,声音清脆道。

"哦。"韩也低低地应了一声,怪不得他觉得这个钢笔盒比正常的钢笔盒要稍微大一点呢,原来下面一层还有东西啊。

当他打开上面那一层,看到盒子底部整整齐齐地摆满了黑色的笔芯时,整个人一下子就愣住了。

"这是?"他有些不解地抬起头来,看了一眼于晚晚。

"嘿嘿,这里面都是给你替换用的笔芯哦!"于晚晚得意地看着韩也道,"我已经算过了,这里面的量足够你一直用到高考结束了!"

在听到她的这句话之后,韩也眼底的感动瞬间消失得无影无踪。

"哦,对了,还有一件事情我要告诉你!"于晚晚突然伸手扶着韩也的肩膀,一脸认真地看着他道,"我给你准备的生日礼物是钢笔,对吧,没错吧?这样你就不会跟我绝交了吧?"

韩也微微蹙眉,看着她那满脸严肃的样子,心底突然升起一股不好的预感。

"但是呢,既然你选择了寒假来我这里,接受我给你安排的补课,那咱们补课总得有点教材吧,对不对?"于晚晚眨巴眨巴眼睛,收回自己放在韩也肩膀上的的手,又起身朝着自己的卧室走了过去,"更何况这是高考前的最后一个寒假了,不管怎么样,咱们也要突击一下啊,所以我还另外给你准备了一些礼物。"

韩也满头问号地看着她。

片刻之后,于晚晚再次从卧室中走了出来,手里拎着一个超大的纸袋,看她拎纸袋的动作就能感觉到,那纸袋里的东西肯定特别重。

"这些都是给你的!"于晚晚将纸袋放到了桌子上,"里面满满都是我对你的期待。"

韩也将目光转向那个纸袋,他迟疑了一下,终究还是放下手中的钢笔,探手过去将它拿了过来。

最新版的《五年高考三年模拟》《黄冈密卷》《高考原创提分卷》《高考必备满分作文》……

韩也将纸袋里的教辅材料和试卷一份一份地拿出来,直接在桌子上堆成了一座小山。

"这些都是我前段时间在网上买的哦!"于晚晚笑眯眯地看着韩也道,"全部都是送给你的!为了庆祝你的寒假正式开始!"

韩也扯了扯嘴角抬起头来,盯着于晚晚看了半晌,才声音闷闷地说道:"该不会这堆试卷才是你原本准备送给我的生日礼物吧?"

于晚晚脸上的笑容一下子变得尴尬起来,她朝着韩也摆了摆手,结结巴巴地道:"不,不是啊,我给你准备的礼物是那支钢笔啊!当然了,你也可以用那支钢笔来写这堆试卷!放心吧,笔芯绝对够用!"

"我,谢,谢,你,啊!"韩也看着眼前的那堆试卷,咬牙切齿、一字一顿地对于晚晚道。

"哈哈哈，不客气，不客气！"于晚晚干笑了几声道。

韩也看着她脸上尴尬的笑容，用力地抿了抿唇瓣，半晌，终究还是深吸一口气，默默地将那堆试卷又收回了纸袋里。

他刚将试卷全部收好，于晚晚家的大门便被敲响了。

"来啦，来啦！"于妈妈一边大声地应着，一边从阳台上飞奔出来，她用身上的围裙擦了擦双手，走到门口拉开大门，看着站在外面的人笑眯眯地道，"小信呀，早上好啊！"

"阿姨，早上好！"站在门外的李信十分有礼貌地喊了于妈妈一声，然后探头朝着坐在餐厅里的于晚晚笑眯眯地道，"晚晚，生日快乐啊！"

"哥！"于晚晚在看到李信的时候，立刻开心地站了起来，她跑到门口，看着正在换拖鞋的李信，声音里满是兴奋道，"嘿嘿，你是不是给我送生日礼物来了？"

于妈妈在听到于晚晚的这句话之后，忍不住直接白了她一眼："你这孩子怎么这样？你李信哥哥刚一进门就跟人家要礼物，一点礼貌都没有。"

"嘿嘿，反正每年生日哥哥都会送我礼物啊。"于晚晚朝着自己的妈妈做了个鬼脸，然后继续看着李信问道，"快说，快说，今年的礼物是什么呀？"

李信有些好笑地伸手揉了揉于晚晚的脑袋道："你自己看看不就知道了？"说着，他将手中拎着的礼物袋递给于晚晚道，"打开看看。"

"好！"于晚晚高兴地应了一声，伸手打开礼物袋，将里面包装精美的礼物盒拿了出来。

礼物盒打开之后，一块造型精致的手表正安静地躺在盒子里。

"咦？是手表啊……"于晚晚拿起那块手表，满是好奇地看了一眼，然后朝着李信开心地道，"谢谢哥哥。"

"你喜欢就好。"李信微微一笑，转头看了一眼坐在餐桌旁边的韩也。韩也的面前放着一个大纸袋，旁边还放着一个钢笔盒。

呵，这小子该不会是打算送钢笔给于晚晚吧？

李信朝着韩也扬了扬下巴，状似不经意地问道："咦，这是你给晚晚准备的礼物吗？"

韩也默默地瞥了他一眼，伸手将钢笔盒放进纸袋里，然后将纸袋抱在怀里，得意地说道："不好意思，这里面全部都是晚晚送给我的生日礼物！"

李信微微一怔，满眼疑惑地转头看了于晚晚一眼。

于晚晚立刻解释道："哦，对了。哥哥你还不知道吧，其实小也他跟我是同年同月同日生哦。"

同年同月同日生？

李信皱紧了眉头，又看了韩也一眼，声音淡淡地道："哦，这么惨，明明是跟晚晚一样大，却一个上大一，一个上高三……"

后面的话他没有继续说出来，但韩也还是从他的语气里听出了鄙视的意味。

韩也忍不住朝着李信翻了个白眼道："那又怎么了，晚晚上大一是因为她跳了一级，谁让我家晚晚这么厉害呢。再说了，就算是我上高三，我知道的常识也比你这个上大四的人多。"

"呵，你知道的什么常识比我多？"李信满眼不屑地问道。

"别人过生日的时候最好不要送表，这就是一个常识。"韩也满眼嫌弃地看着于晚晚手里的那块手表，慢条斯理地道，"钟表，钟表，送表的意思就相当于送……"他故意顿了顿，继续道，"你这要是搁在过去，是会被人家打出门的！"

李信送了于晚晚一块白色手表，本意是取谐音"表白"的意思，结果被韩也硬生生曲解成"送终"。饶是向来很有涵养的李信，也忍不住在心里狠狠地骂了韩也一顿。他再转头看于晚晚，就看到她脸上的神色由原先的兴奋、开心变成了尴尬、疑惑。

李信深吸一口气，强压下自己内心想要揍人的冲动，对韩也冷笑道："哦，可是不管怎么说，我还准备了礼物给晚晚，你呢？该不会什么礼物都没有准备吧？"

韩也淡淡地瞥了李信一眼，没有说话，而是直接朝着书房走了过去。

片刻之后，他手里拎着一个纸袋子走到于晚晚跟前，将袋子递给她道："这是送你的礼物，生日快乐！"

于晚晚接过纸袋，一脸受宠若惊地看着韩也，他竟然给自己准备了礼物？

"这个里面……是什么呀？"于晚晚有些好奇地拉开袋口，朝里面看了一眼。

"是对你来说很有意义的东西！"韩也朝着她挑了挑眉，一脸得意地看着她道，"而且这样东西还能够实现你永远都实现不了的梦想！"

这么神奇？！于晚晚震惊地看着他，又低头看了看自己手中的纸袋。韩也说得这么玄乎，她都有点不敢拆开看了。

李信站在于晚晚身边，忍不住翻了个白眼道："还能实现梦想？你该不会是送了个许愿水晶球之类的东西给于晚晚吧？都多大了，还相信这些。"

"你才送许愿水晶球呢。"韩也没好气地朝着李信道，"那都是小学生、初中生才送的东西，我说了能实现晚晚的梦想，就是能实现她的梦想！"

"晚晚有什么不能实现的梦想？"李信忍不住怼韩也道，"我们晚晚长得又好看，成绩又好，武功又好，打游戏又好，你说她还有什么不能实现的梦想？"

韩也懒得搭理李信，转头对傻站在一边的于晚晚道："你来说！"

"啊？"于晚晚扯了扯嘴角，仔细地想了想，然后迟疑着摇了摇头道，"我……我好像还没有想过这个问题。"

李信在听到晚晚的这句话之后，一脸得意扬扬地看着韩也。

韩也无奈地长叹一口气，迈开长腿走到晚晚面前，修长的大手握住她纤细的胳膊，稍一用力便将她拉进了自己怀里，紧接着另一只手按在她的头顶上，在自己胸前比划了一下道："笨死了，你看你这么矮，永远也长不高了，这难道不是你永远不能实现的梦想？"

于晚晚一个没站稳，直接跌进了韩也的怀里，她的脸撞在他结实的胸膛上，鼻子都被撞得隐隐发酸。她一边捂着自己的鼻子，一边用力地瞪了韩也一眼道："你信不信我打死你？"

韩也有些不好意思地笑了笑,不说话了。

"所以……"于晚晚低头看了一眼纸袋,"这里面装着的是能让我长高的东西?是什么呀,难道是什么蛋白粉、补钙产品?"

"我怎么可能送那种东西?"韩也满头黑线地看着她道,"你自己打开看看不就知道了。"

"哦……"

于晚晚眨眨眼睛,将纸袋里的盒子拿出来放在桌子上。她打开盒子,一双银灰色的高跟鞋正安静地躺在里面。

那双高跟鞋的款式很简洁,没有花哨的装饰,也没有繁杂的线条,鞋面有若隐若现的亮片。

"哎?高跟鞋?"于晚晚将那双鞋从盒子里拿出来,然后满眼疑惑地看着韩也道,"你怎么知道我穿多大的鞋码?"

"你们家的鞋架上不就放着你的鞋子吗?"韩也一脸无奈看着她道,"我随便拿一双看一下就知道了啊,鞋底不都标着码数吗?"

"哦,说得也是。"于晚晚点点头,恍然大悟。

"好了,好了,快试一下吧。"韩也忍不住催促道,"看看合不合适。"

"好!"于晚晚点头应了一声,将那双鞋子放在地面上,然后试了一下,嗯,刚刚好。

她穿着那双银灰色的高跟鞋,在地面上嗒嗒嗒地走了两圈之后,笑眯眯地看着眼前的李信和韩也问道:"怎么样,好看吗?"

李信很认真地看着她道:"好看,你穿什么都好看!"

倒是韩也,一双秀气的眉毛紧紧蹙起,盯着于晚晚看了半天,一句话都不说。

"喂,你怎么不说话呀,这可是你送给我的礼物啊。怎么样,我穿着好看吗?"于晚晚见韩也一直不说话,便忍不住伸手戳了戳他的胳膊问道。

"怎么说呢……"韩也微微动了动嘴唇,半晌,才看着于晚晚,有些迟疑地说道,"你穿着一身粉色的珊瑚绒睡衣,再穿这双高跟鞋,我总感觉怪怪的……"

于晚晚微微一怔,低头看了一眼自己身上的睡衣,顿时哭笑不得道:"我这不是刚起床嘛,我是问你鞋子穿着怎么样啦,又不是让你看我的睡衣。"

"但是这样看,看不出来效果啊!"韩也一脸认真地看着于晚晚道,"干脆我带你去买衣服吧,换一身和这个高跟鞋比较搭配的衣服,穿起来肯定很漂亮!"

"哎?"

"你的衣柜就不用看了,里面不是牛仔裤,就是运动裤。"韩也的语气里满满的都是嫌弃,"行了,就这么说定了,赶紧的,咱们逛街去。"

"可是……"于晚晚还想继续再说点什么的时候,韩也已经直接走进书房,窸窸窣窣地开始换起衣服来。

李信满头问号地看着书房关起来的门,心说,什么情况,这家伙三言两语就想把于晚晚骗出去和他一起逛街?

去商场的路上,韩也满头黑线地看了眼跟在他和于晚晚身后的李信,忍不住扯了扯嘴角,拽过于晚晚的胳膊小声道:"这家伙为什么也跟着我们一起出来了?"

"嗯?"于晚晚回头看了一眼双手插兜走在后面不远处的李信,有些好笑地朝着韩也道,"人多逛街才热闹啊。"

他才不想跟李信一起热闹呢。韩也撇撇嘴,转过头去,不说话了。

到达商场时,于晚晚发现商场门口人头攒动,时不时还有人发出一阵阵的惊呼声。

"那边是在搞什么活动吗?"于晚晚一把拽过韩也的胳膊,有些激动地问道。

韩也顺着她目光的方向看了过去,眯了眯眼睛,随口道:"门口好像搭了一个喷泉池,那帮人正往里面投硬币呢。"

"喷泉池?"于晚晚在听到这三个字的时候,瞬间两眼发光道,"走走走,咱们看看去!"

她的话还没说完,一双小手便已经直接抱着韩也的胳膊,将他拖走了。

李信微微一怔,赶紧快步跟上。

商场门口搭建了一个漂亮的喷泉池,喷泉池里有一个可爱的小天使宝宝雕像,雕像的手里抱着一个圆圆的水壶。

那些围在喷泉池旁边的人正一个个地将手中的硬币往那个天使宝宝手中的水壶里扔。然而那水壶的壶身虽然圆滚滚的,但是壶口非常小,硬币叮叮当当地砸在雕像身上,半天也没见有人能扔进去。

韩也转头看着于晚晚两眼发光的样子,随口问道:"你也想扔硬币吗?"

"可以吗?"于晚晚顿时兴奋地转过头来看着他。

韩也忍不住失笑道:"当然可以了,你等着,我去给你换点硬币过来。"

不一会儿的功夫,他便拿着一堆硬币走了回来。

于晚晚满眼惊讶地看着他手里的那些硬币,不解道:"你怎么换了这么多?"

"哦,我怕你投不进,所以多换了一点。"韩也眼眸微垂,十分实诚地对于晚晚说道。

于晚晚沉默了片刻,直接伸手从韩也的掌心里拿起一枚硬币,然后动作潇洒的朝着半空中一扔。

银色的硬币在天空中划出一道完美的抛物线,然后哐当一声,稳稳当当、不偏不倚地掉落在了天使宝宝手中的水壶里。

"哇!"

"厉害了!"

"进了!进了!"

周围的人群顿时发出一阵阵的惊呼声。

"怎么样?"于晚晚转过头来,神色间满是得意地看着韩也,挑了挑眉道,"我的技术还可以吧?"

韩也低头,神色复杂地看了她一眼,唇瓣微微动了动,半晌才说出一句话来:"既然投进了,那你快点许愿啊。"

哎呀，对了，差点忘记许愿了！于晚晚赶紧转回去，双手合十，十分虔诚地对着喷泉池许了一个愿。

片刻之后，于晚晚转过头来，一双黑白分明的大眼睛里满是笑意地看着韩也道："我许完愿了！你要许一个吗？"

"嗯？"韩也微微一怔，迟疑了一下点点头道，"好吧，我试试。"

他说完便拿起一枚硬币，对着喷泉池里的那个水壶瞄准了一下，然后动作潇洒地轻轻一抛。

咚的一声闷响，硬币直接掉进了喷泉池里，沉入水底。

于晚晚和李信同时转过头来，两双眼睛直勾勾地看向韩也。

韩也有些尴尬地扯了扯嘴角，淡定地瞥了他们两个一眼道："失误失误，刚刚用得力气太小了，我再扔一个。"

于晚晚忍不住一声闷笑，又飞快地收起笑容，点点头，伸手拍了拍韩也的肩膀安慰他道："放轻松，别紧张。"

韩也顿时有些恼怒地看了她一眼，却没有说话，随手又拿起一枚硬币，再次用力一抛。

银色的硬币在空中划出一个优美的弧度，然后完美地越过天使宝宝的头顶，掉进了水池里。

于晚晚和李信再次转过头来看向韩也。

韩也脸上的表情微微僵了僵，二话不说又拿起了一枚硬币，深吸一口气，又一次扔了出去。

好在这一次，硬币十分争气地、不偏不倚地掉进了天使宝宝手中的水壶里，发出了叮的一声清响。

"哇，又进了又进了！"

"又有人投进硬币了！"

"厉害了！"

周围围观的人群立刻又发出一阵阵惊呼声。

于晚晚朝着他挑了挑眉，强忍着笑意道："赶紧许愿呀！"

韩也扬了扬下巴,一脸得意地看了她一眼,然后转过头去,双手合十,面对着喷泉池,闭上了眼睛。

愿,此生都能够和她并肩而立,向阳而生。

冬日上午的阳光璀璨而温暖,耀眼的阳光照在他的身上,给他的周身都镶上了一层淡淡的光晕。眼前的少年双手合十,闭着眼睛,长长的睫毛在眼窝处投下一片阴影的模样,看起来竟然显得十分虔诚。

片刻之后,他的眼睛缓缓睁开,幽深的眼眸中闪烁过一丝温暖的笑意。

于晚晚有些好奇地戳了戳他的肩膀道:"喂,你刚刚许了什么愿望啊?"

"那你呢?你刚刚许了什么愿望?"韩也长身而立,眼眸微垂看着她,不答反问道。

"我?我就许愿你明年能够顺顺利利地考上南大,然后家人身体健康嘛。"于晚晚眨眨眼睛,认真地回答他,紧接着又好奇地问道,"你呢,是不是也许愿考上南大啊?"

"嗯……差不多吧。"韩也听到她的话,眼中笑意更浓了,他伸手轻轻地揉了揉于晚晚的脑袋,含糊不清地回答道,"我的愿望跟你差不多。"

真好,我的愿望是你,你的愿望是我。